漫长的寒冬

WINTER WORLD

[美] A.G.利德尔 著

陈拔萃 译

A.G.RIDDLE

北京联合出版公司
Beijing United Publishing Co.,Ltd.

图书在版编目（ＣＩＰ）数据

漫长的寒冬 /（美）A. G. 利德尔著；陈拔萃译 .
—北京：北京联合出版公司，2021.6
　　ISBN 978-7-5596-5264-5

　　I.①漫… 　II.① A… ②陈… 　III.①幻想小说－美国
－现代 　IV.① I712.45

中国版本图书馆 CIP 数据核字 (2021) 第 087327 号

北京市版权局著作合同登记号：图字01－2021－1643

Copyright © 2019 by A.G. Riddle
Published by agreement with the author c/o The Grayhawk Agency Ltd.
Simplified Chinese edition copyright © 2021
China Pioneer Publishing Technology Co.,Ltd
All rights reserved.

漫长的寒冬

作　　者：[美] A. G. 利德尔
译　　者：陈拔萃
出 品 人：赵红仕
责任编辑：牛炜征
封面设计：吴黛君

北京联合出版公司出版
（北京市西城区德外大街83号楼9层 100088 ）
北京新华先锋出版科技有限公司发行
大厂回族自治县德诚印务有限公司印刷　新华书店经销
字数309千字　620毫米×889毫米　1/16　20印张
2021年6月第1版　2021年6月第1次印刷
ISBN　978-7-5596-5264-5
定价：59.00元

谨将此书献给我的母亲。
她虽然过早地离开了这个世界，但给我们留下了爱。
我相信她是去温暖另一个世界了。

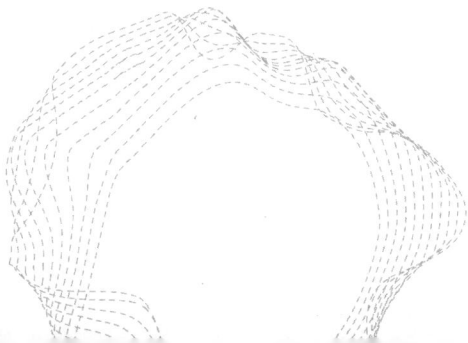

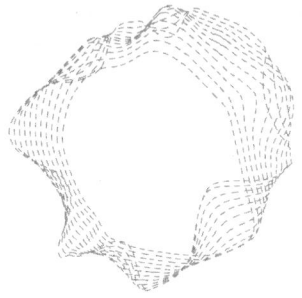

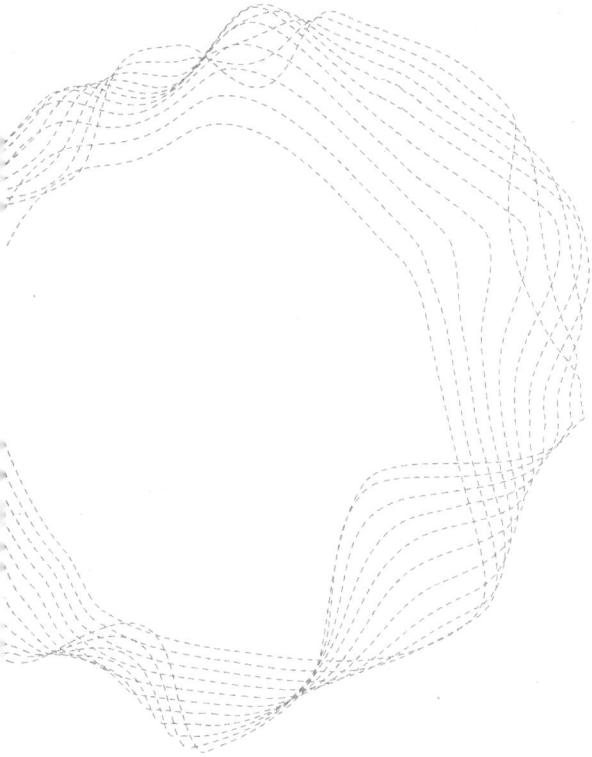

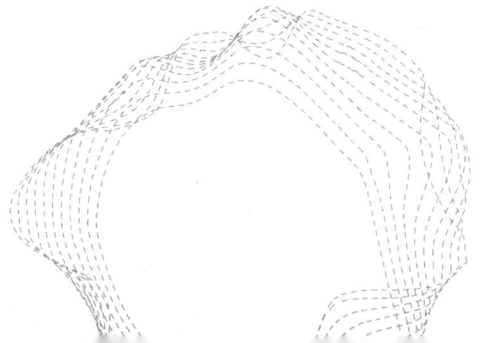

第一章

艾玛

过去五个月，我见证了世界的消亡。

寒冰已经覆盖加拿大、英国、俄罗斯，以及整个斯堪的纳维亚半岛，势不可当，丝毫没有消停的迹象。数据分析结果也是如此。三个月内，寒冰会吞噬整个地球，所有生命将不复存在。

我要做的就是把原因调查清楚。

然后，阻止这一切。

❄

警报声将我从睡梦中惊醒。我极不情愿地爬出睡袋，打开睡眠站大门。

自从来到国际空间站，我就夜夜不得安宁。尤其是寒冬实验开始后，每天夜里，我辗转反侧，按捺不住想知道探测器发现了什么，传回来的数据又能否给拯救人类指明一条道路。

我沿着空间站飘到"和谐"号节点舱，查看墙上的控制面板，以便找出引起这刺耳警报的原因。太阳能帆板的散热器温度不断攀升，处于过热状态。怎么回事？我得解决这事。

耳机里传来谢尔盖的声音，他操着一口浑厚的俄式口音说道："是太阳能，长官。"

我对着摄像头问："怎么回事？"

那边毫无回应。

"谢尔盖，请回复。是因为太空垃圾吗？为什么热量散不掉？"

在国际空间站，有无数种情形会让你丢掉性命，太阳能帆板无法正常工作绝对是其中之一，失效的原因有很多。其工作原理与地球光伏太阳能电池板类似——直接将太阳辐射转为直流电。这一过程产生的大量余热，通过背对太阳的散热器散到宇宙深处。但热量若无法及时散去，就只能传进空间站。这对里面的人来说可不是什么好事。

我们必须要想想办法，越快越好。

"不关太空垃圾的事，长官，等查明原因，我会亲自向您解释。请先去休息吧。"谢尔盖听起来不在状态。

睡眠站大门在一旁打开，安德鲁·伯金博士正睡眼惺忪地看着我。

"嘿，艾玛。出什么事了？"

"太阳能帆板出问题了。"

"能解决吗？"

"还不确定。"

"谢尔盖，你觉得是怎么回事？"

"我觉得是太阳能输出太高了。"通信器传来谢尔盖的声音。

"太阳耀斑爆发？"

"嗯，肯定是。因为这不是一个散热器的问题——是全部散热器都过热了。"

"关闭太阳能帆板，切换电池模式。"

"长官……"

"快去，谢尔盖。马上！"

控制面板能显示八块太阳能帆板和三万三千块电池板的状态，我看到它们全部下线了，散热器的读数也开始下降。我们可以暂时使用电池供能。我们每天都会经过地球背光面15次，每次进入背光面时，就切换到电池模式。

这时，伯金问了一个我同样在意的问题："探测器有数据传回吗？"

对此我早已经开始留意。

一个月前，一个国际联盟向宇宙发射了探测器，以测量太阳辐射并检查有无异常现象。探测器属于寒冬实验的一部分，该实验是人类有史以来最大规模的科学尝试，目的是查明地球温度不断下降的原因。按道理，地球应该越来越暖，但我们发现了一个与实际不符的情况——太阳能正在骤减。

探测器数据首先会传至国际空间站，可目前为止仍无任何音讯。这些数据可能是拯救人类的关键，或者至少告诉我们人类还剩下多少时间。

我应该去继续休息，可是被吵醒后，我已经毫无睡意。

我迫不及待地想收到探测器传回的首批数据。我还有家人在地球上，我关心他们的命运将如何发展。除此之外，对于国际空间站的六名宇航员而言，还有个心照不宣的问题：我们的命运又会怎样？地球若是灭亡，我们若是无家可归，是否就会被抛弃在这茫茫宇宙中？按照原定计划，我们之中的三人将于一个月后返回地球，剩余三人将在四个月后返回。可是现在，国家肯花费人力、物力接我们回家吗？现在每个国家都焦头烂额，忙于应对一场规模史无前例的难民危机。

放眼全球，各国政府正竭尽全力将数十亿人口转移到地球最后一片宜居地，并且还不得不面临一个难题：没有得到转移的人该怎么办？他们又愿意耗费多大代价将太空中的六个人接回地球？

从太空回到地球不像去公园散步那么简单。国际空间站自身没有逃生舱，只有两架运送我们上来的"联盟"号飞船，每艘可承载三人，我们可以乘坐它们离开空间站，但地面必须为我们提供协助，并派人在地面接应。

一旦回到地球，我们将需要更多的帮助，例如接受康复治疗。太空由于没有重力，宇航员的骨密度会下降，其中承重的骨头骨密度流失最为严重——骨盆、脊柱和腿部。骨骼会慢慢分解，道理和骨质疏松类似。而损失的钙质会被过滤到身体里引起肾结石——你可不会希望在太空患肾结石。首批国际空间站的宇航员每个月骨密度流失能高达 2%。由于我们更加重视运动，这一数字已经有所下降，不过等我回到地球依然得接受康复治疗。我不知道现在身体状况怎样，这得等我回到地球脚踏实地（还可能是脚踏实冰）后才能知道了。

现在情况是这样：我们能帮到地球的唯一办法便是继续寒冬实验。如果我们无法查明地球处于漫长冬季的原因，并找到解决办法，我们便只能继续待在这里。现在，我们受困于极度严寒的深空和寒风凛冽的地球中间，在这个暂时被称为家的空间站中，恐怕还得待上好一段时间。

这已经是个很棒的家了，是我待过的最好的家。

我一蹦一跳地穿过国际空间站一间间小舱，手脚并用地推动着自己前进。空间站就像由一根根巨大的管子连接而成，以特定角度向外延伸。在这些小舱中大多数是实验室，另外一些仅仅是连接舱。

"团结"号节点舱是美国为国际空间站建造的首个部件，于1998年发射，共设有六个靠泊口，类似下水道构造的隧道开口。

我进入"宁静"号节点舱，里面是生命补给设备，如水循环系统、氧气生成器和一个厕所，你能想到的太空厕所有多难用这个厕所就有多难用。（当然了，国际空间站一开始是由男性设计的，为男性宇航员建造的，可想而知对女性有多不友好。）

穿过"宁静"号节点舱，我进到欧洲航天局观测舱，下面连接着"瞭望塔"号观测舱，内有七面约0.8米宽的窗户，能通过全景视野看到太空和地球。我在那儿飘浮许久，安静地看着窗外。

国际空间站运行轨道距地球约400千米，运行速度超过27000千米每小时。空间站每天绕地球15.54次，意味着每45分钟我们就能见到一次日出或者日落。

当空间站经过晨昏线，我们能看到有一部分地球仍然沐浴在日光之下——南北美洲。

冰雪已经蔓延至北美五大湖，如一根根白骨手指浸在钴蓝的湖水中。冰川马上就会将其覆盖，继续向南蔓延。密歇根州、威斯康星州、明尼苏达州，还有纽约州部分地区，都已经疏散了居民。

美国已经计算出地球最后的人类宜居地将位于何处。提示：低于海平面的地方。人们在加利福尼亚州死亡谷建立了规模庞大的居住营区并且和利比亚、突尼斯达成了贸易协议。不过所有人都知道，那些协议不会长久，因为生存下去才是当务之急。

整个世界打算将80亿人挤进一个漏斗，最后通过的少部分人才能继续存活。

这必然导致战争。

✳

在跑步机上，我调出空间站状态报告。谢尔盖依然没能使太阳能帆板恢复正常。我本想向他了解一下最新情况，但我知道，他在足够大的空间下才能专心工作，这也是六个人挤在一个小地方生活的结果——大家对彼此都十分了解。

我又检查了一遍探测器是否传回数据，依然毫无音讯，于是我开始阅读邮件。

第一封来自我的妹妹。

我一直未婚，没有子女，但我的妹妹已婚已育，我十分喜爱她的孩子。对我而言，他们是这个世界上最可爱的人。

邮件内是一个视频，没有标题，只有我妹妹麦迪逊。我一边在跑步机慢跑，一边看着她说话。

"嗨，艾玛。我知道发给你的视频不能太长，但我有好多话想和你说。大卫最近听到了一些消息。他们说……很多事情马上就要发生改变。他们说政府正在进行实验，想知道为什么地球正经历漫长的寒冬。附近的人都在廉价出售他们的房子，然后转移到利比亚和突尼斯，这真是太疯狂了，他们还在派遣军队……"

由于自动审核，视频被剪辑成一分钟左右。我看着屏幕，继续在跑步机上小跑着。她的脸再次出现，依旧是坐在沙发上，不过此时两个孩子跑到了她旁边，他们分别叫欧文和艾德琳。

"嗨，艾玛大姨！"欧文喊道，"看好了！"

他走到屏幕外，摄像头跟着转向他，视频里他在一个约 1.5 米高的室内篮圈扣了个篮。

"你拍到了吗？"欧文问妈妈。

"拍到了。"

"我重新来一次，免得你没拍到。"

我面带微笑，看着妹妹将摄像头重新对准她。"他们准备接你回地球了吗？如果是的话……你有什么安排？我知道你回来后不能开车，还得接受康复治疗。不过当然，你可以和我们一起住，如果国家航空航天局那边不打算——如果国家航空航天局那边没法照顾你的话。"

"尽快回信好吗？爱你。"麦迪逊对着背景里吵闹的孩子们说，"快和大姨说再见。"

欧文在沙发旁把头伸出来，挥了挥手："拜拜。"

艾德琳轻轻走到妈妈身旁，往她身上靠了靠，似乎对摄像头有些害羞。"拜拜，艾玛大姨，爱你。"就在我打字准备回复邮件时，屏幕上弹出一句话：

　　数据传输中：探测器·127。

我立马打开消息，对太阳辐射读数进行仔细查看，数据令我瞠目结舌。它们比地球的读数要高得多，但这完全无法解释——探测器与地球和太阳的距离几乎相近。难不成是太阳耀斑的影响？不，不可能，这些读数十分稳定，没有波动，那有可能是局部现象。

我打开探测器的遥感探头，可眼前看到的画面再次让我目瞪口呆。画面中有一个物体，太阳前有一个黑色阴影，那不是小行星，小行星表面应该较为粗糙，而且布满岩石，可这个物体是个表面光滑的椭圆形，不管这是什么，它肯定是人造产物。

空间站一直都与地球保持着密切联系，包括美国、俄罗斯、欧洲、中国、印度和日本的机构，我马上直接联系了美国马里兰州的戈达德网络集成中心。

"戈达德中心，这里是国际空间站。我们已经收到探测器传回的首个数据，现在进行汇报，注意——127号探测器发现了一个物体。"我在想如何组织我的语言，"通过遥感探头初步判断，那是一个椭圆形物体，表面光滑，不像小行星或者彗星。强调一下——那似乎是一个非自然形成的人造……"

突然，画面黑了下来，跑步机也停止运转。空间站开始颠簸，灯光不停地闪烁着。

我启动内部通信器。

"谢尔盖——"

"是功率超载了，长官。"

这更加无法解释了，太阳能帆板已经下线，现在用的是电池电源。

空间站又开始震动。

我的第六感突然发挥作用。

"所有人离开你们的舱位，快！快去'联盟'号！立刻启动空间站撤离程序！"

空间站开始剧烈摇晃，我摔到了墙上。我顿时感到头晕目眩，靠着本能反应，我用手和脚推动自己上到瞭望塔观测舱。透过玻璃，我看到国际空间站正化为碎片。

●———／ 第二章 ／———●

詹姆斯

暴乱一触即发。

我已经嗅到空气中的紧张气息。

无论在哪儿都能看到人们眼神警惕，传递着内容不明的纸条，遮遮掩掩说着各种悄悄话。

整个世界正在结冰，马上就要蔓延到这里，可我们仍然无处可逃。这样下去的结果必然是所有人都将命丧于此。

于是大家都打着各自的如意算盘：想制订计划逃出去，这当然算是好消息。但坏消息是，我根本不属于任何计划的一部分，根本没人和我提过逃跑，我觉得他们根本不会带上我。

我能做的不多，只能坚守岗位，低调行事，实时关注事态进展。

老旧的电视机上正播着美国有线电视新闻节目，不过，身后机器的轰鸣一刻也没停息，让我听不太清记者的报道。

迈阿密已经破天荒地连着下了三天大雪，佛罗里达州政府不得不向联邦政府求助。

这一行为激发了东北部地区居民和政府的强烈不满，他们用抗议对联邦政府施压，希望加快疏散步骤。漫长的寒冬仍在继续……

我不确定是谁提出了"漫长的寒冬"一词，可能是媒体，也可能是政府。不管是谁，这个词已经深入骨髓。它比"冰蚀期"（太专业）和"冰河时代"（太永恒）要好一些，因为听起来仿佛冬季结束已经指日可待——仿佛这只是一个普通的冬天，只不过时间有点儿长，我倒希望真是如此。我相信美国国家海洋和大气局以及世界各地的同类机构现在已经查明事实真相。如果真是这样，他们却至今没告诉我们（这将是这个世纪最重大的新闻）。

警报声又嗡嗡响起。

我无视了它。

下一则新闻开始了。我停下手中的活已经有好一会儿，此时正全身心地看着电视报道。

据屏幕下方文字显示，报道地点位于苏格兰爱丁堡外的罗塞斯港口。一名白色短发的男记者站在码头，身后是一艘体积庞大的白色邮轮。上船的舷梯经过改装加长，一批人正缓慢地向船上移动。画面中，远处的树木一片花白，像结了一层冰，周围满是雪花漫天飞舞。

此情此景乍看上去像是游客正要登船出海度假，可实际情况却并非如此。这艘邮轮三周之前还是"翡翠公主"号，英国王室将其购买后更名为"仲夏骄阳"号。这样的邮轮共有40艘，"仲夏骄阳"号仅是其中之一，英国政府计划用这些邮轮暂时将市民转移到较为暖和的地区。

"仲夏骄阳"号将开往突尼斯，届时船上的乘客将被转移至吉比利外的一个安置营地，该营地是英国和突尼斯达成长期租约协议的一部分，挪威、瑞典、芬兰、俄罗斯和日本也纷纷效仿，采取了类似措施。这一撤离不得不使人联想到英国在第二次世界大战期间的"冲出敌占区"行动。为摆脱纳粹德国的魔爪，英国当时撤离了共计350万平民。

位于赤道附近的地产现在可谓是供不应求，享有"冬季天堂"之称。

那些低于海平面且温度较高的地方也同样火爆，像加利福尼亚州的死亡谷、利比亚的阿齐齐亚、苏丹的瓦迪哈勒法、伊朗的卢特沙漠地区、突尼斯的吉比利。要是两年前，在日出时分放一桶打开的汽油在这些地方，到中午，桶里便会空无一物，因为汽油会被高温蒸发干净。这些曾经的荒无人烟之地，现在却成了人类希望的灯塔，漫长寒冬下的绿洲。成百上千万的人不断涌入这些地方，即使倾家荡产也要买到一个床位，只是我不确定到了这些地方是否就能一劳永逸。

嗡嗡声再次响起，同样的调调，不同的机器，依然不是我在等待的那台。

当声音第三次响起，我开始收拾三台烘干机里的床单，将它们仔细叠好。

我现在负责洗衣服。自从两年前来到埃奇菲尔德联邦惩教所，我就一直在干这个。我一直跟法官解释我是无辜的，正如这里其他 2000 名囚犯一样。不过和他们不同的是，我的确是无辜的。

如果非要说我犯了什么罪，那大概是我发明了一样这个世界还没准备好接受的东西，给世人带去了不安。我犯的错——或者用别人的说法来讲是罪——就是没有充分理解什么是人性。人类总是对不了解的事物格外恐惧，特别是那些能够彻底颠覆他们以往认知的新事物。

负责我案子的美国检察官找了一条极为荒谬的法律，并以此为由将我定罪。这对其他发明家传递了一清二楚的信息：你们最好别再搞这种发明。

被判刑时我 31 岁，而要出狱我得等到 70 岁。（联邦罪名不允许保释，不过要是我表现良好，可以在服刑时间达到 85% 后出狱。）

在我到达埃奇菲尔德后，曾设想过共六种越狱方法。经过后续深入调查，发现仅有三种可行，其中两种成功率极高。可问题在于：在我被定罪后全部资产都已经被查封了，我现在逃出去又能怎样？联系亲朋好友则会把他们置于危险之中，我还会被全世界通缉，万一再被抓住，可能直接就是死刑了。

所以我只能一直待在这里干着洗衣服的活儿。即便如此，至少我也尝试过做出一些改变，只能说我本性如此，这也是我历尽磨难才收获的道理：人性大概是我们唯一无法逃避的东西。

※

警卫的数量每一天都在减少。

这让我惴惴不安。

因为我知道原因：监狱员工和警卫都在往南边的人类宜居地疏散，我不知道这是联邦政府的安排还是他们自发的选择。

战争一触即发——这是一场有关抢夺地球最后宜居地的战争。有军方和警方背景的人此时可是香饽饽，狱警自然也不相上下。营地的管理很可能会像监狱那般严格，政府需要受过专业训练的人员来管理这批数量庞大的聚集人口，他们能否存活也取决于能否进行严格管理。

我的问题在于，埃奇菲尔德位于南卡罗来纳州，大致在亚特兰大和查尔斯顿中间，虽然正下着雪（八月份），但冰川尚未蔓延至此。届时政府会疏散这片区域的居民，但疏散行动肯定不会包括我们这些囚犯。说实话，政府连拯救儿童都十分困难，更别提成年人，而且他们是绝对不会拖着囚犯走的（更不可能带我们穿过大西洋去北非的宜居地）。他们的首要任务是确保囚犯不会出逃跟着他们向南行进，把原本就捉襟见肘的政府推入更大的窘境。所以他们会继续把我们封锁在这儿，甚至更糟。

事已至此，我重新考虑起了越狱计划，而且我的几个狱友看起来也有同样打算。此时，监狱的氛围就像在等待 7 月 4 日国庆节的烟火秀，所有人都在等烟花炸裂绽放的那一刻。在那之后，态势将会以迅猛之势发展，我有些担心我们能否存活。

我得加快进度了。

洗衣间的房门打开，一位狱警大步走进来。

"早上好，博士。"

我继续看着我的床单，头也没抬地回答："早上好。"

在我看来，佩德罗·阿尔瓦雷兹是这里最专业的狱警之一。他年轻有为，为人正直，从不耍滑头。

从某种角度讲，我的监狱生活也不赖。这样一个独一无二的地方有助于我观察研究人性——而这也是我的盲点，是我落得这个下场的原因。

我认为，多数狱警干这行不外乎是出于一个原因：权力，凌驾于人的权力。我相信其中共通之处在于，他们都在人生的某段时间里受到别人的权力支配。所以，人性的一个重要事实就此揭露：在步入成年后，他们就会渴望拥有童年时期被剥夺的东西。

但佩德罗是个例外，所以我对他很感兴趣。我和他建立了友谊，通过了解我逐渐知晓了他从事这份工作的原因。以下是我所了解的关于他的情况：他的家人——父母和兄弟姐妹——都住在墨西哥。他有个年龄相仿的妻子，27 岁左右，两人育有两个儿子，分别是 5 岁和 3 岁。最终我发现，他的妻子是他在这儿的唯一原因。

佩德罗在墨西哥米却肯州长大，那里山脉连绵，可是官员们欺公枉法，连法官和陪审团都跟贩毒集团有关联，杀人夺命的勾当要比交通事故更加常见。在妻子怀孕后，佩德罗一家便搬离了那里，他不想让两个儿子像自己一样在那种环境中长大。

他白天为一个景观美化团队干活，一到晚上和周末，就在斯巴坦堡社区学院学习刑事司法。毕业那天，他和妻子说他要进入斯巴坦堡县治安部门工作——因为他不想让这个新家园变得和米却肯州一样。在这里人们奉公守法，所以佩德罗希望能维持原样，当然，他完全是为了孩子。

所以有关人性的另一个事实是：父母希望孩子能拥有自己未能拥有的东西。

在佩德罗和妻子说了这个安排后，她上网搜索警察的死亡率，接着对佩德罗撂下了狠话：你要么换个职业，要么换个老婆。

最终他们还是妥协了，佩德罗做了狱警，这行的死亡率和工作时长对玛丽娅·阿尔瓦雷兹而言都还可以接受，福利待遇和加班费也比警察更为丰厚。在周日，加班费比平日还要多 25%。根据执法部门条款规定，鉴于工作环境的危险性，只要佩德罗连续工作 25 年以上，他退休后便能继续享受全部的福利——正好赶上他 49 岁生日。所以这的确是不错的选择，直到后来漫长的寒冬改变了一切。

我原以为佩德罗会是首批离开此处的狱警，回到墨西哥去跟他的家人团聚，而且墨西哥也是现存的宜居地之一，不计其数的加拿大人和美国人正往墨西哥迁移。

可出乎我的意料，他选择坚守在这里。作为科学家，我内心的求知欲让我对原因十分好奇。而作为幸存者，我的求生欲也决定了我必须要知道。

"佩德罗，你是运气不好没抽到上签吗？"

他看着我，眉毛轻轻上扬。

佩德罗大概是我在这儿最亲近的朋友了。出于好心我对他说道："你不该待在这儿，你现在应该带上玛丽娅和两个孩子往南边走。"他一边打量着自己的靴子一边回答我："我知道，博士。"

"那你为什么还不走？"

"可能是我级别不够，也可能是我上面没有朋友，又或者两者都是吧。"

他说得没错，确实两个因素都有。他的上级知道，当监狱暴乱后，佩德罗大概是会努力镇压的好下属。在这个世界上，好人往往要背负起别人的重担，然后最先被压垮。

佩德罗耸了耸肩说："我这个级别也没什么办法。"

这时一个囚犯出现在门口朝房间里望来，他怒目圆睁，双眼一眨不眨，手里还握着什么东西。他叫马塞尔，他一出现准没好事。

佩德罗听到声音转过身去。

马塞尔向他扑来，用结实的手臂锁住佩德罗，紧紧夹住他的双臂，一把自制小刀架在了他脖子上。

见到眼前这一幕，我觉得时间仿佛静止，耳边机器和新闻的嘈杂声渐渐模糊起来，监狱远处传来一阵骚乱，脚步声如雷鸣般越来越近，一群囚犯经过走道，吵闹声盖过了脚步声，但我无法分辨出争吵的内容。

佩德罗努力想挣脱控制。

另一名囚犯在门口停了下来，他人高马大，看起来非常兴奋，我不认识他。那人对马塞尔喊道："抓到他没，小塞？"

"抓到了。"

接着那名囚犯飞快逃走，马塞尔看着我说："他们打算把我们留在这儿冻死，你知道的吧，博士？"

他在等我开口。

我沉默不言。

佩德罗咬紧牙使尽全身力气想要挣脱自己的右臂。

"你要跟我们一起行动吗，博士？"

佩德罗的手终于挣脱开来，飞快地伸进口袋。我从来没见他用过武器，我甚至都不确定他是否持有。

马塞尔这时可不会坐以待毙，手中的小刀就要刺向佩德罗的脖子。

就在这时，我终于做出了选择。

第三章

艾玛

我飘在瞭望塔观测舱内，看着窗外的国际空间站受到挤压扭成一团，脆弱得像遭到了龙卷风摧残的某个农舍。

太阳能帆板已经解体，脱落的电池板如房屋碎砖瓦般四处飞溅。用不了多久，空间站也会遭到彻底的毁灭。

在一片狼藉中，我看到了一丝希望：两架"联盟"号飞船停靠在空间站。我肯定是赶不上了，谢尔盖和斯蒂芬也不可能。况且，每架飞船仅能承载三人。

"皮尔森，露易斯，伯金——你们立刻前往'联盟'号。马上，这是命令！"

我们受过专业训练，能驾驶"联盟"号在三分钟内与空间站分离，四小时内降落在哈萨克斯坦。

可我的入耳式通信器只是传来一阵刺啦声，我根本无法分辨，内部通信器已经烧坏。他们听到我的指令了吗？我只能暗暗祈祷。

我得马上向地面汇报情况。

"戈达德中心，这里是空间站。我们正在撤离……"

突然一整面墙向我砸来，我被狠狠地撞向对面，眼前瞬间一黑。

我又爬起来努力向"宁静"号节点舱移动，感觉自己可能随时会失去意识，我只能咬紧牙关继续前行，那种感觉就像溺水时一直在挣扎着不要窒息。

我被困在了空间站，用不了多久这里也会爆炸，我会被吸向无垠深空。为了生存，我只有最后一个选择：穿上航天服。

我套上离我最近的航天服，拴好安全绳。航天服能给我提供氧气、电能、通信设备——前提是它们还能正常运转的话。

"戈达德中心，能听到吗？"我再次尝试呼叫。

"能听到，马修斯长官。请马上汇报最新状况。"

正要开口，突然间，我所在的这间舱体爆炸了。最终，我还是被吸向了深不见底的太空。

❋

不知过了多久，我的意识渐渐清醒，身体感官也慢慢恢复了。我感觉身体就像洋葱一样被层层剥开，从一开始没有太大知觉，到后面感官越来越强烈：疼痛感、呕吐感、沉寂感一一袭来。

我的航天服依然和空间站连接在一起，可下方的舱段已经被撕裂开来，肉眼可见地球就在我的下方。冰雪从西伯利亚一直蔓延至中国，皑皑的白雪和翠绿的森林形成美妙的色彩对比，只不过这茫茫白雪带来的只有毁灭与死亡。

空间站的残骸像乐高积木一般在太空中飘荡。

两艘"联盟"号也不见踪迹。

我用通信器呼叫队员。

毫无回应。

我试着和地面联络。

依然毫无回应。

我用肉眼判断地球是在变大还是变小。

如果变大，那说明我已经进入毁灭轨道，用不了多久我就会被烧成灰烬。

如果变小，那说明我已经逃脱地球引力，向宇宙深处飘去，最终也会因为缺氧窒息而亡。即使空间站能提供足够的氧气，我也会被活活饿死。

━━╱ 第四章 ╱━━

詹姆斯

我朝他们冲去，一把抓住马塞尔的手臂。虽然我的块头没法把马塞尔摞倒，但阻止小刀刺向佩德罗的脖子绰绰有余。

佩德罗使尽浑身解数挣脱马塞尔的控制，从口袋里掏出一样东西向他捅去。

我顿时震颤起来，体内像是有一股电流通过。马塞尔也开始抽搐，手中的小刀应声而落。接着，我们一同摔倒在油毡上，像满满的两袋土豆重重砸到了地上。

我敢说佩德罗持有电击棒是违法的，不过我很庆幸他因此脱险。

我立刻翻滚到一边，离马塞尔远远的，身上的电流也散去了，可还是有些头晕目眩，四肢也使不上劲。

马塞尔则像一条跳出水面落到岸上的鱼，在地上抽搐抖动，直到电流声噼里啪啦慢慢停了下来。

佩德罗伸手去捡小刀。让我无比震惊的是，马塞尔居然还能活动，他伸出一只手紧紧抓住佩德罗的手臂，但是马塞尔非常虚弱，一只手根本拦不住他。马塞尔又伸出另一只手向佩德罗肋骨打了一拳，痛得佩德罗大喊大叫起来。

我四肢无力，艰难地朝他们爬去，在马塞尔再次准备发起攻击时紧紧地捆住了他的手。

我听到门外传来呼喊，有人边呼唤马塞尔名字边往这边走来。

佩德罗拿到了刀，没一会儿，地上就血流成河。马塞尔身上喷溅出的鲜血，浸染了他的衣服和手臂，并且淹没了我。我发誓，我能感觉到他的身体在慢慢变凉。

马塞尔嘴里吐着鲜血，眼睛渐渐失去了神采。

佩德罗从他身上爬开，拿起对讲机准备说话。

我颤抖着举起沾满鲜血的手，对他说："别，佩德罗。"

他停了下来。

我吃力地说道："警卫和囚犯数量的比例是一比一百，我们寡不敌众。"

佩德罗思索了一会儿，摇了摇头。

"我还是得走了，博士，这是我的职责所在。"

"你听我说，马塞尔进来的时候并没有马上刺死你，你知道为什么吗？"

佩德罗眯了眯眼，陷入了沉思。

我告诉了他答案。

"他们想劫持你做人质，拿你当筹码，要是他们的越狱计划失败了，就拿你做人肉盾牌。你出去后他们马上就会抓住你，挟持你来和其他警卫对峙。他们会把你绑起来，揍个半死，然后让你家人甚至全世界都看到你狼狈的样子。"

佩德罗望向洗衣间的门，那是这里唯一的进出口。

呼喊声越来越近，可能只剩一分钟，甚至一分钟不到。

"没有出路了，博士，你在这里好好待着吧。"

他起身准备出去，我伸出满是鲜血的手拦住他说："还有一条出路。"

"你说什么？"

"没时间解释了，佩德罗你相信我吗？"

❄

外面的囚犯找进来时，我正躺在马塞尔的尸体旁不停地抽搐。

总共进来了六个人，手里都拿着自制棍棒或小刀，其中一人还拿着一台对讲机。

"我们找到马塞尔了，他死了。"

他们过来围住我。我艰难地坐起身，身体不停抖动着。演这样一出戏对我而言轻而易举，因为我的身体确实还特别虚弱。

"是谁干的？"他们领头人喊道。

"没……没看清。"

一个和我年龄相仿，手臂布满文身的秃子掏出一把刀架在了我脖子上。

虽然我内心平静，但我还是佯装害怕。

"那人进来时……在马塞尔身后电了他，然后将他一把推到了我身上，当时就把我砸晕了。"我对领头人说道。

囚犯的对讲机里传来阵阵枪声，领头人转过去对着对讲机询问情况，他怒火中烧，在洗衣间不停走动。

"我……走不动了，"我无力地说道，"你们能扶我出去吗？"

秃子这时才挪开刀，把我推翻在地后他们火速地离开了。

在确定他们已经走远后，我脱下身上被鲜血染红的衣服塞进一个洗衣袋里，然后爬到中间那台烘干机旁小声地说："他们已经走了。"

铺在烘干机上的床单被拉开后，我看到佩德罗的表情，他惊魂未定，对我感激不尽。

"你先待在这里，等我回来找你。"我对他说。

还好，佩德罗的块头不大。不过，等他出来的时候肯定还是会腰酸背痛。

我比他还要高一些，有一米七八的个儿，要我进到烘干机里就有点儿困难了，可是我也没有选择，我现在连走路都困难，更别提奔跑和搏斗了。要是遇上什么情况，以我现在的状况哪儿也跑不了，更不可能杀出一条血路。

我又调大了电视声来掩盖我和佩德罗的动静。突然，佩德罗的烘干机里传来一些声音，我发现他在用对讲机了解外面的情况。

我小声对他说："佩德罗，你得把那玩意儿关了，要是被人听到了，你可就没命了。"说完，我费劲儿地挤进一台大号的商用烘干机，盖上床单，关上门，开始了漫长的等待。

※

时间仿佛过去了好几个小时。

我竖起耳朵一边听着新闻，一边留意着外面的情况。

电视里不停播放着的内容似乎全与漫长的寒冬有关，重点讲述一个个普通家庭该如何在这次危机中生存下去。

我一动不动，可身体却传来阵痛——一是因为此时我就像母亲肚中的胎儿那般蜷缩在烘干机里，二是因为我还没从刚才的电击中恢复过来。

电视开始播报一则突发新闻，"监狱暴乱"和"国民警卫队"几个字眼立刻吸引了我的注意。我把床单掀开一小块，通过电视我看到直升机降落在监狱外，离我们的位置仅不到 200 米。

记者的一番话更是证实了我的猜想："随着漫长的寒冬不断消耗着联邦和地方执法部门的资源，我们可以看到应对监狱暴乱的方式明显发生了改变。"

我全神贯注地听着新闻，以至于完全没有注意到有脚步声靠近，直到一名囚犯大步走了进来，身后跟着另两名囚犯。毫无疑问，他们在寻找我们，想挟持佩德罗来做筹码。至于我，要是他们发现我做的事，一定会为马塞尔复仇的。在监狱，复仇是头等大事，已经没人能够阻止他们的脚步了。

━━━／第五章／━━●

艾玛

我彻底失去了时间概念，可能已经过去了几个小时，一天，甚至两天。

有件事，我倒是很确定：我产生了减压病症状。这病没有严重到要我的命，但足以让我每时每刻都备受煎熬。我产生了强烈的呕吐感，只不过现在不是呕吐的好时候。

造成减压病的背后科学解释如下：国际空间站和航天飞机内部会增压至每平方英寸 14.7 磅——和地球海平面大气压强相同。航天服内部则会增压至每平方英寸 4.3 磅——和喜马拉雅山峰顶压强相同。也就是说，在爆炸后短短几秒钟的工夫我相当于从海平面飞到了喜马拉雅山山顶。这会有什么不良反应呢？快速降压会导致身体产生氮气，这种气体通常会溶解进血液和身体组织，破裂后形成氮气泡。就好像打开一罐内部处于高压状态的苏打水，罐子被打开后，里面的物质就会瞬间暴露在相对低压的外界环境中，嘶嘶地冒出气泡，释放出其中的二氧化碳。这就是我的身体正在经历的情况：气泡正加速在我体内流动。我现在就像一罐刚被打开的处于高压状态的苏打水，体内不停地冒着氮气泡。

长久以来，潜水员对减压病就已经有了深刻的认识，并研究出一些预防措施，国际空间站也有对应策略：通常在我们套上航天服前，会执行一套程序来避免减压症状。可当时时间紧迫，我只能在忍受减压病和直面死亡中间二选一。

但现在看来，我选择死亡还能更痛快点。

现在我浑身上下撕心裂肺地痛，身体早已精疲力竭。但我不敢睡过去，我担心睡着了就再也无法苏醒。

我无时无刻不想活下去。这时候，我才意识到对生的向往是如此强烈，求生欲大概是绝境逢生中唯一重要的东西。

即便如此，我依然束手无策。我扫视着空间站残骸，搜寻着其他幸存者——或者是能让我活下去的办法。

空间站碎片不断落入地球大气层中燃烧殆尽，它们像沙漏中一粒粒燃着烈火的沙子，每一次下落都仿佛在预告着我的死亡。

我知道自己正处于毁灭轨道，用不了多久我就会和空间站碎片一起坠入大气，陷入熊熊火焰之中。

这时，我看到大气中出现了一道更为闪烁的亮光。我原本以为是碎片在燃烧，可这道亮光愈发明亮，直到我意识到有什么东西正在靠近。

是一枚火箭正高速飞来。

火箭各级分离，一艘载人飞船出现在眼前，接着推进器开始喷射。

它正向我飞近。

我知道它是来接我的。

我喜极而泣。就这样，我迎来了一线生机。

●—／第六章／——●

詹姆斯

一般来讲，在联邦监狱服刑有一个好处，那就是这里的罪犯都不同寻常，我说的可不是州监狱里的那种普通抢劫犯和杀人犯。埃奇菲尔德的囚犯和其他联邦惩教所里的一样，不仅都是犯罪大师，而且也是跨州犯罪或者违反联邦法律的犯罪狂。

坏处在于他们向来老谋深算，所以很可能不久便会发现佩德罗和我的下落。我果然料事如神，因为我听到他们正从最旁边的烘干机开始搜索起来。

远处传来自动步枪的声音。国民警卫队来了，他们过了几分钟赶到现场，时机刚好，省去谈判环节直接攻入惩教所，想打他们个措手不及。

一只充满赘肉的手抽走了床单，打开了我所在的烘干机的门。看到我之后他吓得退了两步，随即用枪指着我喊道："滚出来！"

我伸出双手，小心翼翼地从烘干机圆形的出口向外爬，浑身酸疼。

外面枪声越来越响，听起来简直像是第三次世界大战。

那人对另一名伙伴叫道："把门关了，再拿个桌子顶着。"

我虽然已经爬出半个身子，不过我可不想出来，因为我知道接下来会发生什么。唉，我收回刚才对这些罪犯平均智商高的评价，这些人真是蠢得无药可救。

"我说你快点给我滚出来！"

虽然不情愿，可我只能照做，谁让他手里有枪。

我跌跌跄跄像个蹒跚学步的婴儿一般爬了出来。

不一会儿，佩德罗也被发现了。他爬出来后胸膛一挺，站得很直。我越来越欣赏他了。我祈祷着我们千万别在这时候死在一个洗衣间里。

他们对佩德罗进行搜身，拿走了对讲机和那个用在马塞尔身上的电击棒。

站着会让我的身体四处疼痛，于是我半靠在烘干机上。

枪声已经消停，不管刚才外面打得多激烈，都已经结束了。

一台对讲机里刺啦地传出声音——那台肯定是他们从别的狱警身上抢来的。

"洗衣间里的人听着，一切都结束了。现在马上双手抱头走出来，我们不想再造成更多的人员伤亡。"

这几个人中领头人和我预想的不太一样，他不是那种虎背熊腰、布满文身的家伙，而是一名中年白人，头发稀疏，胡子拉碴，就像是美国消费者新闻与商业频道（CNBC）里的那种人，虽然最近的业绩报告数据不好看，但仍旧滔滔不绝告诉你应该买他们公司的股票。这也许就是他坐牢的原因吧。

他在房间里四处走动，不停打量着周围我早已熟悉的一切：一个入口，没有窗户，没有出口，只有几个小通风口嵌在天花板上。不过，和电影里不同，通风口很小根本挤不下人。

他镇定自若地拿起对讲机说道："我们也不想造成更多生命损失，我们只想得到活下去的机会。你们也知道，寒冬就要来了，我们只想待在这里哪儿也不去。我们剩下的人也不多，但足够在监狱自给自足了——我想说的就是这些。我唯一请求你们的就是把监狱的门锁死，钥匙扔掉。如果有人胆敢出逃，你们就用智能无人机射杀他们。我们真的不想出去，只想求一条活路。"

这家伙肯定是整场暴乱的主谋，思路清晰，聪明睿智。不过，这对我现在的处境可不太有利。

他望着佩德罗说道："我们逮住了一个你们的人。"他把对讲机放到佩德罗嘴边，"告诉他们你的名字。"

佩德罗不屑地对着对讲机吐了一口。

那个衣服沾着鲜血并拿着棍棒的囚犯退了两步。

"佩德罗，按他说的做！"我大喊道。其他囚犯停了下来，盯着我俩。"就告诉他们吧，不然他们也会逼你说的，告诉他们没关系的。"

"没关系，佩德罗。不会有事的，说吧。"我又对佩德罗点了点头，他咬着牙说出自己的名字和级别。

接着，领头人用对讲机说："如果你们撤离监狱，再满足我们的要求，我们就放了他，不会伤他一根毫毛，这样的结果岂不是两全其美。"

对讲机那边的士兵回应道："我们会撤离监狱，但我无权满足你的其他要求。我得向上级汇报，给我们点时间。"

"行吧，反正我们哪儿也不去。不过如果你们无法满足我们的要求，就别想再见到佩德罗。"

他放下对讲机仔细打量着我。"你是谁？"

"洗衣服的。"

"平时就在洗衣间待着？"

"当然，如果有人要洗衣服的话。"

他突然露出微笑，可其他人并不觉得好笑。

其中一人举着自制小刀指着我说："他就是个内鬼，卡尔。依我说不如我们现在就弄死他。"

严格来讲，我还不算内鬼，我只不过会略微帮助一下那些我认为的道德稍微高尚的人，只是这次的帮助对象恰巧是佩德罗·阿尔瓦雷兹而已，不过现在也不是和他们费这些口舌的时候。

那个叫卡尔的领头人似乎挺支持这番话。

"行吧，你想杀了他或者做什么都随你——不过得等这一切结束后。"

●──／第七章／──●

艾玛

有些东西会永远刻在我的脑子里，比如我在六岁的那个圣诞节早晨在圣诞树旁看到的那一辆新自行车，又比如艾德琳和欧文出生的日子，还有我乘坐"联盟"号升上太空的那天。

上太空一直是我的梦想。但某种程度上来讲，这也是我人生中许多事务延期的原因，例如婚姻、孩子、一个安定的生活。

现在，太空还成了我的噩梦。

载人飞船朝我飞来的这幅景象，也必定会让我铭记终生。我当时喜出望外，因为他们竟然为了救我而发射了一枚火箭。在这个连自救都来不及的世界，竟然有人愿意为了一条生命发射一枚火箭。

这说明人类仍有希望。

太空舱像一只小鸟伸展双翼，展开迷你太阳能帆板。推进器不断调整方向，旁边冒出缕缕白烟，速度慢慢减缓并向我靠近。我认出了上面的标志，那是一家私人太空器承包商。该飞船按计划应该在三周后发射，携带三名宇航员和空间站进行人员轮换，其中也包括我。可现在看来，他们提前发射了。

我曾经自己研究过这款飞船，非常熟悉它的规格配备。这是一款载人载货的两用飞船，内部可容纳七人和数吨补给。飞船从内到外包含一个前锥体（现在没了），一个宇航员待的增压区，一个服务区（未增压），一个用于大气再入的隔热罩，底部有一个在大气再入前可脱离的未增压货舱。这些配置确实很棒，只是有一个问题：我没有对接口或者拴系装置。

它的头部转向我，仿佛看穿了我的想法，接着打开了靠泊口。我原本以为这样做内部空气就会喷射而出，将飞船往后推走。可我看到喷射的空气量非常微弱，才发现原来他们在发射前就进行了减压，真是明智之举。

打开的舱口像一双眼睛似的盯着我，身后是漆黑的宇宙。我和它此刻都在地球轨道绕行，国际空间站的运行速度可以超过每小时 27000 千米，不过我和飞船的速度较慢。它调整喷进以匹配我的下落速度，试图通过推进器来保持和我的相对静止。即便如此，这也是一场必输无疑的救援，因为即使是蜂鸟也不可能保持完全静止，这只能是徒劳。

他们到底做了什么计划？我希望它能伸出什么东西好让我抓着回舱内。安全绳，普通绳，什么都好，就算是一根树藤都行。

可什么也没有。

就在飞船在一旁等候的时候，我发现货舱指示灯开始闪烁，我意识到那是摩尔斯电码。（要不是减压病的症状让我精疲力竭，我现在肯定对这种费神的交流方式感到非常烦躁。）

指示灯又开始闪烁。

· — — —

J。

接着是 · ?

我没看清第二个字母。

我强迫自己专注起来。

第三个是: — —

或者－·

所以是 N 或者 M。

下一个：·—·。

P。

先是 J，第三个是 N 或者 M，最后是 P。

什么，难不成是让我——

我又看着指示灯闪了一遍。

好吧，他们说让我跳过去（JUMP）。

第八章

詹姆斯

　　我觉得接下来局势大概会这样发展：催泪弹顺着通风管进到洗衣间，军队破门而入，双方开始对峙，然后迎接我的是死亡或者更久的牢狱之灾。

　　可我竟然大错特错。

　　监狱里剩下的囚犯全部聚集到了洗衣间，共有十七人，估计是猜到唯一的筹码——佩德罗——藏匿于此，而这里仅有一扇门进出。相比整个监狱，这里也更加容易防守。

　　卡尔手里的对讲机嘶嘶地传来回应，十几个人挤满了洗衣间，等着警卫队的指挥官出声。

　　"监狱里面的人听着，我们可以答应你们的要求，按你们说的办。"

　　房间里爆发出阵阵欢呼，这些囚犯相互击掌庆祝，不过他们看我的眼神依然不太对劲。

　　"我是不会出去的。"佩德罗想挣脱——可双手被强力胶布绑在身后。

　　卡尔笑着对他说道："噢，你当然得出去。提醒你一下，我们是和监狱外的臭警官达成的协议，不是监狱内的臭狱警。"他对同伴说，"塞住他的嘴。"

他们叠起枕头套塞进佩德罗嘴巴，又往他手上多缠了几圈胶布。

接着卡尔又拿起对讲机提要求："太好了！现在，我们就敞开了说吧。我们需要确保我们的小小'埃奇菲尔德州'不会遭到入侵，所以我们需要枪支和弹药，并且在监狱外建立中立区，大概得差不多方圆一百米吧。"

"枪支免谈。"

"那就都别谈了。没枪你们就得不到佩德罗·阿尔瓦雷兹，至少不会是活的。"

对讲机那边沉默了一会儿回应道："稍等。"

仿佛又等了足足一小时才又传来答复："行，给你们点儿枪。"

"很好，但别给我们那些破旧的老爷枪。我要半自动步枪，充足的子弹，一人一把。"他停下来数了数人头，"我们有十七个人，还要把你们这次进攻行动中俘虏的囚犯全部释放，他们也得有枪。"卡尔越说越兴奋，"再一人发一把备用来复枪，每人两个手雷，再给我们共计七枚火箭筒。"

虽然对讲机那边极不情愿，但最后还是勉强同意了请求。接下来的几个小时，囚犯出到外面四处检查有没有士兵藏在监狱，搜寻着埋伏或者饵雷。确认监狱安全后，所有人开始撤出洗衣间，我和佩德罗走在囚犯队伍的中间被"护送"了出去。

院子里，军队正在路障和运兵车后面待命，再后面是俘虏的囚犯，路障前放着六个板条箱。

卡尔对外面喊道："让我看看枪！"

一名肩膀上别着美国国旗的士兵走上前，打开一个板条箱，面容严肃地拿出一把来复枪，对着天上射了一发子弹。

"把箱子里的枪都倒出来，随便选两把枪。"卡尔对着士兵喊，"再开两枪。"

很明显他不是傻子。

士兵回过头征求同意，一名头盔上印有银色老鹰标志的长官点头准许。士兵上前又挑了一把来复枪，不过卡尔喊他拿旁边那把。确实，卡尔精明得很。士兵接下来又试着开了两把枪，都没问题。

这些人到底是怎么想的，居然给监狱派送火力？真是疯了。

真没想到，交换这就开始了。一名囚犯用刀架着佩德罗向前，在中间停下等国民警卫队释放其他囚犯。囚犯被释放后穿过院子跑向我们，拿起板条箱和卡尔的人会合，不过挟持着佩德罗的囚犯仍然没有松手。

对讲机响起，指挥官喊道："快放人。"

"会放的。"卡尔说，但却迟迟没有下令。

我紧张到手心直冒汗，心里祈求他能放走佩德罗。

很显然，他们还不愿意放他走。

囚犯们和卡尔会合后打开板条箱，分配武器。他们将武器举过头顶不断欢呼，像赢了超级碗一样开心，接着又全部拿枪瞄准了对面的军队。

卡尔举起对讲机说："可以了，放了我们的客人吧。"

看到佩德罗踉踉跄跄地往前走，我才松了一大口气。可就在他要走到路障那里时，他突然停了下来，转过头在囚犯中找寻我的身影。我知道他在想什么，如果他执意要求他们放了我，那也许真的有可能成功。

可我对他摇摇头。因为这些人已经拿到枪，如果那么做，无疑将带来一场血战。

他还没来得及做出任何决定，士兵就将他围住护送到警戒线后。与此同时，囚犯们开始一边瞄准一边撤退，我也被他们架着回到了监狱，除了服从之外我别无他法。这回，我算是玩儿完了。

❄

回到监狱后我被关进一间牢房，就住宿条件而言可谓是一落千丈，我之前住的地方是个小隔间，有些像宿舍，还有两名狱友。话虽如此，至少我的命是暂时保住了，所以也没什么好抱怨的。

我睡在牢房下铺，之前在洗衣间拿刀架着我的家伙路过我的牢房，停在门外，一脸幸灾乐祸的表情，一只手拿着来复枪，另一只手端着一杯自制白酒。他一言不发地看着我，仿佛在看动物园里温驯乖巧的宠物。

我对他说，感谢他来探望我，不过我觉得他听不出我的讥讽，并且还是不要惹怒他为好。

我躺在床上盯着上铺的床板沉默不语。在经历了一次突如其来的命运转变后，现在我成了埃奇菲尔德联邦惩教所的唯一囚犯，虽然在此之前我本可以轻易越狱。可现在，我知道其他人迟早会杀了我，即便死里逃生，在漫长的寒冬里我也只有死路一条。

我想我大概还是没有弄明白人性这回事吧。

——／第九章／——

艾玛

可以假设一下你在玩飞镖游戏，赌的筹码是你的性命。此时，目标靶子在不停移动，而我就是那枚飞镖。

这就是我现在的处境。

飞船来回晃动，推进器在不断调整以稳定舱体的位置。

跳过去，那串摩尔斯电码这样说道。

他们让我解开安全绳跳进飞船，对此我充分理解，因为他们已经无法再靠近，可如果飞船和空间站碎片发生碰撞，我会被夹在中间，我的身体会一分为二或者从此瘫痪。

我的第一个选项是与国际空间站解绑，然后迅速推开残骸，这之间产生的推力能让我与飞船会合，我暂且称其为"飞镖选项"。但如果偏离靶心，我就会飘向宇宙深处。我在地面的同行已经调整好飞船位置，我正处于地球与飞船中间——如果失败了，至少我不会落入大气燃烧殆尽。尽管如此，我还是没法接受这种风险。

我放弃飞镖选项，选择了 B 计划。我称之为"明智之选"——产生的推力能让我与飞船在中途会合。

于是，我解开系在空间站残骸的安全绳，轻微推了一把，然后在太空中无所拘束地缓缓向目标飘去，我内心忐忑不安，无助感将我包围。此时的我像在钢丝上行走，脚下没有防护网，只有苍茫宇宙。

飞船慢慢地靠过来，两边的推进器喷射出滚滚白烟，犹如一条巨龙向我靠近。伴随着距离不断地缩短，推进器调整的频率也越来越快，我可以想象地面控制台的人肯定汗如雨下，一口大气也不敢喘，正如现在的我一样。

我们之间的距离仅剩七米不到。

暂时一切顺利。

五米。

我发现我有点儿偏左。

还有三米。

有点儿太偏离轨道了，我也许抓到边缘再拉一把就可以了。

偏离越来越多，我们马上就要错过了！

突然，推进器火力全开，飞船疾速朝我驶来。

电光石火间，飞船靠泊口一下将我吞入，我撞进舱内不停地翻滚起来。

我心力交瘁地躺在乘员舱，看着周围白色的软垫墙，上面系满了各种工具和仪器，还有一块写着两行大字的牌子：

谨代表地球上的朋友
你好

见此我不禁潸然泪下，身体随着啜泣战栗起来。自国际空间站出事后，这是我第一次真正看到了生的希望。

第十章

詹姆斯

就在那晚，监狱里欢声如雷。这是我在埃奇菲尔德这么久以来第一次看到这样的场面，音乐声震耳欲聋，全副武装的囚犯们个个喝得酩酊大醉，对着音乐放声歌唱。有人在打架，有人拿着扑克和骰子赌博。监狱里的物资间也被横扫一空，地上扔满了垃圾。那些大半辈子都处于囚禁中的罪犯，此时此刻终于彻底获得了自由。

可第二天一早，刚刚重获新生的他们却全都死了。

我之所以知道是因为外面实在是太安静了。黄昏时分，牢房外便开始鸦雀无声。我整夜未眠，因为说实话，我以为那是我活着的最后一晚了，我不想在睡梦中死去。可整晚都没有人来找我，他们大概是觉得要杀我有的是时间吧。可惜的是，他们错了。

到了早晨，我从牢房里看到外面公共区域遍地尸体。他们没有中枪，也未被突袭，他们安静地躺在地上一动不动。不管发生了什么，我庆幸逃过了一劫，至少暂时如此。

监狱里这时传来脚步声，步伐急促且数量庞大，我接着听到整齐划一的声音喊道："一切安全！"

军队来到我的牢房前，他们戴着橡胶手套，穿着全覆盖的一次性防护服。我突然回忆起国民警卫队为卡尔和暴徒展示枪支的画面，士兵那时也戴着这样的手套。

这基本证实了我的猜想：他们在枪上下了毒。实在是个妙招。

士兵站到一边，让道给一名发型精干、身穿海军制服的高个男人。联邦探员，这是我看见他时脑子里蹦出的第一个词。

"辛克莱博士，我们想和你谈一谈。"

我站起来耸了耸肩说："你运气不错啊，赶上了我的办公时间。"

他对士兵低声说道："带走。"

他们朝牢房里扔进一套防护服和橡胶手套。

果然是这样，他们肯定在枪上下了毒。他们担心监狱其他地方也附着了毒药，所以害怕我中招。

这么说他们还打算留我一命，至少算个好消息吧。

❄

原本我成了埃奇菲尔德的最后一名囚犯，可次日清晨，我却是监狱里唯一活着出去的人。

我四处寻找佩德罗的身影，可是他无处可寻。

我被带到了一辆货运车前，那位联邦探员正在里面等我，身边还有一位留着短须、头发灰白的男人，他的双眼十分慈祥和善。我认识而且十分尊敬这个男人，不过我们从未真正见过面。我绞尽脑汁也想不出为什么他会在这儿，我对此十分好奇。

"脱掉手套和防护服。"探员对我说。

我脱下它们后一位士兵问道："要不要把他铐起来？"

探员笑着说："没事儿，他和其他罪犯不同，对吧，博士？"

"很多人完全不认为我是罪犯，我只是一个思想超前的人罢了。"我回应道。

"行吧，那我就是个不喜欢浪费时间的人，赶紧上车吧。"

我进到车内，探员示意除了我和那个男人以外的其他人离开，接着他做了自我介绍："你好，辛克莱博士，我叫雷蒙·拉森，美国司法部副部长。"

他在我心里的地位瞬间上升至比联邦探员还要高一个级别。

接着他指着那个男人说道："这是劳伦斯·福勒博士——"

"我知道，美国国家航空航天局主管。"我看着福勒博士的眼睛，"终于见到您了，虽然这种见面方式不太合适。自从您去了加州理工学院，我在科研方面便一直追随着您的脚步。"

他两眼放光："是吗？"

我上次看到他还是在视频里，当时他在一场会议上做演讲。不过那已经是四年前了，此时他的声音比那会儿更加缓慢、低沉，真是岁月不饶人，看来工作的压力对福勒博士产生了不小的影响。

"是的，您对替代喷气推进燃料的资源研究实在是——"

"好了，我们直奔正题吧。"拉森伸出手打断了我，他不怀好意地笑着，"如果你真的如他们所说的那样聪明，为什么不猜猜我们找你的原因是什么呢？"

我耸了耸肩说："因为你们有求于我。具体来讲，你们打算给我赦免或者一个工作释放的机会，视我配合程度而定——你们还会放其他狠话威胁我，说如果我不服从，就把我再扔进别的监狱里，然后那里的囚犯就会知道我是埃奇菲尔德监狱暴乱的唯一幸存者，也就是说我是个内鬼，那些人命都得算到我头上。为了防止我起诉他们，典狱长会把我扔进小黑屋，美其名曰是为了我的人身安全，然后把我关到无法忍受为止，接着我会苦苦哀求你们把我放出去，可等我真出去了，几天内我就会在监狱里被人干掉。"

拉森一脸佩服。他从西服内侧口袋抽出一张叠起来的纸，看了看福勒，后者简单地点了点头。拉森打开纸张摆在我面前。

我原以为内容会很多，可上面只是写着：

　　总统特赦
　　经美国司法部、美国国家航空航天局和指定的政府机构及私有实体决定同意。
　　工作时长不定。
　　无任何补偿及福利。

拉森递给我一支笔，我接过在上面签下了名字，他将纸重新叠好塞回了夹克口袋。

"能给我张凭证或者复印件吗？"我说道。

"没有。"

"那……我们什么时候开始？"

如我所料，接下来轮到福勒博士上场。他打开笔记本对我说："恐怕现在就得开始了，时间紧迫，辛克莱博士。"

"叫我詹姆斯就好。"

"行，詹姆斯。接下来我要给你展示的是这个世界上的顶级机密。"

听到这句话，我突然有点儿想要小聪明。自我小时候起，讽刺就成了我反抗世界的一种工具，因为这个世界既不理解我，也不喜欢我。不知何时，这也成了我长久以来和别人沟通的方式。虽然这让我显得有点儿难以接近，但可以使我免受伤害。可是现在不知为何，我一句玩笑话也说不出。因为我察觉到，虽然整件事从开场到现在都非常戏剧化，可福勒博士接下来要说的话可能真的至关重要。又或许是因为我知道福勒博士是个好人，在和他仅仅接触五分钟后，我便认为自己已经十分了解他的为人。我知道这不是什么过家家或者政治阴谋，他的出现是有原因的，而且是非常重要的原因。不仅如此，他还让我想起了我的爷爷。

"如你所知。"福勒博士敲着键盘，"漫长的寒冬是人类有史以来面临的最严峻的生存危机，它不符合任何已知的气象模型。美国国家海洋和大气管理局全体工作人员绞尽脑汁也找不出原因。简而言之，这一现象无论如何都讲不通。你知道为什么吗？"

"因为人们漏了一个变量。"我回答。

"没错，美国国家航空航天局就一直在寻找这个变量。"福勒博士点了点头，"一年前，我们向太空发射了一系列探测器，目的是为了测量太阳对地球的太阳能输出，可结果让我们非常震惊。"

通过电脑屏幕，他给我们展示了一幅可交互的 3D 模拟地球，其外圈被众多探测器包围，每枚探测器旁都有一个小数字。我猜这些数字是探测器所测量到的太阳辐射数值，可让我惊讶的是探测器数值的变化。虽说太阳的输出确实不会像灯泡那样均衡，但也远不会像眼前这些数值那样失衡，此时地球受到的太阳辐射要远低于它周围的太空区域。

这意味着什么已经不言而喻。

我顿时感到口干舌燥。我觉得这不可能——可眼前的数据又千真万确，这种无法用科学解释的离奇让我感到一阵恶心。这实在过于怪异，不可能是自然现象，我知道造成这一切的原因很可能是外星存在的干扰。如果我没猜错，几乎可以这么说：这无疑是人类的末日。任何有能力造成这一切的物种或者力量，要抹除人类可以说是有无数种方法——甚至先进到我们连想象的空间都没有。

福勒博士看到了我的表情，继续说道："我相信你已经明白这些读数意味着什么。"他停了一会儿，似乎是在根据我的反应调整接下来说的话，"在我们测量到这些读数之前，各国政府已经联合起来共同评估商讨解决的办法。其中最可行的，或者说最流行的方法，就是加快温室效应，让地球升温以弥补减少的太阳能。除此之外还有许多其他办法，其中一些相对而言成功概率更大，比如建立地下居住区依靠地热能源生活，或者改变地球运行轨道等。"

他看出了我的震惊。

"正如我刚才所说，其中一些提议相对而言成功概率更大。"接着他转头看着电脑屏幕，"可是，后来探测器传回的数据改变了一切，对此我们也一直守口如瓶，并在四个月前发射了第二轮探测器。这一组探测器相比之前体积更大，对数据的核查也更加精准。它们覆盖的区域更远更广，一直到了内太阳系。"福勒停下来看着拉森和我，好像在判断我们是否准备好听他接下来要说的话，"接着我们发现了这个东西。"

他用电脑为我们播放了一段视频，可以看到太阳前有一颗黑色的小点。对焦后，我们发现那是一个椭圆形的物体，表面略微反光。视频到此为止。

拉森震惊得合不拢嘴。很显然，他和我一样对此毫不知情，当然他也没有事先知道的必要。

我之前还不太肯定，但自从看到探测器传回的太阳辐射读数后，我就差不多知道是怎么一回事了。我脑子里依然充满了无数问号，我需要更多的数据。福勒博士显然也是有备而来，我单刀直入地提出了我的问题。

"你们一共发现了几个这样的未知物体？"

"一个。"

"它侦测到了美国国家航空航天局发射出去的探测器吗？"

"是的。"

"它有什么反应？"

"它摧毁了探测器。"

听到"摧毁"二字我顿时愣住了，我开始不停思考这意味着什么。

"喂，那到底是什么鬼玩意儿？"拉森终于回过神来问了一句话，不过也只是一句废话。

福勒博士还是只看着我，接着说道："请安静点，拉森先生。"

"它摧毁探测器后有继续采取什么行动吗？"我问。

"也许吧，我们还未能确定。"

"什么意思？"

"在探测器将数据传输回国际空间站的几分钟后，空间站经历了一次太阳活动，接着同样遭到摧毁，地球轨道上的所有卫星也是同样的下场。"

"你觉得它是为了阻止数据传输？"

"目前来讲只能这么解释。"

"国际空间站的宇航员怎样了？"

"只有一人存活，其余的在事故中全部丧生。她现在还在太空上面，我们正打算接她回地球，还不知道能否成功。"福勒博士眼神望向别处，我这个问题有点儿沉重。

我点了点头，看他不想继续这个话题，所以我转而问道："你还知道其他什么信息吗？"

"目前就知道这些。"

我在脑子里不停推演着可能发生的各种情况，还向圣母玛利亚祈祷我们能度过这次危机。可无论我怎么推演，都导向一个问题：数据不足。我们必须得查明这次面临的是什么情况。

拉森摇了摇头，看起来很心神不定，他追问道："嘿，你们谁和我说一下这到底是怎么回事？"

我对福勒说："你告诉他？"

福勒躲开我的眼神。这个动作翻译过来就是：你来告诉他吧，用你自己的话讲，他应该知道实情。

"拉森先生，这说明我们在宇宙中并不孤单。可怕的地方在于：不管太阳前那个东西是什么，它们要么根本不屑于和人类展开对话，要么就是想将我们赶尽杀绝。"我这样回答道。

第十一章

艾玛

当我终于止住眼泪，我开始打量舱内环境。墙上绑着食物、饮用水和一个医疗包，角落里有一个较大的包裹，当我认出它时差点又忍不住哭了起来：那是一套用于航天服的舱外活动简便救援装置（严格来讲叫舱外活动单元，即EMU），它可以连接在航天服后面，配备多个小型推进装置，这对避免宇航员飘离空间站能起到极大的作用——在宇航员肉身靠泊的情形下也十分有用，而且在刚才我就经历了这样一种情况。

在第一面牌子后面，还写着以下内容：

不要脱下航天服。
使用通信终端和我们保持联系。

为什么不能脱下航天服？我完全可以给舱内增压，于是我猜测摧毁国际空间站的那场危机还未完全渡过，他们担心飞船届时会无力抵挡。

我打开通信终端的嵌板，屏幕自己亮了起来。在穿着航天服的情况下，我那笨拙粗肥的手指自然是无法使用屏幕上的键盘，但还好他们连这点也考虑到了。旁边的墙上正系着一根触控笔，就像 E.T. 外星人电影里的小外星人伸出手向我指来。我拿过触控笔，屏幕上传来了第一条地面发来的信息，白色的字体在黑色背景下格外显眼，有点儿像在用磁盘操作系统（DOS）和 UNIX 命令行输出一样。

很高兴见到您，马修斯长官。

看到消息我环顾了一下舱内，角落有一个黑色圆顶摄像头，我对着它挥挥手笑了笑。

身体状况怎样？

拿着触控笔输入实在有点儿不方便，不过我正在努力。

说实话，还行吧。

我不清楚是谁在屏幕那端，不过应该是某个知道我身份的人。我先通过屏幕就我目前最大的问题发出了求助：减压病。

减压病，症状轻微。身体有擦伤。

接着我问到我最关心的问题。

　　空间站其他成员？

屏幕那边毫无回应，我知道这不是什么好兆头，我早已心急火燎。

　　"联盟"号飞船？

　　很对不起，您是唯一幸存者。

这些话像一记重拳向我袭来，有那么一瞬间我心神恍惚，身体的痛楚仿佛也全然消失，双眼泪如泉涌。我离开屏幕飘到一旁，只有手中的触控笔还系在墙上。我直勾勾地盯着屏幕上的字：唯一幸存者。我的队员全死了，除了我。我本有机会……

　　您已经尽力了，指挥官。空间站在短短数秒内发生爆炸，在那种情况下根本无处可逃，您能活着我们已经很高兴了。

我不知道对于这番话我还能回应什么，毫无头绪。所以我只好问了下一个问题。

　　探测器的图像，收到了吗？

　　是的。

　　那是什么？

屏幕那边又停止了回应。为什么？我在屏幕上打出一个直到昨天为止人们都无法想象的词。

外星人？

目前暂不得知，过后再谈。

这又是什么意思？

下一步计划？

仍在制订。你现在暂时得待在轨道上。

为什么？

为了确保你安全落地。

这又是个谜。如果他们害怕飞船遭到攻击，像国际空间站那样，他们应该尽快让我回地球才是。地球上到底发生了什么？

我身上的减压病症状开始慢慢消退，可头依然有点儿晕晕沉沉。我打起精神，制订着下一步计划。既然不能回地球，空间站也被摧毁，"联盟"号飞船还疏散失败，接下来该怎么办？

幸存者，我一定要去找寻幸存者。为确定情况，我回到屏幕前焦急地输入了我的疑问。

你们扫描飞船残骸了吗？

扫描了，目前为止仍未发现别的幸存者。

我想参与搜寻。

我又陷入了漫长的等待。我接着发送道：

拜托了。

　　与此同时在地面上，一个人正在仔细权衡这一请求的利弊。

　　不行。

　　为什么？

　　太空极端气候事件摧毁了卫星。

　　没有卫星的帮助，意味着他们只能操控飞船使其维持在地面站点的视线范围内。他们一定是通过程序设定，使飞船保持在地球同步轨道上。而通过窗户向地球望去，可以判断控制站的位置应该在北美洲。

　　如果你们没有办法，我可以亲自操纵飞船。拜托了，我一定要去寻找他们。

　　稍等，长官。

　　这无疑是最漫长的等待，如果他们拒绝，我连争辩的话都已经想好了。就在我准备面对各种情况的回应时，屏幕传来消息。

　　允许搜索空间站残骸，正发送残骸位置和远程及手动操控安排。

　　接着屏幕切换至地球图像，外面包裹着层层大气。他们对轨道上的一些小物体做了标记——国际空间站的残骸分散在大半个地球的上空，其中一些就要落入大气，还有一些距离稍远。搜索计划的制订者考虑得非常周到：他们将首先操控飞船飞至处于较低轨道的残骸，因为它们马上就要陷入焚烧。

　　屏幕上开始出现一串数字：

手动操控倒计时：

15：28

15：27

15：26

屏幕上又出现一句话。

祝好运，长官。

我飘到窗前向外望去，看着飞船向第一个残骸地点飞速驶去。

❊

我们已经搜索了四分之三的残骸，包括大部分处于下落过程的物体。可目前仍然一无所获。

飞船已经解除地面控制，由我手动操控。戴着手套虽然有些别扭，但问题不大，反正我也不需要多么精准细微的操作。

下一处残骸是最大的一块。飞船不断靠近，残骸慢慢进入了我的视野。我能辨识出欧洲机械臂依然连接在 Nauka[1] 多功能实验舱上。我望向更远处，发现了已经分离的"星辰"号服务舱和"探索"号多功能舱，它们原本通过"码头"号对接舱连接在 Nauka 实验舱上，可此时对接舱已经不见踪影。

我驾驶飞船围绕着残骸飞行，扫描着空间站碎片，它们此时就像一罐被人用仿真玩具枪射爆的苏打水。在其中一个洞里，我瞥见一条人类手臂。

我倒吸一口冷气，怀疑自己是不是因为太久未休息继而产生了幻觉，又或者那仅仅是一个看起来像手臂的碎片罢了。

我操纵飞船回到刚才那里，向残骸靠了过去，将窗户对准了残骸上一个呈锯齿状开口的破洞。

---

[1] 俄语，意为"科学"。——译者注

看见眼前这幕，我不知道我是在哭还是在笑，又或者两者都有，因为我可是看得非常清楚：那不仅仅是一条手臂，还是个穿着俄式奥兰航天服的人。他的安全绳固定在空间站残骸上，从里朝外面对着我，仿佛正无声地说着："我准备好被拯救了。"

这也正是我接下来要做的事。

第十二章

詹姆斯

接下来很长一段时间里，我都在担心拉森会昏过去。他脸色煞白，身体颤抖，正一只胳膊撑在车厢墙上用双眼不停打量四周，看起来有点儿像产生了幻觉。

在他不知所措之际，我内心出现了一个疑问：为什么要找我？

在大学时我主攻生物和机械工程两个专业，后来同时获得生物医药工程和医学两个博士学位。不过毕业后我从未去医院实习过，也没有进入医疗行业，而是搞起了发明。就在几年前，他们将我控制住，之后又因为我的发明，我被送进了监狱。可就在一次奇妙的命运转变后，在这关乎人类存亡的危急时刻，有人又找到了我，应该是希望我能为他们发明一些什么东西。

福勒盯着我，自从我和拉森解释一番后，这位来自美国国家航空航天局的管理人员便一直默不作声。

"你们是不是想让我发明些什么？"我说。

"也许吧。"他说这话时声若蚊蝇。

"但在正式决定之前，你还需要更多数据。"我继续说道。

"正是这样。"

"所以你们要亲自上太空，对吧？"

"是我们。你也得来，詹姆斯，你和我们的顶尖专家都得去。"

"你们想让我搞清楚那东西是什么，它的材质、能力和弱点，想让我找出办法阻止它。"

"是的。"

"具体什么时候出发？有什么计划？"我感到头晕。

"30小时之内会发射火箭。"

"开什么玩笑？！等等，你是认真的吗？你们打算在接下来30小时之内把我送到太空？"

"是的，你身边的人会负责好一切，协助保障你的太空之行，你只需要一心专注研究这个未知物体。我们花了很长时间才制订好该计划，只是一直不确定方向——或者说不知道该找谁。"

我的眼珠飞快地开始转动，同时脑子里思考着各种细节，我还有很多疑惑，很多待解答的问题，第一个也是最重要的一个问题。

"如果真是外面那玩意儿摧毁了国际空间站，等我们离开大气层后，它一定也会击落我们。"

"我们也是这么认为的。"接着福勒按下一个按键，电脑屏幕开始播放模拟情况。模拟中显示，多枚火箭将从世界各处的四个地点发射，之后发射第二批火箭，直到全部七批火箭发射完毕，共计搭载二十八批航天部件。根据模拟显示，这些部件将与火箭分离，向地球轨道的不同高度进发，紧接着一股隐形的力量将它们横扫，像强风吹散尘埃一样。随着地球继续绕太阳公转，它们飘荡在原处，直到距离地球越来越远。

随着地球继续公转，模拟画面锁定在那二十八批部件上。它们慢慢往一处飘动聚集，然后相互对接合体，最后结合成两艘外观奇丑的载人飞船。每艘飞船中心主体是一个长条的圆柱体，上面连接的组件向各个方向延伸，看起来有点儿像人们在中世纪用的铆钉短棍。

最后两艘飞船向太阳方向飞去，与未知物体会面。

模拟图像比说话要清楚得多，不过我还是需要再确认一些问题，毕竟这可涉及我的人身安全。

"所以你们想让模拟中的火箭发射看起来像是一次普通的轨道卫星组网。"

福勒点头。

"你想让那个未知物体……你是这么叫它的对吧？"

"没错。"

"你让那个未知物体影响那些卫星，接着未知物体就会忽略它们，然后卫星开始像变形金刚和百兽王动画片里那样变出两艘飞船，最后飞到未知物体那里展开调查。"

"虽然说成电影画面什么的有点儿夸张，但大体来讲没错。"

这个计划确实很有意思，只不过有一个大漏洞。

"之前未知物体在看到探测器后就将其摧毁，你不觉得它同样也会摧毁这两艘飞船吗？"

福勒将身体向后一靠，像"老师"一样对我这个"学生"打量了一番，他反问我："它是一看到探测器就立刻将其摧毁的吗？"

我又想了想，摇摇头回答道："确实，你说得对，它是在探测器传输数据后才将其摧毁的，数据传输之前未知物体似乎并不知道探测器的存在，就像太空中的捕食者，只有在黑夜里才能发现猎物。也就是说，它只能侦测到猎物发出的某种辐射或者数据传输，例如光能或其他能量。"所以，载人飞船在整个任务途中都不能发出哪怕一丁点儿的动静。

"是的。"

"那数据怎么传输？"我问。

福勒递给我一个手掌大小、表面呈亚光黑的装置，表面材质完全不会反射光亮，上面也没有任何接口或是开口。

"这东西叫通信方块，内含数据存储媒介和一个无线传输器。两艘飞船代号分别为'天炉星'号与'和平女神'号，它们届时会将通信方块送回地球。"福勒从我手中拿回通信方块，"直到完全回到地面，通信方块才开始传输数据，届时我们会和地面控制站、海军舰队和无人机共同进行监控。"

这确实是个回收数据的好方法。

不过在我看来，这次任务仍有些悬而未决的问题需要细细探讨。

首先，未知物体的体积并没有大到遮挡足够的太阳辐射，从而造成漫长寒冬这一现象。所以，它可能仅仅是某个更大实体的一部分，或是以一种我们尚未熟知的方法造成了这一切，又也许它和漫长的寒冬根本就毫无关联。无论如何，我还是赞成对它进行勘察，毕竟这是我们目前唯一的线索。

根据时间和模拟情况来看，我们应该尽快动身了，这时地球和它还较为接近，这能有效地缩短两艘飞船的飞行距离，节省燃料。

"那么，船员怎么回来？"

福勒转向电脑说道："对于这一点，我们仍在模拟当中。"他继续敲了敲键盘，"这是我们目前能想到的最好的方案。"

在模拟中，两艘飞船飘到未知物体的另一边后重新分离，各自从底部弹出两个分离舱。是逃生舱吗？肯定是。通过画面对焦，可以看到每个逃生舱能搭载三名乘客，也就是说每艘飞船上有六名乘客。让我们分散返航有利于提高整体人员的存活率。

一开始逃生舱分离后没有马上移动，过了一会儿才开始加速远离未知物体，我猜它们应该是靠太阳供能。

我仔细研究了一下两艘飞船——"天炉星"号与"和平女神"号。"天炉星"号（Fornax）一名源自罗马火神（严格来讲是炉神，但火神更符合类比）。我估计"天炉星"号上面载满了核弹或者轨道炮，也可能二者都有。"和平女神"号（Pax）一名则源自罗马和平女神。两艘飞船会首先尝试与未知物体进行交流，如果和推测的一样，该未知物体会将"和平女神"号炸飞，就和探测器一样。接着"天炉星"号会将一个记录了数据结果的通信方块发送回地球，然后朝未知物体发起进攻，我们这些在逃生舱的人届时将收到数据并向地球汇报。

我猜测"天炉星"号同样会被摧毁。

这是个好计划，好到甚至能保住我的命，虽然不是万全之策，但我可以说这确实是目前最好的办法了。

"刚才看到的只是我们做出的预测，我无法保证事情能够按计划进展，风险……"福勒的声音有些沉重。

"在我第一眼看到它后我就知道整件事的风险，我也知道你想问我什么，我的答案是我加入。"

福勒点了点头看着地板一言不发，接着站起身来。

"行吧，我们去肯尼迪航天中心吧。"他又摇了摇头，"你们在那里出发。"

"我想再问一个问题。"

福勒扬起眉毛朝我看来。

"为什么选我？"

福勒看了我一眼，回答道："说实话，你不是我们的第一人选，也不是第二、第三、第四、第五人选。"

这让我有些失望，不过我没有表现出来。

"当我们将计划讲述给第一批人选的时候，其中三人当场拒绝。不过他们希望你能接下这个任务，说只有你加入进来他们才答应加入这次任务。"

"为什么？"

"他们普遍认为，你天马行空的想象力和专业技能比任何人都要强，你思维反应迅速——虽然有时候太迅速了，而且，要说有谁一定能完成这次任务，毫无疑问只有你。当他们知道自己的生命以及家人的生命都面临威胁时，他们最先想到的人就是你。"

"那还有两人呢？"

"我们的第二个人选同样也接受了任务，届时他会上另一艘飞船。"

"那最后一位呢？"

福勒看着拉森说道："最后一位还没办法消化处理这些信息。"拉森毫无生气，整个人呆滞着，看起来像刚做了额叶切除手术。

"这也正常，放到很多人身上也会如此，甚至更糟。这个秘密……太大了，我们是守不住的。"我也看向拉森，他现在的样子基本上就是当全人类知道这一消息时的反应。

"我知道，所以我们得抓紧时间了。"

※

接我们离开埃奇菲尔德的直升机里坐满了军方人士，不过他们不属于国民警卫队，据我猜测应该是特种部队，看样子可不好惹。他们望向我时两眼一眨不眨，就那样直勾勾盯着我，真庆幸他们不是我的敌人。

我们一路向南飞行，螺旋桨的轰鸣声在耳旁呼啸。坐在直升机上，我望着太阳心里默念：从今日起太阳将不再是以前的太阳，世界也不再是以前的世界。对于我而言，生命、太阳系、宇宙都有了新的意义，从今日起我就像越过了卢比孔河，一切都将不可同日而语。

出于一些道不明的原因，此时我只希望能达成一个心愿：和我的弟弟和解，他是这个世界上我唯一在乎的人。

我打开耳麦说道："福勒，我有个请求。"

拉森听到后调整了一下自己的耳麦朝我转了过来，质问我道："你有什么资格提要求，你得听从服——"自从离开货车，他那像做了额叶切除手术后的呆滞状态已经有所改善，慢慢又恢复到以前的骄横跋扈。

"詹姆斯，怎么了？"福勒打断拉森。

"我有个弟弟，他有个妻子和儿子。"

福勒点点头，又沉默了一会儿抬头说道："还有个女儿，已经十个月大了。"

"是的，我想给他们一家在宜居地安排个位置。"

"不可能。"拉森叫道。

"可以。"福勒轻轻地说。

"他住在亚特兰大。"

"他们六个月前就搬走了，现在住在查尔斯顿的一片郊区，芒特普林森。"福勒似乎对我弟弟一家的情况了如指掌，我有些惊讶。

"也就是去卡纳维拉尔的路上。"

福勒点头。

拉森盯着我说："你小子在逗我呢吧？！"

我回答道："嘿，我知道你刚才在车厢那儿不怎么能接受这整件事。但事实是，等明晚上到太空我可能就再也回不来了。我的弟弟是我唯一的家人，我只想见他最后一面，两分钟就好。我想和他说句对不起，仅此而已。"

福勒说："安排一下吧，拉森先生。"他接着对我说，"要抓紧时间，詹姆斯，我们时间不多了。"

※

在直升机落地前我就知道这是亚历克斯住的街区。这里是最近建成的，马路规划工整有序，没有浪费一寸土地。房屋排列整齐划一，庭院虽小，却打理得干净得当。一切都是那么井井有条，这就是他住的地方，跟我预想的一样。

我们从小一起长大，各有所长，人生的道路也总是异轨殊途，原因无外乎是我们总希望与对方不同。

我很庆幸直升机选择降落在一片绿草如茵、视野开阔的公共区域，只不过业主协会的业主们要对直升机在草地上留下的印子好好议论一番了。

来到亚历克斯一家的门前，我有点儿忐忑不安。我已经很久……从开庭前到现在我就一直没见过他。我轻轻地敲了敲门，担心门铃声会吵醒他十个月大的女儿，免得在我们短暂的相聚中留下不愉快。

他的妻子艾比连看都没看就开了门，很显然在这个社区大家都非常亲近，对此我感到很欣慰。然而，艾比见到我后并不高兴，她脸上的笑容渐渐凝固，差点失手摔了怀里笑着的婴儿，后者也显然察觉到情况不对，开始在妈妈怀里焦躁起来。

"你来这儿干吗？"她看着直升机，"等等，那是你的直升机？你疯了吗？！你是不是越狱了？我现在就报——"

"艾比，我已经被释放了，是一个……工作释放的项目。"

她站在门口不知所措。

"噢，呃，对，那是我的直升机，不好意思压坏了草坪。服刑期间我的驾照也过期了，我是说，现在谁还开车——"我继续答道。

"詹姆斯，你想干吗？你来这儿做什么？"

在我开口前，一个大约六岁的男孩从楼上跑下来，身后还跟着两个小朋友，半路上他就大喊道："妈妈，我可以去南森家玩吗？"大概是猜到会被拒绝，他又继续补充道，"求求求求你啦。"

下楼看到我之后，他站在那儿盯着我打量起来，好像在脑子里搜寻着我的名字，接着他绽放出一个笑脸并向我喊道："詹姆斯伯伯！"

"嘿，小老虎。"

"爸爸说你在监狱呢。"

"对呀，我专门越狱来和你玩呢。"

他两眼睁得老大："你说真的？！"

"才不是呢。"我笑道。

艾比对他说："杰克，快回楼上去，快去！"

"妈妈。"

"快点儿，我是认真的。"

"以后不要再来了。"她转过来对我说。

她伸出手想把门关上。

我伸出一只脚挡住门，哀求道："艾比，我想见见他，拜托了。我只想和他说几句。"

"你觉得他想和你说话？你觉得你随便说几句话就能弥补一切吗？你知道你对他做了什么吗？你有任何概念吗？"

"这样，他也不是一定要和我说什么。只是……我希望他能听到我的话。我有些话想说——必须要说。"

"他都不在这儿。"她摇头拒绝，愤怒转变成了厌烦。

"那他在哪儿？"

"工作。"她冷冷地说。

"镇上？"

"在开会。"

我继续追问道："在哪儿？"

她眯起双眼冷漠地说："就算世界要毁灭了，我也不会告诉你。"

听到这里，我违心地笑了一下。

"辛克莱博士，我们要错过会议了。"在我身后，拉森朝我喊着，语气已经没有了先前那种傲慢无礼。

"艾比，你能告诉他我来过吗？"

"你要是再来这儿，我就报警了。"

她狠狠地关上了门，震得门玻璃仿佛要碎了。

我只好转身向直升机走去。拉森跟在我身后问道："还想把他们一家送到宜居地吗？"

"嗯。拉森，他们是我的家人。"

———/ 第十三章 /———

艾玛

虽然暂时和地面失去了联系，我还是写了一条消息告知地面我发现了一名潜在幸存者，记录下了坐标位置并准备实施救援，该消息在飞船和地面通信恢复后会立马传到地面。可在那之前，我只能亲自上阵了。

驾驶飞船和残骸对接是个技术活，幸好国际空间站残骸的对接口依然完好无损，这算是个好消息，但坏消息是我只是个遗传学家，不是飞行员，所以我的飞行技巧在国际空间站的历史上可排不上号。在训练中，我最好的对接记录也需要三次才能成功。

就在我进行有史以来最蹩脚的对接时，我在气闸玻璃外没有见到任何队员的身影，这着实让我忧心忡忡。因为穿着航天服的那个人——前提是里面有人——肯定能感觉到飞船对接以及为抵消撞击产生的推力，可眼前我根本没看到有人出现在对接口。

我心里告诉自己不要瞎想，也许他们是被困住无法移动或者陷入昏迷了呢，我不断自我安慰，和自己说有上百个理由可以解释为什么没人出现。我赶紧打开气闸，开始向国际空间站内飘去。

我慢慢靠近那套俄式奥兰航天服，它平静地飘在原地一动不动，头盔面罩反射着我不断飘近的身影，飘到他身边后我伸出了手，可当我触碰到航天服的手臂时，我感到万念俱灰。航天服十分柔软，里面根本没有加压气密，衣服内的手臂也早已被冻得僵直，透过手套摸起来就像一支坚硬的牙刷。

我开始对航天服进行扫描，发现在右髋部位有个裂口，接着我又在他身后的墙上发现一个缺口，透过那个小洞只看得到黑色的茫茫宇宙。我这时才知道是一块残骸碎片击穿了空间站，并且也穿透了航天服，让他的氧气疾速流失，接着身体的每一滴水分子都被真空吸干了。我庆幸我当时位于逆风位，所以残骸未能击中我的航天服，可空间站另一端的队友可能早已经被枪林弹雨般的碎片击中。

我在原地飘了良久，双手还握着他的航天服，手指感受着他手臂的冰凉。我没办法接受这一切，就在我见到这套航天服时……我以为有人还活着，我幻想着自己上前把他救回舱内，再用安全绳将彼此系紧，在返回地球下落的过程中咬紧牙关不断坚持，最后在落地那一刻我们一起相拥而泣，然后放声大笑。

可这一切只能停留在我的幻想里了。

我仿佛踏进了一个新的现实，一个我不愿面对的现实。

突然，我被一股冲撞力甩开，下一波冲击接踵而至，像无数的冰雹砸落在了金属屋顶。我知道，一场碎片雨正向我的位置袭来。

我扫了一眼航天服的缺口，我知道我得马上撤离这里。

我明白应该把他留在这里然后立刻穿过气闸返回舱内，但我做不到……我就是做不到。

我解开他的安全绳将他往舱内拖去，外面雨点儿般的碎片砸在空间站上，像小号齐鸣，以毁灭为名的管弦乐悄然响起将我包围。在我通过气闸后，撞击声开始变得十分猛烈。

我回到飞船手忙脚乱地操作了一番，紧接着开始和国际空间站进行分离，我锁上气闸，把推进器开到最大，逃了下波碎片。

随着飞船渐渐远离空间站，耳边的巨响渐渐小了下来。这声响最开始像一场大雨，然后像沙尘暴，直到最后归于寂静。我向窗外望去，只见这些碎片在空间站的残骸上不断弹跳，大碎片与空间站嵌为一体，小碎片则穿过空间站残骸继续向各个方向飞去。

如果当时和地面恢复了通信，地面应该可以提前向我发出预警，我也可以速战速决。我告诉自己要振作起来。

专注点，艾玛。

现在舱内气压和外部相同，不如就脱下航天服看看里面是谁吧。

我脱下他的头盔。

是谢尔盖。

穿上航天服是明智的，我敢说他在太阳能帆板失效时就已经穿上。可我本该提醒所有人的——至少让他们提前乘上"联盟"号。

这个想法一直在我脑海里挥之不去，如果不能克服，我知道总有一天它会压垮我，像患了癌症却不去医院治疗，只是任由它肆虐，愧疚感将在我内心生根发芽，长成一棵参天大树。

我一定要专注于眼前的任务，一步一个脚印地将它完成。我的大脑——我的思考能力——是现在唯一能保住我性命的东西。

我拿起触控笔给地面发送了一条消息。

※

几小时后，我完成了全部救援搜寻。

没有其他生还者，没有其他航天服，也没有其他遗骸。

我应该是国际空间站惨剧的唯一幸存者。

我将报告发送回地面，此时此刻，我已经回到北美上空，现在应该有多个地面控制站能看到我。不出所料，屏幕上立刻出现了回信。

了解。我们将为飞船加压，请稍等。

加压？为什么？我原以为他们会启动飞船再入程序让我回到地球，难道是认为我的减压症状已经严重到需要紧急处理了吗？可我只想回到地球，我准备再给地面发送一条消息，可他们抢先我一步发来了信息。

舱内已与航天服等压，请脱下头盔开始治疗减压病。

我只好解开头盔呼吸着舱内的空气，我知道空气里只有氧气，至少非常接近纯氧（而地球上空气中的氧气含量仅有21%）。抽离氮气有助于治疗减压病，他们会逐步提高舱内气压，让氧气重新溶进我的血液，让身体这瓶冒泡的"苏打水"慢慢趋于平静。

不知为何，我突然感到饥渴交迫，自空间站解体以来我便一直感到恐慌，从未意识到自己已经饥肠辘辘。我想，对死亡不断产生的恐惧可以说是最好的减肥方法吧。

我拿起食物和水狼吞虎咽起来，不过我知道我得少喝点儿水，因为附近可没什么地方好让我方便。就在这时，我看到太空舱里竟然有一包纸尿裤，我立刻脱下航天服，然后迅速垫了块纸尿裤，接着又迅速穿上——不怕一万只怕万一。

舱内压强上升后我就一直大口呼气，呼吸也越来越顺畅，可我仍然感到精疲力竭。

我唯一渴望的就是回家。我第一次上到太空时的心情是欣喜若狂，可现在我十分想回到地面吸一口地球的空气，而不是飞船上这经过消毒、循环使用的太空氧气。

狭小的太空舱内响起了一个男人的声音，他的口音听起来是马萨诸塞州人，这种口音总是会让我想起肯尼迪总统。

"'凤凰'号，这里是戈达德中心，是否收到？"

"收到，戈达德中心，真高兴能听到你的声音。"

"我们也是，长官。"

我喝完手里这瓶水后心急如焚地问道："接下来有什么计划？"

"我们还在制订新的计划，您现在需要将航天服与太空舱连接，太空舱的氧气和能源与国际空间站完全兼容，舱内还配有一个备用水缸，您可以用它来替换用完的水缸。"

这是什么意思？听起来我好像还不能回地球。

"好的，那我什么时候能返回地球？"我问道。

"呃，这个……还不确定。"

"为什么？出什么事了吗？是不是冲击国际空间站的太阳风暴对地球也造成了影响？"

"没有，长官。"

"那是飞船出了什么问题吗？"

"也不是，长官，飞船没问题。我们，呃，地面这里正有点儿忙不过来。"

忙不过来？难道又要进行发射？肯定是，我敢肯定他们不会让我回到地球，除非他们能抽出人手对飞船数据进行监控，免得出了什么问题又不能及时应对。如果说他们正争分夺秒地准备着发射，那我返回地球的时间必定会受到延迟。这样一来事情就讲得通了——如果我猜得没错的话。可不管怎样，我的减压病需要尽快治疗——回不到地球就得在太空舱里治疗——而且拖不得，不然身体会留下永久性损伤。

"我们会来接您回家的，长官。我们一定会竭尽所能。"

"我知道，谢谢你们。其实我早就想这么说了，真的非常感谢你们做的一切。在看到飞船前我以为自己死定了，我的命是你们给的。"

"这是我们应该做的，长官。"

我沉默了一会儿，食物让我有些困倦，也可能是氧气过于充足，我说话的声音渐渐模糊起来。

"我还能做什么吗？"我问道。

"休息就好了，马修斯长官，请您再坚持会儿。"

于是我飘到谢尔盖身旁躺下，闭上了眼睛。

很快我就进入了梦乡。

第十四章

詹姆斯

肯尼迪航天中心的规模完全超出我的想象，中心占地约 600 平方千米，上面有超过 700 座建筑，看起来俨然一座未来城市，一片位于佛罗里达州东海岸的绿洲，无数科技奇迹的诞生地。航天中心人山人海：军方人士、美国国家航空航天局工作人员、私人承包商等。凡是你能想到的有关人士这时都聚集于此。这次发射任务全员出动，所有人都在鼎力协助。

福勒把我交给一组工作人员，他们给我快速讲解了一遍上太空的注意事项，接着另一组人员在我身上迅速进行了一系列检测——血液检测、视力检测、尿液检测等。检测结果应该没什么大碍，因为他们后来没再找过我。

午餐期间，我没想到此次任务共计十二名成员竟然全部到场。我们坐在一个像大学教室的房间里，七排座位被摆成了一个半圆，像体育馆那样每排逐渐往上排列，前方是讲台和大屏幕。其中几名成员之间相互认识，我看到他们互相握手开始闲聊。

这十二个人中我只认识其中一人：理查德·钱德勒博士。我们在斯坦福大学相识，他比我大二十岁，是一名很厉害的教授。当时我正在攻读生物工程博士学位，在他班里我成绩名列前茅，他也非常喜欢我……至少有一段时间是，我也说不清他对我的态度是何时发生了转变，当时我也不知道个中缘由。到后来我们也没再联系，但我进了监狱的事上了新闻后，他就成了第一个跳出来抨击我的人。他也因此上了电视，知名度不断上升，甚至还出了一本书。从此以后，诋毁我就成了他生活里的一部分。

我现在知道了原因：当我在生物工程领域出类拔萃之前，他才是这个领域的顶尖专家。一开始，我对他而言只是一名潜力无限的学生，甚至只是可以合作的对象，可后来他觉得我成了竞争对手，他发现我的思想和专业能力都青出于蓝而胜于蓝。从那时起他就停止了对我的一切帮助，甚至乘人之危，通过诋毁我来重夺他的荣誉。

这种情况下很容易揭露一个人的真实面目，他们是如何应对自己位居第二的现实的？是埋头钻研，还是转而恶意攻击竞争对手？

至少有一件事我可以确定：那就是时间并没有改变钱德勒对我的看法。他就在房间那头恶狠狠地盯着我，头发比以前更稀疏，眼角的鱼尾纹也加深了不少，可我知道他依然是那个理查德·钱德勒，那个在世界与我作对后露出丑陋面目的他。

"嗨。"

我转过头看见一名亚裔男性向我招手，他看上去比我年轻一点儿，三十出头，身材健壮，有着一双沉着有神的眼睛。

"你好，我叫詹姆斯·辛克莱。"

他点了点头，接着又好像愣了一下，看上去像是在哪儿见过或是听过我的名字，不过这一反应转瞬即逝。

"我叫赵民，飞行员。有丰富的航行和飞船维修经验，上过两次国际空间站，有四十四次航天经验。"他的声音没了刚才那般的热情。

"厉害啊，很高兴认识你。"

他没询问我的领域，看来确实是知道我。

另一个人挤进我们中间，先后向我和赵民伸手示好，接着自我介绍道："我叫格里戈里·索科洛夫，航天和电气工程师，研究推进系统和太阳能的专家。"

他看着我在等我开口。

"我叫詹姆斯·辛克莱，医学博士，生物工程师。"

"你是研究机器人的？"他眯起眼。

"那只是其中之一，我将负责对未知物体进行调查。"

"是想办法摧毁它吗？"

"如果有必要的话。"

"没有如果，我觉得很有必要。"

接着赵民向格里戈里自我介绍起来，不过这次更加详细。我忍不住听着附近其他人的自我介绍，他们的专业领域各有不同，多数人同时涉及了两个专业领域，不过一般都是相近的领域。有一名计算机科学家同时涉足计算机工程和硬件设计，他应该是我的共事对象，一名语言学家还同时拥有考古学学位，还有一名医生同时研究脑创伤和心理学。

其中有五个职位人数不止一位：两位飞行员、两位航天工程师、两位医生、两位计算机科学家、两位机器人专家。最后每艘飞船的成员配置似乎也都各不相同，至少现在看起来如此。有语言学背景的考古学家来自澳大利亚，名叫夏洛特·露易斯。我猜她会被分配到"和平女神"号，而与其对应在"天炉星"号的那个男人仍未表明自己的身份。他一直站在钱德勒身后，用犀利的眼神打量着所有人。他面庞清瘦，脸上还有晒伤痕迹，但身材却肌肉分明，很难判断出他的真实年龄。一头短发，两鬓斑白，穿着有些不合身的海军军服，仿佛是专门为了这一场合临时拿的，我猜他是军方的人。

那位亚裔医生兼心理学家走近这位神秘人士开始自我介绍，她的英语说得近乎完美。

"你好，我叫田中泉。"

"我叫丹·汉普斯特德，很高兴认识你，女士。"

南方口音，我猜是得克萨斯州。

"我是一名医生，专长是脑创伤和其他急性创伤。我还有心理学博士学位，主要负责这次任务的团体动力学，特别是高压环境和创伤后应激障碍。"田中泉继续补充道。

汉普斯特德点了点头，说道："挺好，应该能派上用场。"

"你的领域是？"

"我隶属美国空军。"

其他人之间的对话渐渐小声起来，每个人都竖起耳朵往那边听着，好奇这位冷漠的成员是什么来头。

"负责指挥和航行？"田中泉问道。

"需要我做什么我就做什么，女士。"

这几个字飘在空中，他的回答像是在做什么即席发言。

田中博士紧接着回答道："我们也是。很高兴认识你，汉普斯特德先生。"

很显然，汉普斯特德会登上"天炉星"号，他就是这次任务中那根刺向未知物体的尖矛。

我比较好奇我会被分配至哪艘飞船，我内心希望是"和平女神"号。因为它将在两艘飞船中领头航行——是第一个和未知物体接触的飞船，虽然这仅是我的猜测。尽管这样更加危险，可我不会害怕，只有在"和平女神"号上我的专业能力才能派上用场。

福勒走进房间，身边跟着与执行任务相关的工作人员和助手，他们围在两张长餐桌旁开始分发午餐。我分到的是一份华尔道夫沙拉，不得不说这是近几年来我吃过的最好吃的食物，也只有这时我才能想起那些文明的用餐礼仪。

他们开始发放文件，文件封面印着几个大字：首次接触—任务简报—机密，下面还写着：詹姆斯·辛克莱，医学博士兼哲学博士。我一边用餐一边打开文件翻阅，首先映入眼帘的是每位成员的个人信息，除了其中两位，其余都有博士学位。

一位是莉娜·沃格尔，"和平女神"号的计算机科学家，她的学历虽然没有到博士等级，但她同时拥有二十多个专利，还发明了一个大家耳熟能详的软件程序，这个程序几年前在互联网上一度十分火爆。我知道这应该算件好事，因为无论是谁召集了这批成员，被选中的都是能担此重任的人——而不是那种单纯是有背景、和委员会关系好或是在新闻上抛头露面的名人。

另一位非博士学位的成员是丹·汉普斯特德，他是一名美国空军少校，有二十年服役时间，参与过六百小时战斗，一百零八次任务。他的简历中虽未提及杀敌数量，但战功赫赫，获得了如下的勋章：四枚飞行优异十字勋章、八枚空军勋章、五枚功勋服役勋章、两枚紫心勋章。他在得克萨斯州的厄尔巴索长大，毕业于得州农工大学和美国空军战斗机武器学校，未婚，无子女，这一点与所有成员相同。

我紧张地继续向下翻看船员分配，当看到我被分配至"和平女神"号后我才松了一大口气。我抬起头发现钱德勒正在对面盯着我看，他被分配到了"天炉星"号，显然心里是十万个不愿意。

我继续仔细翻阅文件，其中飞船的每个组件都有详细图示，它们由不同机构和转包商在不同时间段建造，其中一些建造于好几个月前，还有一些甚至超过了一年。福勒告诉我该计划已经筹备了一段时间，而且我可以确定的是，整个准备过程十分仓促，文件里一些页码顺序颠倒，还有一部分甚至内容空白。

和这次任务成员一样，飞船的各个部分来自世界各地，发挥着不同的作用，东拼西凑起来只有一个目的——拯救人类。也和所有成员一样，两艘飞船是我们应对未知物体的最好计划了。

在我第一次听到任务计划时，内心就产生了许多疑问。当时我问的是一些涉及关键点的问题，但还有一些疑问需要得到解答，因为它们完全有可能让整个任务功亏一篑。文件里有部分我需要知道的信息，但依然完全不够。也许福勒接下来会在问答环节为我解答，又或许有些问题谁也给不出答案。

不过我还是会尽我所能，因为这是人类最后的希望，我必须成功。

福勒站在讲台打开了大屏幕，上面写着：首次接触行动。

"大家好，欢迎来到肯尼迪航空中心，我是劳伦斯·福勒，美国国家航空航天局主管。首先需要注意的是，这是正式发射前你们所有人最后一次齐聚一堂。时间十分紧迫，我们有很多内容需要讨论，有相应的计划需要制订。在接下来几小时内，你们多数人将乘坐超高速喷气机前往世界各处的发射地——俄罗斯、圭亚那、日本，还有中国。只有其中四名美国成员——钱德勒和辛克莱博士，瓦特先生和汉普斯特德少校——将继续留在这儿。"

"在接下来的十六小时里，我们会陆续发射'和平女神'号和'天炉星'号的部件。第一批发射将不会载人，只会装载一些食物和多余的设备，目的是测试未知物体是否会对这些发射做出反应，我们届时再基于具体情况做出相应调整。"

"我不会再和你们详细介绍整个任务过程，你们都知道自己该做什么以及其中包含的高风险。我们接下来将讨论一些未决定的事宜来完善我们的计划。"

福勒按下按键开始播放他在埃奇菲尔德为我演示的模拟：发射的部件在地球公转处在远端时对接成两艘飞船，接着开往外星未知物体地点。

"自探测器发现未知物体以来，地面望远镜就一直对其密切监控。该物体目前约位于金星和地球轨道中间，距离地球不到三千万千米，也就是大约一点五光分的距离。"

福勒继续展示模拟，画面中两艘飞船在未知物体附近会合。

"听着，我们估计需要四个月的时间才能到达未知物体的位置，从现在起我们称该物体为'阿尔法'。当你们抵达后……"

过程中福勒跳过了几个我想问的问题。我像第一天上学的孩子举起手提问，因为我必须要知道答案。

"辛克莱博士？"福勒看着我说道。

"我有点儿好奇，这个未知物体——阿尔法，它在移动吗？"

"是的。"

"方向呢？"

"我们只有二十四小时的数据，不过它看起来正在往太阳的方向移动。"

"移动速度是否有提高？"

福勒点点头回答道："非常轻微，不过数据太少，我们仍不能肯定。"

"了解。假设让你们就用这些数据计算，那根据数据显示它会驶向哪里？是金星吗？还是水星？"

"不，我们估计它正往太阳前进，虽然不确定具体到达时间。"

房间里安静得就连一根针落在地上都能听见。赵民看着我，他应该已经知道我想说什么了。

"因为数据不足，所以你无法计算出阿尔法抵达太阳的时间。"

"是的。"福勒回答。从他眼神可以看出，他也已经知道我想说什么，可他站在讲台边打算继续让我说完这番话。

"任务简报中飞船和阿尔法的会合地点是我们基于二十四小时内阿尔法的移动数据得出来的，可我想问一下，万一我们推测错了呢？最终的距离误差可能会有一千千米之多。"

格里戈里摇头否认道："我们的飞船有推进器，可以在途中修正航向。"他指着文件，"而且飞船望远镜可以密切观察未知物体动向。"

赵民从刚才就一直坐在格里戈里和我中间，他一边比画一边解释："没错，但是飞船上的望远镜远没有地球上的精准。说实话，其实你们说得都对。我们的确可以修正航向——但如果像辛克莱所说那样我们误判了阿尔法的加速能力，那修正航向也是无济于事。"

我点头赞成。

格里戈里开始思考这其中的可能性，他说："你觉得它是靠太阳供能？"

"这是比较合理的推断，所以如果确实如此，它的加速度会随着靠近太阳不断上升。不过没有足够的数据，我们也无法建立模型进行推演，更不用说它可能还有别的推进系统可以随时启动。"我回答道。

钱德勒听到这儿终于忍无可忍，像个沸腾的火山马上就要爆发一般争辩道："这些都是毫无意义的推测，你说的这些问题我们所有人都无法解决，更不可能降低太阳能输出，而且，前提是它真的靠太阳供能，但目前还没有支持这一点的证据，况且我们也没办法显著提高飞船的加速能力。"

"这个当然可以。"格里戈里看起来像受到了侮辱。

"请讲，索科洛夫博士。"

"使用更大的引擎和更多的燃料，就能有更快的加速度。"

"这样发射不会推迟吗？"钱德勒声色俱厉，"你是能将速度增加十倍还是二十倍？"

"可以增加三倍，简单得很。"

"是这样，回到我刚才所说的：辛克莱博士这些话目前还只是停留在猜测阶段。"钱德勒看着讲台边的任务人员，"这些人每一天都在计划太空任务，而辛克莱博士接触这行才仅仅十五分钟，他在加入任务前还一直在监狱里，而且最近还发生了暴乱，他是唯一幸存者，希望我们的下场能比他的囚犯朋友们要好一点吧。要我说，我们应该相信制订这次任务计划的每一个人，我们只需要专注在任务上——也就是调查清楚那个未知物体。"

听到这番话，所有人都将视线转向我，我像乒乓球选手在发球前那样调整自己的呼吸。我不能再退缩了，这个家伙几年来一直在电视上抨击我，我当时也不能为自己辩解，因为律师不允许我这样做，而我被判刑后再也没人愿意采访我。现在我终于可以反击，我也一定要反击。

"确实如此。"我解释道，"直至今天早晨之前我都一直在监狱里，我也确实才加入这个计划短短几小时，而且这也不是我擅长的领域，但这不代表我说的话就是错的，即使你在某一行做了很久也不能完全代表你从不出错。说真的，有时候正是这样的想法会蒙蔽你的双眼，让你失去探索其他可能性的能力。你的想象力会受到束缚，只看得见自己熟悉的规律，接着不假思索就做出选择，完全无视了其他可能性。"

钱德勒听罢虎视眈眈地盯着我。

"那你的想象力又给你带来了什么？整个世界又是怎样看待你说的那些可能性的？"

我耸了耸肩，回答道："谁在乎呢？这不关乎我自身，更不关乎你，而是关乎整个任务，关乎我们能否竭尽全力。听着，我们只有一次发射机会，如果我们上到太空后才发现无法追赶上阿尔法，我们可没法再多加几个引擎或者再来点燃料什么的。我们这次只能孤注一掷，追不上它整个任务就前功尽弃了。"

我转向格里戈里和赵民，说道："依我看，我们应该再进行一些模拟，大致计算出阿尔法的加速度曲线，再通过计算模拟，看看我们和它会合的成功率，在计算时你们可以试着高估一些它的加速能力。"

"我同意。"格里戈里点了点头。

"我也同意。"赵民附和。

钱德勒恶狠狠地瞥了我一眼。

我又对福勒博士说出自我看见阿尔法后一直想问的问题："我想知道现在情况是否有新的变动。"

他仰起头看着我。

我继续说道:"以下是我们已经确定的地方:太阳能输出在下降,不过太阳系不同的区域下降程度不均,地球区域受影响较为严重,还有一艘外星飞船正向太阳靠近。这两个事实已经让我们在有限时间内得出了很多结论,但我接下来想说的和它们无关,我只想知道一件事:你们有没有发现第二个未知物体?"

听到这儿,福勒突然看向旁边坐着的一个人,那个人看起来接近中年,脸上戴着一副金属边框眼镜,留着一头短发。在整个过程中他都一言未发,甚至是现在也依然保持着沉默,只是用一双冷冰冰的眼睛打量着我,最后对着福勒轻轻点了点头。

"有。"福勒回答我,"就在十五分钟前我们发现了第二个未知物体。"

第十五章

艾玛

我被警报声吵醒了,有那么一瞬间,我好像回到了昨天早晨,回到了空间站。可我感觉昨天已经是上辈子的事了,现在我的队员已经全部死亡,而且——

屏幕上弹出一条消息。

距离警告

接着又有一阵碎片雨朝飞船砸来,噼里啪啦像响起了烟花爆竹,后面还跟着更多更大的碎块。

这时舱内的扬声器里传来一个声音,是戈达德任务控制中心。

"请戴上头盔,长官。接下来由我们操控飞船。"

我戴上头盔后飞船开始猛烈加速,我在狭小的舱里东倒西歪,谢尔盖的尸体也撞向我,让本来就遍体鳞伤的我更加难受。

透过窗户，我瞥见了碎片：是来自空间站其中的一个舱段。我猜测它在分解时十分靠近飞船，因为如果是之前的碎片，任务控制中心本可以发出预警或是改变飞船的航向，我由此推断它是刚刚才化为碎片的，所以控制站才无法准确预测到碎片的飞行方向。

就在猛烈的碎片攻击渐渐平息下来时，舱体又遭到了一次剧烈撞击，是一把工具锤砸到了飞船的一侧。我紧张地屏住呼吸一动不动，直到一包即食口粮在我面前飘了起来，我才松了一大口气——这说明飞船没有被击穿。

屏幕上出现一则新消息，我想靠过去看，可现实根本不给我机会。

飞船又开始剧烈晃动，我被甩来甩去，就像小朋友手中晃动着的罐头里的老鼠。我靠在墙上一下吐了出来，谢尔盖的尸体又将我砸倒在地，接着一阵更加猛烈的震动传来，我被抛到了另一面墙上，飞船的氧气也开始泄漏，我的视线逐渐模糊起来。

此时的飞船就像一个破了洞的气球，里面的空气正不断流失。我看到破洞了，足足有一个拳头那么大，贪婪地吸走着舱内的一切，直到谢尔盖也被吸过去，他的尸体正好堵住了漏洞。我得救了。

我飘在飞船中间，周围万籁俱寂，我不停眨着眼睛想保持清醒，而飞船就这样在太空漫无目的地飘着。

屏幕上又弹出几行消息，至少通信器还能用。

我尝试阅读消息，可我的视线越来越模糊，屏幕上的字就像墨水碰到了雨水一般向四周散开，我眼前一黑，昏了过去。

第十六章

詹姆斯

会议室的所有人听到这句话后都停止了进食，翻看文件的声音也戛然而止，整个房间变得鸦雀无声，每个人的大脑都急于处理着这一最新信息：还有第二个未知物体。

福勒身边的工作人员也停止了打字，一双双眼睛先是盯着福勒紧接着又望向我。队员们也在等我继续发问。

房间里，只有我和福勒二人像机关枪一样不停地发问和解答，我们两人的大脑像两台连接的电脑，不断地传输共享大量信息。

"位置？"

"火星背后1600万千米。"

"大小？构成？"

"应该和第一个未知物体相同，而且如果它们确实是自我供能，我们应该喊它们飞船。"

"行驶方向？速度？"

"未知。"

"怎么发现的？探测器？"

"地面望远镜。"

"什么意思？"我刚问完心里就有了答案，"你记录了第一个未知物体——阿尔法的移动轨迹，然后逆向追踪发现了第二个未知物体？"

"没错。"

"看来这两个物体的发射地应该相同。"

"很有可能，我们给第二个未知物体命名为'贝塔'，把它们的共同发射地命名为'欧米茄'。"

很有意思，这意味着肯定还有一艘更大的飞船——就在欧米茄地点，或者是基地之类的地方。我脑子思考着各种可能性，此时事情的复杂程度已经呈指数级上升。

莉娜·沃格尔，这位"和平女神"号上的德国计算机科学家清了清嗓子，问道："不好意思，我对这方面不太了解，你们能具体说说是怎么回事吗？"

听到声音，福勒抬起头，好像刚刚才意识到房间里还有其他人。"当然可以，你想知道什么？"

"呃，你可以……举个例子说说刚刚提到的距离是什么吗？"

"没问题。"福勒从讲台拿起一张纸，"假设这张纸就是太阳系，中间是太阳，而太阳系里的大行星和小行星运行轨道就在这同一平面，因为它们是通过角动量守恒，由同一片圆盘状的尘埃云形成而来。"

莉娜眯着眼看上去有点儿迷惑。

"不好意思。这些和这次任务没有多大关系，我想说的是，所有的行星都会围绕太阳运动，运动轨迹通常是一个圆，但不会是完美的圆，其中一些轨道相对而言会更加不规则，而多数行星并不会在这样一个轨道平面运动，比如冥王星的轨道。"福勒说。

他一只手拿着纸，另一只手以特定角度在纸张平面上下环绕。

"可以把太空想象成一块布，床单——或者一张纸——所有的大小行星、卫星和彗星都在上面。一个物体质量越大，在太空这块布上就陷得越深。"他伸出手指压在纸上，"质量大的物体压在布上，会让周围的其他物体向其靠近。我们称之为有效引力。"

房间里传来几阵轻笑声。

"拿月球举例，我们认为太阳系的形成时间大约是在 5000 万年前，当时有一颗火星大小的行星撞击了地球，撞击后遗留的部分就成了如今的月亮。地球的质量相比月球更大，并且直径约是月球的 4 倍，密度约是月球的 2 倍，所以地球质量比月球大 81 倍。此外，月球还由于质量相对较小，表面引力较低，因此对其他物体的吸引力也更小。"

福勒示意一名助手给他一张纸。

"所以行星都绕着太阳运动——因为它是太阳系里最大的天体。实际上，整个太阳系 99% 的质量都源自太阳，它的直径高达 139 万千米，是地球的 109 倍，质量大到让所有行星都排列在同一平面绕着它公转。"他再次把手指压在纸上，"这就是地球，它没办法逃脱太阳的引力，因为太阳的重量是地球的 33 万倍，虽然地球哪儿去不了，但是它的质量足以吸引住月球。"

他又伸出一根手指压在纸上，继续讲解道："所以月球也在地球的引力范围内哪儿也去不了。能理解这一点很重要，因为你得把行星的重力井想象成小山坡，一个物体要爬上去才能逃脱它的引力范围。"

福勒看向格里戈里和赵民还有其他航空工程师和领航员，说："当我在和你讨论距离或者阿尔法相对于行星轨道的位置时，格里戈里和赵民早就在想着我们刚才讨论的东西，因为这对飞船需要的能量和速度有至关重要的影响。简单来说，就是我们需要多大的引擎推力和燃料。"

他将手指更用力地压在纸上，解释道："因为地球的质量更大，引力更强，所以在地球上达到逃逸速度要比在月球上所需要的能量更多。我们有几种办法可以降低需要的能量：例如，先升至近地轨道，然后借助轨道速度让物体像引力弹弓一样弹射出重力井。"

福勒深吸一口气，继续解释下去："再举个例子吧，我们接下来将以这种方式去到火星：通过定时发射让我们的飞船分批逃离地球重力井。再说一遍，你就把这一过程看作爬上一座小山，我们先飞离地球大气层，然后利用地球公转的轨道速度将飞船像引力弹弓一样甩向火星。一般情况下，这时飞船还无法逃脱地球引力，引力会阻碍飞船的前进，这时我们就需要消耗能量来摆脱地球引力，当我们离地球越远，需要的能量就越低，地球重力井的作用也就越小。当达至某点后，我们就爬到了山坡的顶端——此时地球的引力和火星的引力会达到平衡。这时就像我们后方是去往地球的山坡，前方是去往火星的山坡。再越过这个平衡点，火星对飞船的引力就会超过地球，我们顺着山坡向我们的目的地飞去，所以我们才要考虑携带的燃料和引擎加速度两个因素。"

福勒抬起头望向我们，格里戈里和赵民一脸无趣，只有莉娜不停点着头。

"这些东西是重中之重，领航员和工程师需要考虑轨道速度以及万有引力对飞船的影响，可以说，这对我们飞船需要的能量有至关重要的影响。"这番话引起了福勒等一些员工的笑声。

"所以最后又得说回引擎——具体需要多少能量和燃料。不过说实话，我们也不清楚。"

"可以麻烦你站在原地保持不动吗？"福勒抬手示意助手。

接着他对着成员们说道："假设这位年轻的女士就是太阳。"

她听到后笑了下，在众人的目光下有些害羞。

福勒用步数进行测量，然后示意另外四名助手站在房间里的特定位置。"再假设这些优秀的小伙子是小行星带内的行星，它们以不同速度、在不同距离下绕日公转。水星距离太阳约 5700 万千米，金星距离水星约

5000万千米，地球大概离金星4000万千米，而火星则离我们大概8000万千米——以我们最近的轨道点来看。"

福勒拿起订书机放在"地球"和"金星"中间，接着说道："这是阿尔法所在位置。"

他接着从口袋里拿出一支笔放在"火星"身后一个脚步的位置。"这是贝塔所在位置。"

"我们的计划是利用地球的轨道速度给我们一个朝阿尔法的推力，然后利用金星的引力将我们拉近。"

莉娜认真听着。

"记住了，行星在同一平面以不同速度在不同位置绕日公转，每个的速度也完全不同。水星绕日公转周期为88天，金星大约224天，火星则几乎需要700天。"

他指向订书机继续说："那个未知物体阿尔法也同样在绕日公转——而且正在轨道衰减以一种螺旋运动接近太阳，就像一颗弹珠沿着漏斗向出口滑去。"

接着福勒指着"地球"说："飞船会借助地球轨道速度产生推力朝阿尔法飞去。"他又走向订书机，"地球目前在金星前面，但是30天后金星会赶上地球，再过十天会超过我们的飞船，再过7天它会超过阿尔法，届时飞船将借助金星引力的拖拽向未知物体靠近。"

福勒示意工作人员回到座位，接着自己回到了讲台开始做总结："我们不能确定到时候飞船借助的地球轨道速度大小，因为不确定飞船进入近地轨道后，是否会遭到某种力量干扰，又是否会出现发生在国际空间站上的那种太阳活动，可能这次威力会更大，又或者任务会畅通无阻，具体怎样我们目前还不得而知。不过，可以确定的是地球和金星的轨道交界时间，而要赶上交界时间，火箭最合适的发射窗口期仅剩20小时。如果错过发射窗口，我们很可能就再也无法追上阿尔法。至于贝塔，我们暂时没有足够数据判断飞船是否同样可以接近它。"

这时一名美国国家航空航天局工作人员走进房间，神色紧张地把福勒拉到一旁在耳边说了些什么，我只能分辨部分字眼。

"残骸解体。"

"缺口。"

"隔热罩失效。"

他又打开笔记本电脑给福勒看，接着福勒睁大眼睛一脸吃惊，他转身背对那名工作人员，在原地走了几步，思考了一阵然后摇着头小声对工作人员说了一句话，声音小到我几乎听不清。

"我们目前什么也做不了，只能暂时先尽力保住她的命吧。"

第十七章

艾玛

醒来后我感觉浑身乏力，头晕眼花，身上也满是瘀青，比之前的状态还要糟，感觉像是被人绑起来打了一顿，然后扔到了路边。

我迷迷糊糊地向通信终端望去，屏幕上一行行全是地面传来的信息，我尝试阅读失败了，我现在只想往后一倒睡个好觉。

我甩了甩头，活动了一下手臂，告诉自己一定要保持清醒，我知道如果这时睡过去可能就再也醒不过来了。

我看到最后一条消息这样写道：

马修斯长官？请回复。

我抓起触控笔颤抖地在屏幕键盘上敲击着。

我在。

在等待回信时，我浏览了一下之前发的几条消息。他们询问了我的状况，告知我飞船正遭到碎片的袭击（可不是嘛，我当时在舱内可是像个弹球一样弹来弹去），然后说他们在驾驶飞船远离碎片，让我再坚持一会儿

（迟了一步）。

太好了，吓死我们了。

不好意思，我也吓得够呛：）

肯定不好受吧。

有什么计划吗？

还在制订。

飞船状况？

又等了好一会儿才传来消息。

舱体受损，但我们正在想办法，别担心。

"别担心"这种话对我来说起不到安抚作用，现在更让我担心的是：我此时在距离地球300千米的舱体里，而地面和我说舱体已经"受损"。在我有限的恋爱经验中，我明白，没有任何一段成功的恋爱关系是完美无瑕的，更多的时候，是需要双方共同修复"受损"的关系。但当我们在讨论从大气上空以时速27000多千米返回地球时，"受损"可不是什么好词，因为飞船的修复是相当困难的，很可能因为无法修复而直接要了你的命。

高温也会是个大问题。"联盟"号飞船在底部有一块陶瓷隔热罩，由烧蚀材料制成，并会在飞船落入地球途中燃烧殆尽。隔热罩的温度可升至高达上千摄氏度，然后通过熔融烧蚀层来分散舱体热量。我不知道这一飞船的构造如何——就假设和"联盟"号飞船类似吧，但我知道只要底部隔热罩有任何破损，那我便会在舱内被活活烧死。

除此之外还存在其他潜在的致命硬伤：舱内供氧、食物、饮用水和燃料都十分有限，即使我能维持自身生存，我也得需要燃料让飞船保持在轨道上，而不是落入大气遭到毁灭。

我在屏幕上输入了我此时唯一能说的话：

我还能做什么？

休息就好，艾玛。你已经尽力了，接下来让我们想办法。

我一定要做点儿什么。我观察起谢尔盖堵住的那个洞，除此之外舱体表面没有其他漏气的迹象，所以问题应该不大。要堵上这个缺口我需要进行舱外活动，可如果飞船隔热罩受损，那即使补上缺口也无济于事。我告诉自己不能这样陷入死循环，一定要想点儿办法。

我必须忙碌起来以保持清醒。我整整清点了两次食物和饮用水的存量，还打开医疗包翻看了三次。我透过舷窗望向北美洲，拿起触控笔打算在屏幕上给妹妹写信。用触控笔输入实在很不方便，可更困扰我的是，我不知道该写些什么好，因为这些话可能就是我留给她的遗言了，我有千言万语想说却又难以开口。

致任务控制中心：

等时间允许，请将这封信转交给我妹妹。
谢谢。

亲爱的麦迪逊：

国际空间站发生了一次事故，并不是人为失误，只是一次偶然的太阳活动，怪我们运气不好吧。我幸存了下来，可我的队员们没有，我曾尝试过去救他们。

写到这里我泪眼蒙眬，在泪水溢出并静静地飘在空中后，我再也控制不住，大哭起来。我松开触控笔，任由它飘回墙上又弹了回来，就像一只奔跑着的狗，全然不知自己仍被绳索束缚着。

我向轨道舱飘去，难忍内心的痛楚，过去24小时堆积的所有情绪在这一瞬间终于爆发。

在这里，时间就是我唯一的陪伴，我被放逐到太空的一座孤岛，此时让我魂牵梦绕的地方只有家，而这段信息就是我的漂流瓶，它将漂到我唯一的妹妹那里，同时也是我最好的朋友的手上，我一定要好好写。

我将最后一句话删除后继续写道：

可我的队员们没有。他们都是很棒的人，是我相处过最好的队员（我知道我有点儿偏心）。

你也不用为我感到难过，我知道来国际空间站的风险。但上太空一直是我的梦想，虽然我也知道这大概就是我最后的归宿，我还是很高兴我能够梦想成真。

我有些话想和你交代，妈妈留给我的那条蒂芙尼项链，我想让你帮我转交给艾德琳，至于我在地球上的其他物件，我也不知道该怎么处理。在漫长的寒冬面前，它们大概也不值几个钱，所以你就不要在它们身上花时间了，你和大卫还有孩子们需要赶紧去宜居地，或者去政府建造的地下居住地也可以。我知道这些话听起来很不可思议，但请务必相信我。卖掉你们所有的东西然后离开，千万不要回头，拜托了。如果时间证明我错了，你们大可以再回来。但如果我没错，你们到时候会连命都保不住。

我爱你们。

——艾玛

在我发送后很快就收到了回信。

我们会转交给她的，长官。

我还有个请求。

请讲。

我妹妹是我唯一的家人，我想知道政府目前有没有准备建造庇护所来应对漫长的寒冬呢？如果有，我希望能给她留个位置。我知道届时肯定会有我的位置，所以请把我的位置让给她吧。

你这话说得好像你回不了地球了一样。你肯定能回来的，请再给我们一点时间。

即使回到地球，我也想把位置让给她，拜托了。

好吧，我会尽快向上级传达这一消息。

我缓缓飘离屏幕，虽然，我知道我肯定是活不下去了，可想到自己还能救家人们一命，我还是感到了释然。

第十八章

詹姆斯

福勒抬头看向我们，好像刚刚才意识到我们还在这儿。

"好了，说了这么多主要是想表达，要确保追上阿尔法，我们需要仔细考虑很多因素，最后还要确保你们上去后有足够的燃料，以拉载所需的科学设备，这样你们才能搞清楚那究竟是什么东西。"

这时，钱德勒找到了开口的机会，他说："没错，确实是这样。我认为，我们需要注意飞船上科学设备的载荷量。一旦确定这一点，我们需要根据清单来使补给和船员这二者之间的载重量保持平衡。剩下的空间用来装载燃料，以增加飞船动力，越大越好。"

在场的人——包括我——都对这番话表示赞同。

钱德勒向房间后面的工作人员示意，一名满脸热切、看起来像博士后的人开始给我们分发一沓装订的文件。我接过来一看，是钱德勒希望能带上太空的设备清单——从无人机到激光仪再到飞船机械臂，应有尽有。这些东西起码得有一吨，严格来讲，很多吨，飞船没办法同时搭载这些设备以及额外燃料。

在钱德勒喋喋不休（他可喜欢这样了）的时候，我快速扫了一下清单，在他讲到一半时，我就已经看完了，我接着问了自己一个习惯性的问题：有没有更好的办法呢？答案是有的。

"这份清单挺不错的，清单里有些物品确实很有用，我觉得我们应该可以拿上其中一些，比如机械臂。不过，对于这一大批装备，我想为大家提出个意见。"我说道。

钱德勒靠向椅背，深吸了一口气，准备听我说话。

我继续说道："对于这次任务，我希望带现成的零件，而不是提前造好的装备，比如说无人机。它们也许能完成任务，但成功概率不大。而且我们届时将没有援助——要知道我们的目的地可是在 300 多万千米开外，用不用得上无人机还是另一回事，甚至可能无法维修它们。如果我们有无限的载荷量，那当我没说，可现在情况不是这样——这份清单只会徒增负担。"

福勒轻轻地扬起头，他应该知道我是什么意思。

"虽然如此，可我们在 24 小时内就要发射飞船，没有时间再现造装备，这份清单显然是我们最好的选择。"钱德勒却不赞成。

"那倒不一定。"

"一定。"钱德勒看着助手说道，"我们已经做过研究了。"

"可你没有考虑过其他可能性。"

我说这话时，他紧盯着我，像一只随时会向我扑来的猛兽。他心里想的全是如何置我于死地。但我面不改色，甚至泰然自若，我知道这肯定会让他更加恼羞成怒。

"发射以后,"我漫不经心地继续说,"我们将在飞船上待 4 个月,每艘飞船配备一个机械臂和软件工程师。如果发射时带上合适的原配件,我们可以在飞行途中制造需要的装备,将每艘飞船当机器实验室使用。"

"荒唐。"钱德勒一脸不屑。

"这将使所需装备的重量减半,而且等我们抵达后,使用这些装备将更加得心应手——因为我们对它们了如指掌,我们懂得如何维修,有必要的话还可以进行改装。"我继续补充道。

"我喜欢这个主意。"格里戈里表示赞同。

莉娜说:"我也是,我可以用基本指令和框架写出程序,完全没问题。"

钱德勒看起来有些退缩。"这个……呃,说实话……"他的声音有些支支吾吾,听上去没了底气,"你看,要是你带错了原材料呢?漏了什么部件又怎么办?"他又开始反击,说起话来就像在参加电视辩论节目,"辛克莱博士,就像你刚才如此肯定地提醒我们,我们的目的地在 300 多万公里之外,我们也无法立刻拿到地面提供的补给材料,也无法得到足够的技术支持来保障你的计划。"

"你自己动手建造的东西,为什么会需要技术支持?如果你缺失某个部件,绕过这个地方不就好了吗?重点在于如何最大化利用手头的材料建造需要的装备。"我继续回击。

钱德勒望向讲台上的福勒,说道:"我简直忍无可忍,我正式抗议詹姆斯·辛克莱参与本次任务,他鲁莽、粗心,判断力也脱离实际,所以他才落到坐牢这个下场。"他又看着其他成员继续说,"在这次任务中,他的存在可能会让我们全员丧命——甚至让我们没有机会去查明这个未知物体的来历,我觉得这比丧命更加不可接受。"

所有的人眼神先是看向我,又缓缓避开,仿佛我是个遭到别人霸凌的小孩,可他们心里又明白自己帮不上什么忙。我也觉得如此,被人揍翻在地,鼻血直流,可我还没认输,我的心里正燃着一团怒火。

我极力压抑着就要怒吼出来的声音反击道:"你的问题很简单,钱德勒博士,这个任务不适合你。去到太空,我们得制造各种装备,还得维修。也许 20 年前你做得到这些,甚至 10 年前也可以,但自从你碌碌无为，开始不停接受电视采访，举办各种付费讲座，你就已经不再合适我们这个任务了。"

钱德勒噌地站起来指着我说："在你还尿裤子的时候，老子就已经在发明东西了——"

福勒举起手打断了我们。

"先生们，请不要这样。我们的时间不多了。"他望了一会儿钱德勒，然后说道，"钱德勒先生，美国国家航空航天局从不会将抗议的人员送上太空。"他指着门口，一位助手将门打开，"我们现在还不能发射，请跟我来一下。"

❄

福勒和钱德勒走了之后，房间里鸦雀无声。

我的心怦怦直跳，当时我已经做好恶战一场的准备。我的情绪无法平息下来，双手不停地抖着。

格里戈里向后靠在椅背上的动作吸引了我的注意。"你说的部件有多重？"他若无其事地问道。

"还不知道。"我低声回答。

他眯着眼睛对着我说："你需要怎样才能知道？"

"比如当我们抵达未知物体的位置后，能否在不影响任务和返航的情况下拆除飞船的一些部件来使用？"

"也许可以……"他仰起头看向天花板，仿佛在看一幅飞船的解剖图，"你需要哪些部件？"

❄

福勒带着一名新的机器人专家回到了房间——哈利·安德鲁斯博士。大概好几年前我在几次会议上见过他。他十分聪明，最重要的是他是一名机器人专家。我听说，他先前在一家私人领域的企业集团工作，在实验室里进行研究，公司允许他不参加各种会议和管理工作，他简直是这次任务的完美人选。

看见他我才意识到现场还有其他像哈利·安德鲁斯这样的备选人，他们时刻准备着接替我们每一个人，其实这也是理所当然的。如果我们有谁在发射前出现意外——或者发射途中出现意外，他们肯定会让备选人补上空位，因为不会有多余时间重新再找人。

接下来福勒介绍哈利的一番话更是证实了我的猜想，他说："安德鲁斯博士一直在旁听我们的会议，对任务最新进展也十分了解，让我们赶紧继续吧。"

会议就这样得以继续，仿佛刚才的一切都没发生过。这次没有反对声，也没有发言，讨论的方面也截然不同，我们要实事求是地讨论了。不会有人身攻击，只有优秀思想的碰撞，我们都知道情况不容乐观。

中途休息时，我问了一个首次见到阿尔法时就困扰着我的问题。

"我觉得在继续之前，我们得好好考虑一下未知物体究竟是什么，我们需要对各种理论进行优先排序，这样才能使飞船的载荷达到最优。"

"很显然。"格里戈里开口了，"是它导致了漫长的寒冬。"

"当然，这是目前最有可能的解释。"我回答，"可万一我们错了呢？"

房间里陷入一片死寂。

赵民率先提出了看法，他说："里面也有可能是科学家或者勘测者——不一定是它导致了漫长的寒冬，它可能只是在对太阳进行观察。"

我点了点头。"而且没办法阻止它。"我没说出这几个字，转而说道，"除此之外，还有另一种可能。"

所有人看向我。

"如果说它一直就在那里呢？它有可能已经在外面飘浮了数亿万年，是我们鉴于目前情况才努力地去观测太空，这时才发现了它的存在。"

哈利·安德鲁斯回答道："它确实非常小，不仔细用望远镜观察的话，很容易就会错过——特别是在它不怎么移动的情况下。就我们目前所知的情况来看，金星上的一个古老文明在 100 万年前发射了这个未知物体，在他们离开时也没有带走它。"

"或者说没有销毁它。"格里戈里继续补充道，"还有其他可能，要知道，外面至少有两个未知物体。如果说它们两方正处于战争之中呢？两架宇宙战斗机在太阳系里驰骋，我们对它们而言根本微不足道。它们就像在太空高速公路上追逐，而我们只不过是一旁快要冻死的蝼蚁。"

那位澳大利亚语言学家兼考古学家夏洛特·露易斯清了清嗓子，试探性地插入对话。"从见到视频的那一刻起，我就在思考它到底是什么，我认为它最可能是一艘宇宙飞船。可如果这样它的船员会是什么样子呢？是类人生物吗？还是和昆虫一样？又或者是一种地球上完全不存在的生物外形？它们有可能是机器人吗？会不会这个未知物体本身就是个机器，是个游荡在太空中的无人机？这个未知物体又会不会是活着的一种太空原生物种？我翻遍整个任务简报都没有找到相关的答案，我想知道美国国家航空航天局有没有什么线索。"

"没有。"福勒回答，"我想在你们接近它之前，我们都不会有任何答案，或许最大的线索就是阿尔法对探测器做出了反应。无论它是什么东西，我们可以确定它有进攻能力而且能侦测到周围物体。我们是在国际空间站和卫星被太阳活动摧毁后才发现的阿尔法——我们不能忽视这点。虽然詹姆斯的观点有可能是对的——也就是说阿尔法和漫长的寒冬毫无关系——可这样事情看上去未免有些过于巧合。我们发现未知物体的时机——正值地球上的太阳辐射锐减，整个星球处于一场无法解释的灾难之中——而在我们发现阿尔法后遭到其恶意攻击，包括它们驶向太阳的这一路线，无不暗示着这两个未知物体和太阳光异常有着密切的关联。更重要的是……这也确实是我所希望的。因为如若不然，那只能说明地球正在死亡，我们将找不到解决这一切的答案，也无力拯救我们的星球。"

福勒转过身开始原地踱步，他说："我们目前已经探索过所有能拯救人类的方法，还做了大量的准备，可我们都知道，如果太阳能输出持续下降，人类灭亡的概率将会迅速上升。基于此，我们估计未来只有很小一部分人类可以存活，那些幸存者接下来将活在阴暗、寒冷和饥饿之中，那时他们会觉得死亡才是最好的解脱。"

福勒的视线扫过房间里的每一个人，接着说道："这次任务是我们解决这一切的最好方式，我们必须要参与其中，而且必须要赢。我们一定要在某种程度上将它视作影响我们未来的关键。如果人类要存活，这次任务只能有两个结局。"福勒先是看向我，接着又望向汉普斯特德少校，"根据这两种结局合理分配你们的飞船载荷。"

福勒的话语戛然而止，没有点明是哪两种结局，但我们对此心知肚明：我们要么和未知物体建立友谊，要么就摧毁它。

只不过，我担心这两者我们都做不到。

第十九章

艾玛

不知什么时候我又睡了过去。

醒来时，我的身体本能地剧烈挣扎起来，担心着自己是不是错过了什么——担心警报声再次响起或是另一场碎片正朝我袭来。我觉得自己正在攀岩，被困在岩架上无法下来，这和困在太空里差不多，都是被禁锢在高空之上无法落地。我知道由于飞船外壁破损我无法乘着它回到地球，而飞船能源也终会耗尽，然后在地心引力的作用下落入大气。在这样狭小的空间里被熊熊烈火吞噬，过程注定会十分痛苦。

可还要等多久？一小时？一天？

我真希望谁能告诉我还要多久，我想知道我离死亡还有多远。

我又饿了，但我不敢脱下头盔，我不知道飞船现在的稳定性如何，我也还没试过给太空舱重新增压。我知道东西可以晚点再吃，而飞船水缸的问题也需要解决，但还没到迫不得已的时候。

根据航天服上的时钟显示，我刚才睡了整整四小时，真是难以置信。

这时，屏幕上弹出一则篇幅较长的来信，是我妹妹的来信。

亲爱的艾玛：

政府的人将你的信拿过来了，他们希望我能写封回信。他们和我讲了整件事情的来龙去脉，还有你信中提到的请求。

我直到现在都无法相信。你能不能告诉我你们搞错了，告诉我你的飞船依然完好无损。我听到有人说是大气电离层的风暴导致了国际空间站和卫星的断线，但完全没提到它们已经被摧毁，直到现在我还没缓过神来。

我真的不知道该相信谁了。

政府让我们收拾东西，准备动身前往位于死亡谷的营地。艾玛，我和大卫都好害怕啊，他本来觉得漫长的寒冬过不了多久就会结束——他还说，如果我们离开了家，政府就会没收我们的财产，等我们回来后就不得不重新开始。他一直吼着政府人员让他们离开，可他们带大卫去孩子的游戏室并给他看了什么东西后，他现在也改变主意执意要动身离开了。

我还有特别多的话想和你说，但他们让我别说了，让我把电脑还给他们。我爱你，我爱你，我爱你。

第二十章

詹姆斯

经过一番唇枪舌剑，我们终于制订出了一个计划。

这份首次接触草案的内容十分详尽，解决了两艘飞船和探测器之间的通信问题，不过这些成果光凭我一人肯定想不出来，这是大家齐心协力下的智慧结晶，我们的通信方案将不会涉及电子传输过程，届时这也许能救所有人一命。

在过去的四小时，我一直在起草一份任务所需机械部件的清单。整个过程十分艰难，我不断斟酌清单上的物品，考虑着要不要带上别的什么东西——这种纠结和挣扎，与考试面对多选题时的心情如出一辙。我知道这次任务就像是一场考试，我们只有一次机会。

就在我完成清单的制定时门口传来了敲门声，哈利推门而入，手上还拿着他自己制定的清单。我们对两份单子的内容进行了对比，试着想出别人都还没想到的好主意。

"不知道你还记不记得，实际上我们之前就见过一次，在这次任务之前。"哈利告诉我，"在某一次的国际智能机器人和系统国际会议上。"

"当然记得，很高兴这次能与你一起共事。"

"我也是。"他坐下来，继续说道，"嘿，很抱歉你身上发生了那样的事，这个……我觉得对你挺不公平的。"

"谢谢。所以，关于清单你有什么新想法吗？"

❄

之前负责给我讲解太空注意事项的工作人员开始在零重力环境下训练我做一些基础动作，接着，又大致和我介绍了一下飞船的情况。记住这些信息的过程就像是在用消防栓的水龙头喝水，而且还得一次性喝光。实际上，地面控制站会负责好发射和飞船操作的问题，在上到太空和飞船对接完成前，我其实都不需要做其他事情。

在发射前我还有八小时可以休息。所有参与这次任务的宇航员，其住所都位于美国国家航空航天局总部，条件非常不错，和我之前住的地方相比简直是宫殿。

我回到房间，躺在床上，身上还穿着开会时的衣服，我已经筋疲力尽到连衣服都不想换。我望着天花板，试图慢慢放空自己，可大脑就像一台关不上的电视，不停播放着各种想法，想着自己是否在对考虑任务细节的考虑上仍有欠缺。

说来也有意思，昨晚我彻夜未眠是因为我知道其他囚犯会把我拖出牢房杀掉，我以为那就是我活着的最后一晚了。但从某种意义上来讲，我知道今晚应该也是我在地球上的最后一晚。

昨夜，我是准备为自己拼命。今夜，我准备为全人类拼命。

所以，我要好好休息。

我调整呼吸，慢慢睡了过去。

❄

就在我半睡半醒之际，传来了敲门声。

我依旧感到十分疲倦。身体沉重得像是瘫痪在床，仿佛身上压着床垫根本无法起身，我知道我肯定没办法开门了。

我用微弱无力的声音回答道："请进。"

"不好意思打扰了，你睡着了是吗？"门口站着福勒博士。

"算是吧。"我翻了个身试着坐起来。

"挺好的，你需要好好休息。那我就长话短说吧。"

他递给我一份文件，我翻开看了看，是艾玛·马修斯博士的个人文件，她是一名遗传学家，国际空间站的长官。我原以为文件里的个人照片会是那种穿着航天服的大头照，宇航员一般都会面无表情地盯着相机。但我错了，她的照片应该是在某天午餐前所拍的——就在这座航天中心的餐厅里。她面带微笑坐在餐桌前，双手在空中比画着，像是在讲什么笑话。我可以透过照片感受到她身上的那份活力，像第一天参加夏令营的小孩，一个对生活充满激情的女性。

我仔细翻看了一下简历，她的人生轨迹和我十分相似。至今未婚，也没有子女，踏入了在小时候就十分热爱的领域，对所从事的事业也充满激情。只不过她的选择让她上了太空，而我的选择却让我进了监狱。

"马修斯长官就是我和你第一次见面时提到的人，太阳活动发生时她就在国际空间站上。虽然空间站被摧毁，但她还是活了下来。"

"怎么做到的？"

"直觉、勇气和智慧，当然还有很多的运气。"

"她是不是……"

"还在上面？是的。"

"有什么计划吗？"

"一开始，我们打算在你们吃完午餐后就将她接回地球。"福勒博士挪了过来，在一张桌子前坐了下来，"可我们碰到了一点儿麻烦。"

他又递给我一份文件，里面有许多照片。第一张照片是一艘飞船漏气了，第二张是飞船在漆黑的太空中飘着，可以看到缺口内有什么织布类的东西，看起来像用枕头堵住了泄漏的地方。

"她的飞船被碎片击中了。"

我点了点头，我知道他想说什么。我们这次的任务并不是救援艾玛。

为了我自己，为了整个任务，为了地球上数十亿人口，他接下来要说的话都不是我应该知道的。但我还是在静静地等着他开口，我知道她身上有些不同寻常的地方，照片里的那种天真和活力。

"詹姆斯，我们已经为了这次任务孤注一掷。一旦将你们飞船需要的部件发射升空，任务就没有回头路了。到时候我们也没办法把她带回来，她的氧气马上就要耗尽了。"

福勒博士低头看着自己的脚，接着对我说："美国国家航空航天局、欧洲航天局、日本宇宙航空研究开发机构以及俄罗斯联邦航天局，都已经将全部资源用来建造更多的引擎、太空组件和载人飞船。政府也快要财政透支了——所幸目前还剩有一些支票簿和现金支票。私人承包商的数量也在不断增加。不管整个任务最后结果会如何，为了这次的发射任务，我们已经竭尽所能。整个任务准备过程需要耗费一定的时间。但是，艾玛已经没时间了，我们把她送了上去，却没办法带她回家。"

"所以你来这里是希望我能想办法救她。"

"算是吧，火箭发射后会出现什么情况我们也不知道，未知物体可能会采取行动将我们的太空部件全部打散，也可能完全对此无动于衷。不过，之前它对探测器的发射就没有做出任何反应，所以我觉得还是有希望的。"

"具体该怎么操作——假设。"

"假设，我们不会对发射计划做出任何变动，我们将载人飞船组件发射至近地轨道等候时机。"

"然后观察载人飞船最后的位置是否会靠近艾玛。"

"没错。"

"你和所有任务成员都说了这件事，对吧？"

"嗯，有很多风险和因素需要考虑，包括对接以及临时加上一名任务成员等，而且最重要的是：救她本不属于这次任务的一部分。"

"如果接到她，接下来怎么办？"我又快速改口道，"等我们接到她，接下来怎么办？我们应该让她坐逃生舱回地球吗？"

"也有人提出了这个想法，但委员会没有通过。因为每艘飞船只有两个逃生舱，每个逃生舱正常只可容纳三人，最多四人。用掉一个逃生舱意味着至少两名成员无法在完成任务后返回地球。"

"所以她得和我们一起前往未知物体那边？"

"必须这样，听着，詹姆斯，我们都知道这件事的风险所在，而且救援也不是这次任务的一部分，但我在美国国家航空航天局的工作就是尽我所能保护宇航员的安全，所以我才来找你，我知道我一定要尝试。"

我又翻了翻文件，仿佛想在文件里找到解决目前窘境的答案，仿佛它能给我一个接受或者拒绝福勒博士的理由。

理智点儿讲，我知道不该接受这项额外任务，因为其中的风险和回报完全不对等，这次任务很可能将决定全人类命运的走向，究竟是走向灭亡，还是继续存活。基于这一点，我根本没必要冒这个风险，至少我内心理智的部分是这样说的。可现实是，我没办法任由艾玛·马修斯在上面自生自灭，我内心人性的部分不允许，她也完全不应该落得这个下场。

我将文件递回给福勒博士说道："我接受。"

✳

等我再次醒来后，感觉自己又像是在监狱的烘干机里睡了一觉——浑身酸痛，头昏目眩。

我迷迷糊糊地走到卫生间，歪歪扭扭地刮了刮胡子，不知道下次刮胡子要等到什么时候了。看着镜子里的眼睛布满了血丝，一脸倦容，我觉得这两天下来我至少老了 10 岁。

敲门声响起，两位美国国家航空航天局工作人员走进来接我，在路上他们给我讲了一遍待会儿要发生的事情。

几小时内我就要去太空了，所有一切都这么不真实。紧张之余，我试着让自己集中注意力。我发现，对某件事情的恐惧往往比事件本身更加致命。在很久以前，我想出了一个平复紧张的好办法：我会告诉自己这些都不是真的，只不过是一次模拟实验。这样一来，我的思绪便会从发生的事情中得到释放。

两名工作人员把我带到了一个大会堂，这里比之前的会议室要宽敞得多，美国国家航空航天局的管理层和一些政府高官正表情冷酷地在台阶上站着，连副总统也来了，身边跟着一位我在电视上见过的议员。我被带到了第一排，站在原地等着其他成员，等丹·汉普斯特德、哈利·安德鲁斯以及安迪·瓦特都进来后，我才一起跟着坐了下来。

接着走进来的显然是我们的备选人，我对着那位可能替代我位置的机器人专家点头示好，她见状也对我回以微笑。我认识她——至少说我知道她的研究工作，她也是这次任务的不错人选，比钱德勒要好得多。

副总统最先上前开始发言，然后是参议员，最后是福勒。我完全没有听他们在讲什么，在脑子里，我已经上了飞船，进入实验室开始动手制造这次任务需要的装备。

指挥台后面的大屏幕亮了起来，画面中是发射场和一个马上就要点火的火箭，不过画面中的地点可不是这里，现在看到的发射现场正值晚上，而我们这里现在是早上九点。在屏幕下方我看到了发射地点：哈萨克斯坦，拜科努尔航天中心。

俄罗斯联邦航天局与其合作伙伴将在拜科努尔航天中心率先发射火箭——里面没有宇航员，只有一些普通物件。随着屏幕右下方的倒计时结束，火箭尾部喷射出大量滚滚白烟，画面不停地剧烈抖动，然后火箭离开了地面，飞出了地面摄像机的视角范围。画面又切换至另一台摄像机，火箭直奔大气飞去，接着消失在云层中。

我听到身后有人在交头接耳，我回过头望了一眼，整个会堂内起码有二百人，大家都面色凝重，觉得火箭可能在飞到预定轨道前就会被不明物体摧毁。

接着屏幕又亮了起来，这次是太空视角。可以看到装载物没有被摧毁，火箭也通过自行分离落回了地面，飞船在太空中安然无恙地飘着，只有尾部推进器时不时喷出一些白烟。

画面背景里传出一些模糊的俄语对话，福勒走上前开始翻译。

"女士们，先生们，1-P 号飞船在五分钟前已到达近地轨道，没有侦测到任何太阳异常活动。"

听到这里，会堂里的人欢呼起来，现场掌声雷动，人们相互击掌，连丹·汉普斯特德也吹起了口哨庆祝。作为一名即将亲自乘坐类似飞船上到太空的人，不得不说这样的消息让我松了一口气。

屏幕接着又切换至另一处发射场地：酒泉卫星发射中心，中国发射大载荷量火箭和载人航天器的主要发射地，位于中国甘肃省与内蒙古自治区交界处的戈壁地区。画面中，发射场的灯光在漆黑中熠熠发光。

接着火箭同样顺利升空并到达预定轨道。

接下来日本在种子岛宇宙中心的发射也十分顺利。

接着发射又重新轮了一遍：拜科努尔航天中心、酒泉卫星发射中心、种子岛宇宙中心都发射了第二枚火箭。

终于，接下来该轮到载人火箭的发射了。首先是拜科努尔航天中心，虽然他们没有提及航天员的名字，但我知道是格里戈里——他是任务成员中唯一的俄罗斯人。我内心紧张万分，无人火箭升空是一回事，火箭里坐着一位我认识的人又是另一回事——而且还是我在"和平女神"号上的一名队友。虽然我和他认识还不到一天的时间，但我已经当他是朋友了，所以我很担心发射会出什么差错。

与之前几次一样，火箭开始向漆黑的太空飞去，当画面切换至格里戈里在太空舱内的视角后，会堂里又爆发出一阵欢呼。

接着是酒泉卫星发射中心的发射，然后是种子岛宇宙中心的发射。至此，我一半的队员都已经成功上到太空，在上面等着剩下的成员。

这些火箭是他们在黑夜的掩护下发射的——发射场和火箭此时都在地球背光面，所以太阳那端无法发现。这是很聪明的一招，可以大大提高船员的存活概率。但我们所在的肯尼迪航天中心和圭亚那太空中心的发射将在白天进行，如果说太空中有什么东西在监视地球，对方就能立刻看到我们的发射活动，至于结果如何马上就能知晓。

屏幕切换到另一个发射场，可以看到多个火箭正在待命，然后一个接一个地发射，像放烟花一样——而且是有史以来最壮观的国庆烟火秀。

这批火箭同样安然无恙，没有偏离轨道也没有被碎片袭击。

这让我想到了艾玛，她这时还在太空和北美洲的同步轨道上。如果她还醒着的话，我相信她会看到这些火箭的，我也希望她能看到。就让它们为她带去希望，因为我们马上就要去救她了。

第二十一章

艾玛

透过舷窗，我看到至少有二十多枚火箭朝太空飞来。它们的尾焰点亮了宇宙，箭体逐级分离。这是我见过的最壮观的场面，甚至比我第一次在太空看到地球还要震撼。

可是为什么要发射这么多的火箭？是要重建国际空间站吗？

还是说他们要来救我了？

我知道我不该抱有太大希望，否则最终结果会让我大失所望，因为我充分了解我现在的境地，我仅仅是一个困在受损太空舱里的普通人，而这么大规模的发射任务绝不可能是一个简单的救援行动。我知道它们肯定和探测器发现的那个物体有什么关联——包括漫长的寒冬。我只能希望他们已经找到了解决办法，若是不得不把我抛弃在这儿，我也绝对不会有半点怨言。

尽管如此，我还是靠在飞船的小窗旁目不转睛地盯着外面，看着火箭尾部留下道道白烟，各个部分在箭体分离后缓缓落下，只剩下飞船像摆脱了束缚一般准备在太空遨游。我耐心地等待着，心里已经做好了各种准备。

或许其中一艘飞船真的会朝我飞来。

第二十二章

詹姆斯

此时一半的无人火箭已经成功发射，接着我们被带到房间外，我知道接下来是我在地球上所停留的最后一点时间了，可我对这短暂的记忆却是仓促而模糊的。

工作人员为我穿上了航天服，又再三检查有无纰漏，检查完毕后我被带上了一辆大巴。此时已经早上十点，大巴疾驰穿过肯尼迪航天中心的座座建筑，向着远处的发射场进发，远远地望去那里空旷得就像一片大草原，只有发射塔台如一座摩天大楼高耸入云，与佛罗里达州东海岸平坦的美景是那么地格格不入。

此情此景让我觉得身边的一切恍然如梦，我的脑子没办法处理消化这一切，以至于完全无心留意工作人员在说什么。

抵达发射场后，我们下了巴士，接着乘坐电梯上升了大约三十米，随后我看见一间厕所，门上印着一行文字：地球上最后一间厕所。尽管我此时内心忐忑不安，肾上腺素也在狂飙，但这几个字还是让我忍俊不禁。于是我颤抖着走进去，上完了我在地球的最后一次厕所。

我们乘坐的飞船将先被火箭送至太空，接着飞船将由美国国家航空航天局全新的 X1 型引擎供能。整个发射过程与早期太空发射十分类似，不过与以前相比，如今的发射安全性已经有了大幅提高，至少他们是这么向我保证的。

我进入舱内，工作人员先是帮我系好了安全带，又靠过来仔细地和我讲了一遍流程。我估计他是想让我放松一点吧，虽然并没有起到什么效果。

他们帮我戴好头盔就关上了舱门，除了耳机里的人声、屏幕的实时画面、滚动信息以及数据之外，我现在已经完全孑然一身。

载人飞船整体呈圆柱形，船身长约五米，宽约三米。我觉得自己此时就像身处苏打水罐子里的小虫，只不过周围满是电子仪器和白色软垫墙。

在中间屏幕上，我看着丹·汉普斯特德少校的火箭开始发射，白色的浓烟巨浪从火箭底部喷射而出，火箭在巨大的推力下摇晃着，离地往天空飞去。看到这里我顿时激动不已，视线没办法离开屏幕，心里想的全是其中的科学原理。虽然简报文件中没有提及，但我估计这次火箭的燃料是液态氢和液态氧。液态氢是地球上温度第二低的液体，储存液态氢的燃料箱内部温度达到 $-217℃$。而火箭排出的白气其实也并不是烟，而是水蒸气——由氢气和氧气结合后产生。这就是科学，可重复、可预测，没什么好担心的。况且他们有丰富的火箭发射经验，哪儿能出什么问题呢？

我看着丹的火箭直入云霄，消失在云层中，像一根针刺穿了软绵绵的枕头。

1 分钟后，屏幕上传来汉普斯特德的舱外视角，可以看到飞船已经脱离火箭飘浮在太空中。地面控制站对他进行呼叫，汉普斯特德接着用一口得克萨斯口音回复道："收到，戈达德中心。发射一切顺利，这里的景色可真美啊。"

耳机里传来控制站的欢呼声，屏幕里接着出现每艘已上太空的飞船里的实时画面——我猜这样做是为了给地球上的人展示上面的情况，让我们知道进展一切顺利。目前十几枚太空舱已经成功发射，它们白色的舱体在漆黑的宇宙中格外显眼，远处还有几颗星星在闪烁发光。

接下来要轮到哈利·安德鲁斯了。我内心紧张起来，尽管我们只认识了短短几小时，但我感觉我们已经是老朋友了。

我看着他的火箭从开始发射到渐渐消失在天空中，眼前这幅景象似曾相识，直到哈利的声音也从耳机里传来："我没事，感觉真刺激。"

听到这儿我笑了一下，可这时控制站说道："39C 发射台，允许发射。"

我的屏幕弹出倒计时：30 分钟……10 分钟……1 分钟。

"辛克莱博士，请做好发射准备。"耳机里传来控制站的声音。

听到这里，我的身体不由自主地颤抖起来，并在舱内四处张望，手心也紧张得直冒汗。

"辛克莱博士？"

"收到。"我愣了一会儿，"我准备好了。"

我等待的就是这一刻。

我的火箭开始轰鸣，这枚金属巨兽像刚从冬眠中苏醒，嘴里正发出阵阵低吼。

10

9

8

7

我感觉耳边的倒数声离我越来越远。

我没有听到"6"这个数字——只感觉到太空舱像遇到了地震的公寓

楼一样左右摇晃起来。

伴随着轰隆声，火箭开始快速攀升，从屏幕上看火箭一开始移动较为缓慢，可没一会儿我就像坐上了游乐园脱轨而出的过山车一般，整个人疾速地朝天上飞去。这份紧张刺激持续了几秒钟，接踵而至的是呼吸困难，像有一头大象压在我的胸口上，誓要将我压碎在座位上。我的大脑全然无法思考，我的双眼也看不清发生了什么事。

之前为发射所做的突击训练在这时根本派不上用场，此时即便我想中途跳伞都做不到，更不用说打开降落伞然后紧急落地了。

直到7分钟后我才成功进入轨道，之前的发射噪音也终于归于平静。上到太空的我此时已经轻如一片羽毛，胸口的重压也消失不见，我马上解开了安全带。

我听到两声像枪响的声音在太空舱尾部响起，我知道那是火箭最后的分离部件。

"辛克莱博士，能听到吗？"控制站向我询问道。

为了让我的队员们的放心，我想说一些俏皮幽默的话，可我忘记了开口。我被圆窗外的景色深深地吸引住了，看着这美丽的地球，我第一次感觉自己是如此渺小，和地球相比是如此的微不足道。整个世界此时就在我的身后，也许再也没办法回去了。望着地球，我的内心涌上了一股平静，让我忘却了周围的一切。

"辛克莱博士？"

"收到，这美景让我有点儿走神了。"

听到我的回答，耳机里又爆发出一阵欢呼，只不过此时我根本无心庆祝。我出神地想着那些我留在地球上的东西：我一塌糊涂的人生、那些左右为难的抉择、那个至今依旧让我后悔和让我失去一切的选择。

在太空上，除了这次任务以外，其他所有的事情都变得无关紧要。我人生中所有的境遇带我走到了这一步，虽然胸前的重压消失了，但我仍感觉肩负着重担，那就是一定要完成这次任务。亚历克斯和他的妻子，他的子女还有福勒博士，所有人，此时此刻都只能靠我了。

耳机里传来了福勒的声音："詹姆斯。"

从他的语气我听出来这是私人通信频道，我望了一眼屏幕确认了这点。

"我听得到。"

"你的太空舱离马修斯长官的位置非常接近。"

他话已至此，我们都知道是什么意思。

"好，我准备好了。"我飘回到座位上系好安全带。

"因为她的太空舱此时处于减压状态，所以我们现在慢慢抽干你舱内的空气，避免对接时出现压强差。"

飞船摆荡了一下，我看到屏幕显示舱内正在减压，随着压强警报声结束，舱内已经减压完毕。

此时说话的地面控制站技术人员名字应该叫马丁内斯，他的声音比福勒听起来要更加沉静："请汇报一下情况，辛克莱博士。"

"一切正常，航天服状态良好。"

"准备在 60 秒内对接。"

透过舷窗往外看，另一艘飞船进入了我的视野，和我乘坐的这艘一样，该飞船整体呈圆柱形，舱体为白色，但上面分布着许多黑色痕迹，远远看上去像一只斑点狗，我意识到那些痕迹是宇宙中碎片攻击留下的擦痕。我倾着身体想透过飞船的舷窗看看艾玛的情况，但我什么也没看到。

"准备迎接撞击，辛克莱博士。"耳机里突然传来一句话。

宇航员这辈子最不想听到的就是"撞击"二字了。

过了一会儿，我发现原来这次"撞击"仅仅是一次温和的小碰撞。

接着传来了气闸舱对接的动静，即便穿着航天服我也听得一清二楚。

"对接完毕，祝你好运，辛克莱博士。"

我解开安全带快速地向舱门飘去，然后飞快地转动着舱门把手。我知道时间紧迫，如果这时太空中又有碎片袭来，那我和艾玛就都玩儿完了。

我能清楚地听到自己沉重的心跳声，觉得自己正在挖开一个刚刚活埋了某人的坟墓。

我顺利打开舱门后看到了艾玛飞船的外壁，上面满是碎片留下的黑色擦痕。接下来才是关键。我双手紧紧握着艾玛飞船的舱门，若是无法转动，救援任务就可以说是失败了，只能将艾玛留在这座太空坟墓中。

我奋力一拉，但舱门丝毫不动，又试了一次还是一样，舱门一定是之前被碎片击中卡住了。

"请汇报情况，博士。"

我气喘吁吁地说道："一会儿再说。"

我又继续使劲拉着舱门。

"詹姆斯。"听到福勒的声音我停了下来，我气喘吁吁。

"是舱门有问题吗？"

我望向摄像头，我记得他们说过会关掉摄像头，因为飞船和地面控制站的数据传输有可能会让飞船受到和国际空间站一样的打击，所以福勒这么问应该是凭经验推测的。

"对，卡住了。"

"飞船内有工具能派上用场，你去找那个'补给箱1A'，打开看你就知道了。"

我返回自己的飞船，找到并打开盒子，马上就看到了福勒说的工具。它看起来像是用来修汽车轮胎的，能以特定的角度固定在舱门把手上，上面有一个长柄和一个可以用脚撑着的金属板。箱子里没有说明书，不过我也不需要。因为臀大肌是人体最大和最强壮的肌肉之一——专门负责人体髋部如跑、跳、爬楼梯等的肌肉活动，人类臀大肌产生的腿举力量甚至要大大超过卧举和弯举。

我拿起它返回舱门，将工具钩住舱门握把，用肩膀顶着墙壁然后把脚放在铁板上，为了最大化地发挥工具的作用，我调整好姿势，使出九牛二虎之力尝试打开舱门。

还是不行。

"詹姆斯？"

"我找到工具了，现在正在尝试。"

"收到。"

第一次尝试无果后，我停下来喘了会儿气，又马上继续使上全身力气推动握把，我的臀部肌肉传来剧烈的酸痛，双腿也开始不停地哆嗦，这时候金属舱门终于传来了一点儿动静。

功夫不负有心人，舱门终于不再卡死，我不小心踩了个空，整个人在空中翻滚了几圈。我顿时慌了神，因为此时舱内还处于减压状态，要是航天服被划破可就大事不妙。我快速自检一番，好在没有发现航天服有任何破损。

刚才可真是惊险，我意识到在太空上一定得仔细慎重。

回过神后，我稍微平复了一下情绪，对控制站回复道："舱门松了。"

虽然转动握把也比较费劲，但现在已经可以手动打开了。

我慢慢旋转握把打开舱门，艾玛所在的飞船内部也已经减压，没有空气泄漏出来。

我看到飞船里一动不动地躺着两个人，他们没有起身也没有跟我交流。

福勒只和我说了艾玛，怎么没和我说还有另外一个人。

"现在进入太空舱。"我顿了顿继续说道，"这里有两套航天服，他们对舱门被打开没有做出任何反应。"

"收到，辛克莱博士。我们已经 90 分钟没能联络上马修斯长官了，另一个人是国际空间站惨剧的一个已逝成员。"

"我要不要……"

我话还没说完他就打断道："不用了，詹姆斯，就把他留在那儿吧，飞船位置有限。"

"收到。"

我对两人的航天服进行了仔细检查，发现其中一套已经明显干瘪，看起来像个漏气的气球。

我扶起艾玛将她转向我，她的航天服看起来还完好无损。透过头盔面窗我看见了她的面孔，她双眼紧闭，金色的秀发垂落在脸颊两侧。尽管她一动不动，但在她身上我还是感受到了一种无法抗拒的光环，深深地吸引着我。

穿过对接气闸口，我将她推进我的飞船，然后关上了舱门。

"我们回到舱内了，但艾玛依然没有清醒，她的航天服已经增压，接下来我该怎么做？"我向控制站汇报。

"请稍等，博士，我们正在解除对接，重新加压你的太空舱。"

"收到。"

我打开医疗箱，心里推测着艾玛失去意识的原因。她的航天服密封良好，所以她肯定不会是窒息——除非是航天服出了什么故障，而且她应该很久没吃东西了吧。

我拿起医疗箱清点了一下，里面的药物和工具非常齐全。

"辛克莱博士，飞船压强已正常，请你脱下她的头盔进行紧急治疗。"控制站传来回复。

我赶紧卸下了她的头盔，用两根手指搭在她的颈动脉上。

我的心瞬间一沉，因为她的身体摸上去已经十分冰凉。

第二十三章

艾玛

我醒来后发现脸上正戴着氧气面罩，身边还有个男人按压着氧气袋在为我输氧。

我的胸口传来一股灼烧感，喉咙也干痛起来。

他取下氧气面罩看着我的眼睛问："马修斯长官，能听到我说话吗？"

因为喉咙干哑，我只能微弱地回答道："嗯。"

他拿起水瓶放到我的嘴边。"喝吧，喝了就会好一点儿了。"

我点了点头，他缓缓将液体喂到我嘴里——尝起来像盐糖混合液，我知道里面应该是葡萄糖、钠和其他电解质，喝起来就像香树油那般顺滑，我干灼的喉咙开始慢慢得到舒缓。

他脱下头盔，眼睛望向一旁，我知道他在和地面控制站通话。"戈达德中心，一切顺利。她应该只是有点儿脱水和营养不良，包括舱内供能不足、低血糖以及电解质失衡导致的临界体温过低。"

没过一会儿他就收到了地面中心的回复，我一边大口地喝水一边打量着眼前这个男人。他面容清瘦，除了眼角边的一丝皱纹外脸上没有一点褶皱，看起来应该和我年纪相仿，大概 30 岁。他留着一头沙棕色短发，前额有少许头发垂落，刘海儿下面是一双炯炯有神的蓝眼睛，眉宇间散发着一股柔情，眼神除了专注之外还显露出一丝担忧，我在他身边能感觉到一种莫名的踏实。

"收到，戈达德中心。"他回复之后对我问道，"好点儿了吗？"

"好多了。"

"那就好。"他拿走瓶子并用魔术贴粘在墙上，以免它在舱里到处乱飘，"不好意思，我得检查一下你的健康状况。"

我和他对视了一秒，然后点了点头。

他分别取下了我两只手的手套。

虽然我的身体仍然十分虚弱，但我试着坐了起来。"等等，你是说……现在就检查？"

"嗯，没错。"

"为什么不回地球？"

"我们……暂时还不会回地球。"

"'暂时'是多久？"

"以目前的情况来看，'暂时'是十个月左右吧。"

我听到这里忍不住笑了起来，心里知道他肯定在开玩笑。可他只是面无表情地看着我，仿佛说的每个字都是真的。

"你没开玩笑？"

"没有。"

我环顾了一下舱内环境，凭借现有资源的话，我们在太空最多只能待几个星期。突然我又想起那数十枚朝我飞来的火箭，它们像扔铁罐子一样分离出一个个的太空舱。

"现在有什么计划？"我问。

"指挥官，我们时间不多了。"

"那就长话短说，还有你就叫我艾玛吧。"

他点点头。"行，艾玛。我们的任务是去调查那个未知物体。"

听到这话，我皱起了眉头，他看出来我有些困惑。

"就是探测器发现的那颗东西——你在国际空间站被摧毁前传回地球的那张图像上的。"

"那这次发射中的其他太空舱到时候会对接起来吗？"我问道。

"是的，对接成两艘飞船，'和平女神'号和'天炉星'号。"

"所以你们不是专门来救援我的。"

"虽然救你不是这次的主要任务，但也完全可以说是我个人任务的一部分。"

"他们让你考虑是吗？"

他停了一会儿才回答道："是的。"

"然后你同意了救援任务。"

"是的，我说无论如何我都会带你回家。福勒博士还有任务中心的所有人都很在乎你的生死，他们费了很大的劲儿才成功让我在这么短时间内上来救你。"

听到这席话我情绪有些激动，内心满是感激和愧疚。我感觉自己真的很幸运，一想到这里眼泪就忍不住在眼眶里打转，但是我深吸了一口气，眨着眼睛不让泪水流下来，我不想让他看到我的哭相。

"好，那接下来怎么做？"我问。

"10分钟后，圭亚那太空中心会发射最后一个太空舱。"

"在那之后呢？"

"在那之后我们就静静地等着，看看这个未知物体是否会做出任何反应。"

"你的意思是看它会不会摧毁我们。"

"没错，又或是单纯将我们赶离地球轨道，再朝我们扔点儿太空碎片什么的。不管怎样，在那之后存留的太空舱将会合对接，那将会是一场硬仗，所以我们得提前做好准备。"

"所以你才想现在就检查我的健康状况。"

"我得知道你是否有受到创伤需要紧急治疗，等太空舱对接完毕后我们就没时间再给你做检查了。"

我的思绪有些混乱，脑子里尝试努力处理消化这些信息。本来我应该在一个月后从国际空间站返回地球，但现在还得在这上面待上十个月？即使我们能按时返回地球，我的身体也无法承受这么久的太空生活。

不过那都是后话了，眼下我得先搞清楚这个男人是谁。

"你叫什么名字？"

"詹姆斯·辛克莱。"

这个名字有点儿耳熟，但我想不起来是在哪儿听过。

"你是个医生？"

他犹豫了一会儿才说道："是的。"

"还有'但是'吗？"

他立刻补充道："但是我并未从医，我还是一名机械工程师，机器人专家和人工智能设计师。"

这些是我没想到的，他抢在我继续开口提问之前说道："我们届时会造一架无人机调查那个未知物体。"

"届时？"

"没错，在去的途中建造。"

"有点儿意思。"

"这个以后再说，现在我需要你脱下衣服。"

我笑了一下，挑起眉毛对他看去。

他马上解释道："只是单纯检查一下你的健康状况。"

"你不是没有行过医嘛。"

"嗯，这个嘛，现场最好的医生就是我了，我可以向你保证。"他笑着回答。

虽然只是个普通的笑话，但只要看到他笑，我的嘴角也会忍不住上扬。我喜欢他微笑的样子，也挺喜欢他这个人的。不知道为什么，跟他在一起我会感到很安心。

"那好吧，现场最好的医生，请继续吧。"

他伸出手解开了航天服的下身部分。"就像太久没骑自行车，我有点儿生疏了。"他脱下我航天服的下身部分然后抬起头看着我，"只是检查一下健康状况。"

"当然。"

随后我举起双手让他脱下航天服的上身部分，我的头盔和头罩应该在他对我做心脏复苏的时候就取下了。

在外层航天服之下，宇航员会穿一种液冷通风服，看起来基本跟一条接满通风散热管的跳伞服类似，能让我们在进行舱外活动时保持凉爽。詹姆斯一番检查过后认为是液冷服使我体温有些过低了。

他帮我脱下了通风服，接着我身上只剩下一套秋衣——普通的长袖棉内衣以及一条裤子，这样一来能避免出汗而变得黏糊糊的。虽然太空没有什么引力，但出于个人喜好一些宇航员还是会穿着胸罩。一些人是为了遮盖身体的轮廓，还有些人只是出于个人习惯。在太空上，我会在日常锻炼时穿一件运动内衣，不过现在并没穿，身上这套秋衣下面穿着的只有纸尿裤，而且我知道上面应该已经满是尿了。

我望向角落的摄像头，我估计马上就要当着大半个美国国家航空航天局和其他人的面脱得光光了。虽然我知道在太空上生存比形象更加重要，但我还是不禁觉得自己像跟着班级外出实地考察的小女孩，全班的同学马上就要发现我尿裤子了。

他注意到我正看着摄像头，接着安慰我道："放心吧，摄像头没开。我们担心额外的带宽和通信会引发另一场太阳活动。"

"了解。"听到这话我松了一口气，但心里还是飞速地跳个不停。

"这里只有我俩，我只是想帮你。"

"好。"我短短地回答道。

他在等我开始，他想让我有充分的控制权——是先脱去上衣还是裤子。

我的手紧张地颤抖，我用大拇指钩住裤带开始慢慢地向下拉，他也伸出手轻轻地帮我把裤子拉到骨盆位置。

"接下来我会在不同部位施加压力，如果你感到痛就说'痛'，然后对疼痛指数由一到十进行评级——十代表最高级。如果疼痛指数发生变化，可以随时和我说。"

"好。"

他开始伸出手压在我的腹股沟位置检查，他的脸与我的大腿仅有十几厘米之隔，按压的力度一开始很轻，但慢慢开始用力起来。他抬起头想看我有什么反应，我很快地摇了摇头，跟他说没关系，而且还是没有任何痛感。

他的手滑向我的腿部，依旧是一开始力度很轻，接着慢慢用力起来，他低着头仔细地检查着我腿部的各个部分。

当他摸到左大腿处时，我感到一阵疼痛。

"痛，二级。"

他又加大了力度，这里的痛觉也随之上升。

"三级。"

"你确定？"他问。

"嗯，没那么痛。"

"没事，只有一点儿青肿，没有骨折。"

他接着伸直我的右腿左右摆动了一下，膝盖处又传来一阵疼痛。

"痛，三级。"

"也是瘀青。"

我全身其他地方还有六七处瘀青——痛感都没有超过二级，但右脚踝上的瘀青稍微严重一些。当他轻轻扭动我的右脚踝时，我痛得直龇牙咧嘴。

"痛，四级。"

他有条不紊地慢慢转动右脚踝，用手指轻轻地在上面按压。

"现在呢？"

"五级。"

他看着我说："扭伤，不严重，没有韧带撕裂或者骨折。"

他从药箱拿出一管药膏，我脚上被擦满了刺鼻的药膏。

"这是局部镇痛膏，能防止发炎，你暂时就先用另一只脚活动吧。"

接着他用绷带裹住我的脚，检查一番确保绷带不会太紧。他又朝我上身靠近，然后停顿了一下。

我面红耳赤，我以为他是在等我脱掉上衣。

但我错了，这次他主动伸出手，握住我的肩膀然后轻声说道："接下来我会让你翻个身。"

我像片羽毛一样轻飘飘地翻了个身变成背部朝上，然后他脱掉了我的上衣。我看着它飘在我面前，他则伸出手从我后背下方开始慢慢向上检查。

"二。"我小声回答道。

这次他在我背上也擦了些药膏，不慌不忙温柔地帮我按摩起来。

现在我面朝地板飘着，他仔细地检查我的后背和肋骨的位置，这个过程中我总共感觉到三处疼痛。

我的脖子也有点儿酸痛（痛感二级），肩膀和手臂有一些瘀青，但还没严重到需要治疗。

"福勒博士已经告诉我空间站发生的事故了。"他自上而下从我的手臂一直轻捏到我的手指，"你真的很勇敢，也很聪明。"

"只是运气好而已。"

"确实，但也很勇敢聪明。"

我的脸颊不禁泛起一抹红晕，不过好在他看不到我的脸。

当他捏到我左手小拇指时传来一阵刺痛，我赶紧喊出痛感级别来转移话题。"痛，三级。"

他揉捏转动了一下我的小拇指，说："扭伤，没骨折，我可以给你包起来，但这样就不能戴航天服的手套了。"

"没事，那就别管它了。"

他的手又摸回我的肩膀，我在等他把我翻过来，但他没有。

"我觉得你身体的其他地方就自己检查一下吧。"

听见这话我心头小鹿乱撞，我敢说要是他这时检查我的脉搏，肯定会以为我有高血压。

我心里暗暗告诉自己：生存比形象更重要。我伸出手顶着墙将自己一把翻了个身，然后整个人赤裸地面向他，直直地看着他的眼睛说："继续检查吧。"

他咽了一下口水然后避开了我的眼神。他扫视了一下我的身体。伸出双手顺着我的锁骨摸去。

"痛，一级。"

"或许是脖子疼痛，辐射产生的痛感。"

我才意识到此时我已经紧张到屏住了呼吸。我慢慢试着调整平复气息，可我知道他肯定可以感觉到我的心跳像锣鼓一样猛烈。

他的双手由始至终都没有碰到我的乳房，而是绕过它们继续向下方摸去，我又因为感到痛发出了一声呻吟。

"痛，四级。"

他继续用手指压了压并揉捏了一下痛处。

"痛，五级。"

"肋骨擦伤，应该没有骨折，不用担心。"

接着他摸到我的腹部，同样也有一块瘀青。

最后他的手停在了我的纸尿裤上方——那是我此时唯一穿着的东西。他没有脱下它，只是轻轻地说道："鉴于你所经历的一切，你的健康状况整体还算挺不错的。"

"是吗？"

此时他和我四目相对。

"是的。"

我看着他，他也看着我，就这样不知道过了多久，可能是几秒钟，几分钟甚至一小时。我感觉整个世界都静止了——直到一声巨响划破了这份宁静，接着太空舱朝我们砸来，我整个人被一把甩在了他的身上，就这样，我们跟着太空舱在宇宙里飞驰起来。

第二十四章

詹姆斯

我和艾玛在舱内不停翻滚，身体不断上弹下撞。我们同时伸出手试着抓牢对方，但太空舱此时就像一台高速运转的烘干机——而且这次我旁边还有个人，一个我刚认识不久还半身赤裸的女人，同时也是一个我在乎的人。

在数次尝试后，我终于抓住了墙边的把手稳定住自己，准备等她撞过来时紧紧抱住她，我会让她也握住把手，并把她护在我身后。

如果这时太空舱被碎片击穿，我们必定会一命呜呼。我们在舱内承受着一倍甚至两倍的自身重力，在这种情况下完全没办法顺利穿上航天服，连戴头盔都难上加难。

太空基本属于真空环境，所以物体一旦产生初速度，它基本会一直运动下去。虽然周围天体会对其产生引力，但其作用也微乎其微。

我们在发射前接受过训练，知道如何应对太阳活动影响的情况。在训练中，我们要在"盲跑"状态下想方设法驶向会合点。现在我只能祈祷能顺利抵达——同时也希望其他队员能渡过难关。不过现在，我首先得知道目前位置然后才能修正航线。

"我们要去另一面墙那儿。"我小声地对艾玛说道。

她贴着我耳朵说："我跟着你。"

我用左手抓住她前臂，右手用力一推，慢慢飘到了对面的门把手那儿，我用一只手使劲一拽并用另一只手将她牢牢抓紧。

墙上的屏幕正显示着我们的方位和运动速度——是系统通过舱外摄像机和其他星体进行对比得出的位置。计算结果一出，我马上启动了轨道修正推进器。

"抓紧了。"我说道。

太空舱右侧和上方推进器开始推进，接着太空舱翻了个边，稍微恢复至直线飞行，不过速度依然没有降下来。

"刚才你按了什么？"

"把方向往左调了下。"

当她笑的时候我能感觉到她的胸部在顶着我。

她抓住周围飘着的杂物扔到一边，身体由于惯性更加向我靠来。

"预计还有多久抵达？"艾玛问。

"十五分钟。"

"其他人呢？"

"我不知道他们的位置，单纯的太空舱程序不包含视线分析功能，所以我们只能根据星体来定位。"

我们沉默了几分钟，直到前端推进器又开始推进，我知道我们离会合地越来越近了。

"你是哪里人？"

我本来想说"埃奇菲尔德"，但我考虑了一会儿还是没有这么说。我打算迟点儿再告诉她其实我是一名重罪犯人，只是临时加入了这个上太空的工作释放项目。

所以我回答道："我在北卡罗来纳州的阿什维尔长大，你呢？"

"纽约。"

此时舱内已基本稳定，她开始穿上秋衣，看得出她在太空里要比我灵活得多。

"你一直以来都想做宇航员吗？"

"也不是从小就想，我只不过想远离喧嚣，我更喜欢独处。"

"所以你就上了太空，在狭小拥挤的空间站一住就是几个月？"

她笑了笑："这个嘛，来空间站其实并不是我一开始的计划。"

"那是什么？"

"在我小时候，商业化太空旅行发展十分迅速，像乘无人飞船参观火星，或是操控无人机去小行星带采矿之类的。我是想建立第一批人类太空殖民地。"

我有点儿惊讶，意识到除了档案里的信息之外我对她仍是知之甚少。

我本想说一些高大上的话，可思前想后只挤出一句："听起来挺有意思的。"

"那是我的梦想，生活在新的世界，建立新的社会体系。"

"那是一个怎样的社会？"

"一个能做到尊重、文明、平等的社会。"

"那我还挺想住在那儿。"

"我依然没有放弃这个梦想。"

"你只不过稍微偏离了轨道。"

她咧着嘴笑了起来。"我给你这个太空双关打三分，疼痛指数的三级。"

"不过你最近已经重回正轨了？"我继续说道。

"四分。"

"好吧，我不说了。"

"至少我还活着，暂时来讲这就够了。"她喜眉笑眼地向窗外望去。

"然后半身赤裸地和一个奇怪的男人在太空里飞驰，你父母知道吗？"

她的表情变得僵硬，我才恍然想起她的双亲已经过世，我实在不该开这个玩笑。

"你也没有很奇怪。"她说。

"对啊，我超级正常的。"

她瞥了我一眼，她总是能很快地察觉到我话里的讽刺幽默，这极大地保证了我们之间交流沟通的顺畅。

"那你一直以来都想做一个无人机设计师吗？"

"其实，我本质上并不是……无人机设计师。"

"那你本质上是做什么的？"

"机器工程师，研究更加……复杂的东西。"

"哪种复杂的东西？"

她还不知道我的故事以及监狱生活——也不知道世人是怎样评价我，我还是现在就告诉她比较好。

"惹怒了别人的那种。"

"你惹怒了谁？"她眯起眼判断我是不是在开玩笑。

"基本所有人吧。"

她的语气又稍微调皮了起来："所以说你是来造反的。"

"我是一个自由斗士。"

"为了谁的自由？"

"所有人的自由吧。"

"你认真的是吗？"她的笑容慢慢消失。

"一般情况下我会开玩笑，但这次没有。我本以为我能恢复世界的准则和自由。"

"但反而让你陷入了麻烦是吗？"

"是的，我判断失误了。我没有充分考虑到人性的复杂，也没有思考世人会如何评价我的创造。我从中学到了宝贵的一课。"

"是什么？"

"任何从当权者手中夺走权力的变革都将面临反对，变革越大，反对的力量也越大。"

"听起来有点儿像牛顿第三定律：相互作用的两个物体之间的作用力和反作用力总是大小相等。"

"我倒是没这么想过，不过确实挺像的。"

我和艾玛其实有很多地方相似，她想要远离喧嚣，从满是瑕疵的旧世界中逃离，建立完美新世界。而我则是在看清世界的不堪后，留在地球想要治好它的顽疾。可我这样做又有什么好下场呢。

前推进器开始让我们慢慢减速，估计五分钟内就能抵达会合点。虽然舱内惯性依然很强，但我还算能应付。

"我们还有五分钟到达，该穿上航天服了。"我对艾玛说。

❄

抵达会合点后，我们只见到三枚太空舱在原地待命。我没想到仅有三枚成功抵达，我安慰自己也许其他人正在赶来的路上。我试图掩饰内心的担忧，但艾玛似乎还是有所察觉。

我和她分别飘到不同的舷窗口向外望去。

"我这边两枚是无人驾驶舱。"我对她喊道。

"我这枚也是，那现在怎么办？"

"再等等吧。"

"四枚太空舱无法对接吗？"

"理论上可以，但那不是任务最优的对接方案，这些无人舱只是通过程序设定在这儿等候，我们还需要一个大型引擎部件才能开展这次任务。"

"还要等多久？"

"两小时吧。"

"那接下来这两小时我们做什么？"

我拿起即食口粮说："首先你得吃点儿东西，再补充点儿水分。"

"这完全不用两小时。"

"确实，但我会和你讲一下这次任务的各个细节。"

在她吃东西期间，我告诉了她还有第二个未知物体贝塔。她听到后愣住了，不用我说她也知道这意味着什么，但我还是和她详细解释了一番。我们接着又重新整理了一遍任务过程：和阿尔法进行首次接触之后向它寻求帮助，最后如果失败，我们再消灭它。

她一边吃一边小声说道："我希望它们想和人类做朋友。"

"希望吧。"

接着我凭记忆给她介绍了这次任务的成员，特别是"和平女神"号的成员，因为她得和我们待在一起。我还重点提了一下"天炉星"号上的丹·汉普斯特德，因为他是两艘飞船成员部署的主要区别所在。

"我觉得我就是个累赘。"她说，"你们每个人在任务中都有自己的分工，而我只是个被困在太空的路人而已。"

"虽然你只是一个搭便车的太空客，但完全不代表你就是累赘。"

"不，我这么说是因为我没有相关的专业技能。"

"艾玛，福勒博士已经给我看了你的档案，根据档案来看，你在哪儿都能大展拳脚，更别说在太空上了。我这是第一次上太空，要知道在地球建造东西就已经够困难了，更何况在太空，况且这几个月以来你一直在运行和维护国际空间站，你对太空生活可谓是了如指掌，所以我希望你能在我身边帮助我。"

"你这是在给我提供工作吗？"

"有兴趣吗？"

她笑着说："那我有什么好处？"

"好处就是……这可以拯救全地球人的性命，包括你自己和所有你认识的人。"

"有什么福利待遇吗？"

"多着呢，可以免费看牙医。"

"那我会考虑的。"

"要尽快，我们还有其他候选人呢。"

"好的。"

这时我身后的舷窗外有什么东西吸引了她的注意力。

"又来了一枚太空舱。"艾玛说道。

我转过身向外看去，哈利·安德鲁斯正戴着打开面窗的头盔从那枚太空舱里朝我望来。

这不对劲，他不应该出现在这儿，难道是那边已经没有足够的太空舱进行对接了吗？不然他应该前往"天炉星"号会合点。他的出现不禁让我思考起"天炉星"号成员的存活数字——我们这边最后又会剩多少，会不会我们的任务还没开始就已经宣告结束了？

还有一种可能是任务中心重置了哈利的飞行路线，不过这又是为什么呢？也许是他们觉得我会需要一个帮手，又或许是觉得两个任务领头会比一个更加保险。对于这一点我也比较赞成，我和哈利在地球相处时非常合得来。在这次任务里，团队合作的作用至关重要。而且我和他志趣相投，相处融洽，我很乐意与他共事。

我看见哈利朝我挥手，我也朝他挥手示意。无论他出现在这里的原因是什么，我都很高兴在此时能见到他。

✳

两小时后，除了两枚太空舱遗失外，其余的全数抵达，而且全都属于"和平女神"号。我感到很奇怪，好奇消失的两枚太空舱是否已经相撞，又或是撞上了"天炉星"号那边的太空舱，不过还好最后情况不算太糟：因为遗失的两枚均为补给舱，而美国国家航空航天局机智地将补给分散存储在各个太空舱里，所以每个太空舱内补给分布平均。总的来看，这次太阳活动让我们损失了大约 7% 的补给，这一数字还算可以接受。

我默默祈祷"天炉星"号那边一切顺利。没有电子传输设备，我们至少得在几个月后才能和"天炉星"号会合，并了解到他们的情况。

在发射前几个月，美国国家航空航天局为我们设计了一种巧妙的交流方式：面板交流，这一过程不会涉及电子传输。每枚太空舱的各方位都装有十二个"通信模块"，确保其他太空舱的摄像头捕捉到它们。模块通信面板用的是和老式电子书类似的电子墨水技术：里面是一层薄胶片层，内含装有"微胶囊"的液体溶液。通过改变胶片层下方的电荷让带有正电的白色颗粒——或者负电的黑色颗粒——向微胶囊顶部移动。所有的电荷都隐藏在胶片层下，在不发射任何光或者微波的情况下面板就能显示各种符号。

而美国国家航空航天局也据此设计了一套密码本和符号用于简化飞船间的信息交换。每艘飞船配有一架远程望远镜，可以观察对方飞船的通信模块。望远镜的观测距离虽然很远，但和电子传输有着本质的区别。我们就用这种方式交流。

不过前提是"天炉星"号没有被摧毁。

通过舷窗，我看到通信模块在不断变化，上面每个复杂的符号转瞬即逝，不到一秒内就跳闪到下个符号，像正在快速翻阅着的一本黑白漫画书。在场所有的太空舱通过这些微妙的符号进行交流，然后不断慢慢靠近对接。这幅景象让我感受到一种美妙，像是在太空奏起了华美的乐章，名为"创造"的音符一个个在自由地跳动。这应该是人类太空工程历史上最伟大的壮举，背后是数月乃至数年夜以继日的谨密规划，是世界最顶尖的头脑们在有限的时间和巨大的压力之下创造的杰作。

这让我不禁感叹，正是阴暗的岁月和危急的时刻才造就出了现在的我们。历史上的热战和冷战推动了核武器和太空竞赛的出现，而漫长的寒冬则促使人类进行有史以来太阳系最远距离的探险。"和平女神"号在对接下初具雏形，我希望整个世界都能见证这一刻，让世人知道这背后每一个全力以赴的人的名字，正是他们的努力才确保了这次任务顺利实施。

※

哈利打开舱门向我们飘来，我们打开头盔面窗，慢慢习惯着这夹带金属味的人造空气，不过只要还活着，空气闻起来什么味道其实并不太重要。

哈利笑着向我们打招呼："欢迎大家登上外星飞船观光快运，麻烦各位出示一下登机牌。"

"刚才登机牌不小心从窗外飞走啦。"

哈利笑着答道："那这次就给你们通融一下吧——下不为例哦。"

"那我们可真是太幸运了。"我指着艾玛对哈利说道，"这位是艾玛·马修斯长官。"

"很高兴见到你，女士，欢迎登船。"

第二十五章

艾玛

我们已经在飞船上待了一个月，准备驶向未知物体。不得不说这是我人生中最为刻骨铭心的一段旅程。

在我第一次来到太空登上国际空间站时，内心满是对宇宙的惊奇和敬畏，但眼前这艘飞船却给了我完全无法言语的感觉。它是一个伟大的奇迹，可即便如此，它与船上的成员相比也只能是相形见绌。飞船上的每一位队员都有自己的专长和明确的分工，为了完成这次任务无一不在倾尽心血，尽个人绵薄之力欲成就伟大之事。

格里戈里作为一名俄国工程师，对提高飞船引擎效率有着接近疯狂的专注，我无论在飞船哪个地方都能看见他的身影，总是在自言自语着如何改进引擎。

夏洛特是团队中的澳籍语言学家兼考古学家，她无时无刻不在拟定和外星飞船的首次接触细节，除此之外还会和詹姆斯还有哈利核对无人机的具体能力范围——或是和莉娜探讨能否对她的想法进行编程。

赵民是这次任务的一名华裔领航员，他时时刻刻都在忙于模拟任务中可能出现的各种情况，并以此制定了数条线路方案以备将来使用。

田中泉是一名日本医师和心理学家，她大约比我年长10岁。她每天都会去不同的船舱检查我们的身心健康状况，像一只勤劳的母鸡细心守护着自己的孩子。

我在飞船上的大部分时间都陪在詹姆斯和哈利身边，而且我也乐此不疲。他们二人有着一种奇妙的关系——一种既相互竞争又称兄道弟的关系。在设计无人机时，他们会分开工作，有时也会聚在一起相互分享各自的新设计，仿佛在进行无形竞争，看谁对无人机功能和效率的设计方案更胜一筹。尽管二人对每一个新想法都会争论一番，但他们从不争强好胜，更不心存自负，他们互相支持、融洽无间。

他们中间还有种讲不清道不明的气氛——哈利对詹姆斯有着一种特殊的保护欲。哈利比詹姆斯要年长15岁，但我不认为那是长辈对后辈的关爱，我猜测这也许是和詹姆斯曾经的境遇有关——他之前所说的麻烦。虽然我多次巧妙地提及此事，但他却拒绝深入细讲。我十分想知道此事的内情，不过也一直没敢向哈利打听这件事。我告诉自己要尽可能挖掘更多细节，因为对自己队员的充分了解至关重要，可我又深知事情也并非总是如此。

大部分时间里我都待在机器实验室做焊接工作，除了赵民外，我的太空生活让我更能胜任这种细致的工作，而且我知道赵民也每天忙得不可开交。不过我也挺喜欢这活，因为这样，我也算是为团队做出了一份贡献，而不是真的成为一个累赘。而且，这也能让我短暂忘却我在空间站逝去的队员，他们是我内心深处一道无法触碰的伤痕。每当我回忆起他们的面孔，心里就不住地刺痛，像我浑身上下的瘀青、扭伤的脚踝、擦伤的肋骨，它们带来的疼痛无时无刻不在提醒着我。我知道这些伤痕需要很长时间来治愈——长到也许超过了时间的尽头。但随着时间流逝，随着我们离地球越来越远，这些伤痛也会逐渐开始麻木，我破碎的灵魂也将一片片重新拼凑起来。

在任务一开始，我好奇飞船上是否有足够的粮食和饮用水供所有人使用，因为根据原定计划"和平女神"号只会乘坐六人。但哈利和我的出现直接导致食物的供应需求上升了33%——更不用提我们还遗失了两枚补给太空舱，也就是7%的补给。但是，詹姆斯向我保证不用担心，我希望他说的是实话吧。

莉娜会时不时来到实验室与詹姆斯和哈利探讨无人机的软件设计问题，她正在设计一种内含驱动并能适配无人机不同硬件设计的操作程序——她用图纸将其全部设计画了出来：从监控无人机到自带机械臂的无人机，还有能像飞船一样拆分拼接、能在阿尔法身上钻洞的无人机，这些设计着实让我大开眼界。詹姆斯此时也已经设计完成了无人机的通信模块，能在不使用电子信号的情况下将数据传输回飞船。

不但如此，詹姆斯和哈利还提出了一个大胆的想法，他们为此召开了一次全员会议，因为这一方案需要全员动员才能顺利完成，难度也不小，更重要的是这将耗费大量无人机原材料。这确实风险很大，但我们必须冒这个险。

接下来我们只需要说服其他人。

第二十六章

詹姆斯

所有队员聚集在飞船的中心交会处，这里大致呈圆球形，是整艘飞船空间最宽敞的地方。它有个绕口的术语名字，不过我们都习惯喊它气泡室。气泡室四周装有窗户，中间摆放着一张白色大圆桌，队员可以用安全带与桌子连接固定。

我和艾玛、哈利一行三人共同召开了此次会议，目的是和大家共同探讨一个新想法。虽然其中风险不小，但也许能大大地提高这次任务的成功率。我的心里七上八下，因为这是我们首次以团队形式召开会议商讨重大决策，我担心过程可能不会太顺利。

所有人到齐后围着会议桌飘在空中，接着哈利开始讲话。

"我们想派遣一支无人机舰队打头阵，我们先称它为雅努斯舰队。"

"目的是？"格里戈里问。

"收集数据。"哈利快速回答道。

夏洛特眉头紧锁着说道："什么意思？是对阿尔法进行纯粹观察还是和它进行接触？"

"都有。"这次由我回答道。

夏洛特摇了摇头说道："我反对，我们必须要有十足把握再进行首次接触，要做好应对各种突发情况的准备，而且还要迅速做出反应。将这一任务交给无人机程序或者人工智能实在是太冒险了。"

我预料到她会这么说，我冷静地继续说道："严格来讲我们已经进行过首次接触，就是探测器在近距离数据传输后被太阳活动摧毁的那次。"

"这正是我反对的原因。"夏洛特反驳，"和人类不同，笨重的探测器在这种不确定性极高的情况下完全处于极端劣势，这可关乎全地球人的性命，我们不能拿这个冒险。"

我指了指哈利和自己说道："我们正是考虑到这一风险才提出了这一想法。你说得没错，无人机舰队的确无法快速应对突发情况，但它们各自分工明确，能让我们了解很多新信息——在不危及'和平女神'号和大家性命的情况下。"

夏洛特激动地靠过来争辩道："我们可是赌上性命才来到这儿的！"

"没错。"我继续驳斥，"但是，这不在于我们有多无畏，而在于最后能否顺利完成任务。如果我们还没收集到阿尔法的任何情况就死在太空，那这次任务只能以失败告终。"

赵民察觉到气氛有些焦灼，连忙伸出手制止我们："很明显，这一方案还存在很多需要斟酌的点。首先，让我为无人机设定飞行航线是一件非常困难的事，严格来讲我们甚至不能确定阿尔法的具体位置，目前的航行方位也仅仅是由阿尔法的最后已知位置和飞行轨道推测而来，但阿尔法也有可能会出现在其他任何地方。若是我们往错误的方向发射了无人机，到时候可没有办法再进行路线修正。而且格里戈里还得据此平衡无人机和飞船的引擎动力以及燃料需求。所以，我希望在做任何决定前，大家都积极表达一下自己的看法。"

自发射以来，我们从没正式决定过谁是这次任务的队长——但在飞船对接后，赵民一直就表现得像个队长，也许是因为他在驾驶着飞船，所以可以说他是船长，又或许他天生就是当领导者的料。不管怎样，他的表现对团队都大有益处，特别是在当前这种情况下。

我朝哈利点头示意让他继续说下去。

"雅努斯舰队包括两架侦察机和三架专用机：作用分别为观察、通信和介入，也就是总共五架无人机。"

"大小呢？"格里戈里问。

哈利回答道："非常小，多数相当于一个助推器外加一套专用工具的大小，每架无人机都会配有通信模块。"

"燃料和能源需求呢？"

"我们会最小化燃料和能源需求，因为除侦察无人机外，其余无人机将不会返回。侦察无人机体积更大，加速能力也更强。我们计划让一架侦察无人机超过舰队提前接近阿尔法位置，接着用远程望远镜确认阿尔法是否在推算位置。该无人机的任务仅为侦察，不会暴露自身存在。如果阿尔法不在指定位置，它将耗时一周时间进行地毯式搜索然后返回舰队，在抵达进行面板交流的位置后，通过通信模块将所收集信息传输给第二台侦察无人机，第二台无人机届时会全速折返将结果数据传输给我们。"

"我喜欢这个办法。"格里戈里表示，"就算接下来你们要说的部分再垃圾，就刚才这部分而言还是十分聪明的——确认阿尔法的位置。"

听到这儿我大笑起来："谢谢你的信任，格里戈里。"

"不客气。"

"我也同意，这确实是个好主意。"赵民也赞同。

大家都看向莉娜，接着她也开口表示："我也赞成。"

夏洛特也点了点头，还有田中泉，虽然刚才她一直没有发言，但她现在也表示赞成。

"接下来呢？"赵民问。

哈利比着手势说："等第二台侦察无人机返回后，我们再发射一架小型无人机前往'天炉星'号的航线，告诉他们我们收集到的信息：包括阿尔法的位置还有你们想对他们说的话，进行信息共享并重新调整路线。"

听到这番话后现场沉默良久，格里戈里率先开口指出："前提是'天炉星'号一切顺利。"

"是的，所以这样一来也能解答我们对'天炉星'号现状的疑问。"哈利小声地说。

我继续补充："并以此判断是否要改进无人机的功能。"

赵民挑明了说道："你是说如果我们找不到'天炉星'号或者说它的火力装备已经遗失，我们还要考虑是否在无人机上加装更大火力？"

"是的。"我回答。

夏洛特听到这儿睁大了眼睛："等会儿，你说你要给无人机设计攻击能力？"

我点了点头回答道："这是肯定的，'天炉星'号的成员基本不可能在没有哈利的情况下造出无人机。而且正如赵民所说，我们不知道'天炉星'号的核武器是否已经遗失，所以判断阿尔法的防御属性这一任务现在就完全落在了我们头上，我们别无选择。"

夏洛特深吸了一口气说："你们是已经造出核武器了吗？"

"没有，我们还在设计武器。"

"无人机具体会设计配备哪些火力？"格里戈里问。

"威力程度不会超过核武器，其中一些也不会有攻击性。我们会根据不同攻击模式进行设计，例如动能武器、电能武器及激光等，还有一些改装是用在太空使用的常规火力上。"

格里戈里一反常态，小心翼翼地补充道："如果不得已的话，我应该还可以改装飞船反应堆。只要时间足够，我可以给反应堆加装保护层，然后通过程序设计让它过载。"

飞船反应堆由两个舱室构成，分别与逃生舱连接。格里戈里这一计划的后果便是，如果逃生舱失效，全员将无法返回地球。

"现在还没到讨论那一步的时候。"赵民说道，"眼下让我们先讨论打头阵的无人机舰队，在定位了阿尔法位置后怎么做。"

哈利说："这个嘛，接下来就是这个计划有趣的地方了。在两架侦察无人机远程监控下，另外三架专用无人机将交错接近阿尔法。首先是观测无人机，我们会将它设计成小行星的样子，在不接触阿尔法的情况下做一次探测飞行，并在途中收集阿尔法的全方位数据——外观、辐射、微波以及无线电波等。我们可以从拍摄回的图像对阿尔法的外观进行研究，搞清楚它的材料构成。不但如此，无人机还会拍摄阿尔法的背面图像。"

"看它有没有什么弱点。"格里戈里嘀咕着。

"没错。"哈利拿起另一张上面有飞行航线的图像，"扫描之后，侦察无人机将用通信模块把读数传给我们——前提是它在'和平女神'号望远镜的可观测范围内，而拍摄的那些高解析度、数据较大的阿尔法图像则必须让它亲自折返带回。在探测飞行后，观测无人机将再次通过侦察无人机把阿尔法的坐标位置传回飞船，然后亲自带着其他数据回到我们这儿。"

我望着夏洛特说："接着轮到通信无人机上场，它负责和阿尔法进行首次接触。"

"那具体要怎么做呢？"她的语气有些不快，大概是因为她觉得与阿尔法的首次接触应该是她的工作，但由于是我们操控无人机，所以她可能觉得我们有些越界。

和夏洛特的不快对比之下，我试着让语气保持平淡："这个就轮不到我们决定了。"

哈利耸了耸肩补充道："当然，我们只是负责设计无人机。"

"你拟定完首次接触的协议了吗？"我问夏洛特。

夏洛特一下转变为防御姿态："这个嘛，还不算完成吧。这种工作不像组装机器，得花不少时间。我们要万分小心谨慎，因为这可是我们唯一的机会。"

"那目前你觉得我们应该怎样进行交流？"赵民问。

"我……目前觉得应该先与阿尔法建立沟通，再设计词汇表。"

很显然有些人不知道"词汇表"是什么意思，我有时候也会忘记并非所有成员的母语都是英语。所以格里戈里听到这个词后眯起眼睛看起来有些困惑，赵民也目光游离，好像在脑子里搜索着这个词的意思，田中泉则盯着夏洛特一动不动，连莉娜也毫无反应。

夏洛特突然意识到这点然后补充道："啊，我的意思是应该设计出和阿尔法进行交流的单词列表。"

格里戈里翻了个白眼："前提是它得愿意和我们交流。"

"对，前提是这样的，还是说你想一上来就炸了它？"

我连忙伸出手打住："没人这么说。"

夏洛特又对着我说："詹姆斯，那你是什么意思？"

"我的意思是这次任务远不仅仅是和阿尔法建立交流，我们的首要任务是探明阿尔法的情况然后通知地球。"我停了停，但这时没有人插话打断，"理想情况是阿尔法愿意交流，但如果它不愿意，那我们得先通知地球这一结果，并告诉他们怎样与之抗衡。正如你所说，我们只有一次接触的机会。在首次接触后，我们的无人机也会暴露，这样一来我们就失去主动权了。"

"所以，你才想先用观测无人机研究它一番？"赵民问。

"没错，我们先对它进行观察，再尝试建立沟通。如果沟通失败，介入无人机到时候再用火力试探它的防御能力。对我们而言，这应该是唯一理智的做法。"

夏洛特咬着嘴唇表示："好吧，我也觉得是个好计划。一旦我们尝试交流，阿尔法应该就会发现所有无人机，我们可能就没有机会再接近它了——所以还是先用观测无人机对它进行观察研究吧。"

"我们也是这样想的。"我继续补充，"话说回来，我们还是得根据你的首次接触协议再做具体安排，你想到什么有用细节现在都可以告诉我们。"

夏洛特十指紧扣摆在桌子上说："行吧，我觉得我们可以尝试一系列不同的广播形式，例如微波、无线电、光、辐射等——直到收到阿尔法的回应。"

"那我们广播什么内容呢？"我问。

"一些简单的东西，非随机的数字序列，例如斐波那契数列，三角形、正方形以及五边形等图形数字，中心多边形数，纵横图数列等等。原理是我们先广播有逻辑规律的数字序列，再观察阿尔法是否会对下一序列做出反应。如果有反应，说明它愿意和我们沟通，但接下来的问题才是重点。"

"也就是如何沟通。"我说。

"没错，关于这点我还在想办法。"

"挺好的，我们觉得——"我看向哈利和艾玛，"我们觉得对于现阶段而言，构想出简单初步的沟通方式已经足矣，这也有利于你进一步设计出更加复杂的沟通词汇。"

过了一会儿夏洛特才点头说："嗯，我同意。这已经够我忙活一阵了，等我们抵达目的地后，应该就可以准备好与阿尔法进行有建设性的对话了。"

"或者准备好消灭它。"格里戈里说，"这也是第三架无人机的设计初衷对吗？上面将会配备武器？"

所有人转过来看向我。"没错，第一架无人机负责观测，第二架负责交流，如果失败，那第三架无人机就会发起进攻，试探它的防御能力。所以，等我们靠近阿尔法时，必须同时做好交流和进攻的准备。我们也应该借此机会查明它的意图——是敌是友——而且让无人机先上能大大缩短我们的返航距离，这样就能提前通知地球这一消息。"

大家听完后默不作声，应该是意识到我和艾玛、哈利想出的这个点子确实聪明巧妙。雅努斯舰队这一计划要比美国国家航空航天局的原定计划更加优良，在同样探明阿尔法的情况下能省去数月的时间。我突然明白为什么美国国家航空航天局从来没有指定一名队长，这次会议便是答案。他们希望我们摩擦出火花，让优秀的个体齐聚一室，唇枪舌剑，而不是由队长来拿定主意，草率了事。这次任务重点在于我们如何共同研究，而非直截了当地命令决策。他们希望我们自由发声，各抒己见，只有这样才能诞生出真正的好计划。

"那武器情况呢？"赵民问。

"我们正在设计轨道炮。"哈利回答道。

夏洛特做出个鬼脸开玩笑道："我还以为武器在太空上没有用呢。"

"当然有用。"格里戈里的声音听起来有点儿无语。

"没有氧气也可以？"夏洛特问。

"当然了。"格里戈里有些不耐烦了，"而且电磁轨道炮和普通的武器根本不一样的好吧。"

哈利的声音则一如既往地沉着冷静、实事求是："普通的武器——通过火药爆炸产生推力发射出弹头——确实能在太空使用，因为子弹内自带氧化剂——一种能引发火药爆炸的化学物质，通过爆炸产生推力将子弹通过炮管射出。整个过程并不需要外部氧气，而在太空和地球发射的主要区别在于弹体发射后炮口是否会冒出一团白烟。"

"但轨道炮则完全不同，它不需要火药或是氧化剂，更不会冒出什么气体。虽然同样是通过瞄准然后发射弹头，但轨道炮内有两条通过大量电能磁化的轨道，电磁流沿着轨道以极高的速度将物体推出，弹体速度要远远超过普通火药爆炸。"

"目标呢？"格里戈里问。

"我们会同时密集发射六轮轨道炮。"我回答。

"集中攻击中心部位？"格里戈里继续问。

"不是，是攻击外缘。"

这位俄国工程师笑着说："你还想留一块阿尔法的残骸。"

"是的，为了研究。我认为，首要任务是研究它的材料构成，这能让我们更加了解如何……消灭它和其他未明物体。"

一阵沉默后，赵民开口问道："还有什么要汇报的吗？"

"目前就这些了。"我回答。

"我喜欢这个计划。"赵民说。

"我也是。"格里戈里附议。

"我也一样。"夏洛特也点了点头。

"一样。"莉娜也表示赞成。

接着所有人都看向田中泉，她开口说道："这不是我的专业领域，作为医师，我的首要任务是保住你们的命，让你们维持高效率工作状态。目前来看这一计划还挺满足这些要求的，我也赞成。"

"在设计无人机问题上，我们三人还有很多工作需要完成，具体动手起来会更加艰难。我觉得我们大概可以在两周内完成？还是三周？"我示意了一下哈利和艾玛。

我望向艾玛。她在整个会议过程中一声未吭，因为她也是这一计划的制订者之一，所以已经十分清楚其中的具体细节，在施行起来的过程中她也扮演着不可或缺的角色，虽然哈利和我擅长设计，但届时还是得主要由她动手制造无人机。

"当然了，根据初步设计，两个星期的时间是可行的。"艾玛回答。

我对莉娜说："我们还需要你帮助设计软件。"

"没问题，我早就开始设计无人机的自主系统，不过我还需要了解一些细节。"她接着转向夏洛特，"首先我需要知道首次沟通的协议内容。"

"我已经起草好整体框架，等我用几天时间整理完善一下再递交给你。"

"很好，还有赵民，你得尽快给我无人机的导航参数。"

"导航不难。"赵民回答，"不过我们要计算可供无人机使用的引擎推力和燃料——这些是让人头疼的部分。"

"我也同意。"我表示，"我觉得我们应该建立一个工作小组。"我指向艾玛和哈利，"还有格里戈里和赵民，我们要确认手头的原材料，以及可供无人机使用的比重。"

大家都点头表示赞同。

我深吸了一口气："接下来两周将异常艰难，我们得加快进度完成各自的任务。虽然比较辛苦，但最后一切都会是值得的。等我们找到阿尔法的位置，就可以弄清楚'天炉星'号的状况，更重要的是我们能提前几个月完成这次任务，现在，我们只需要齐心协力就一定能成功！"

第二十七章

艾玛

詹姆斯说得没错：接下来两周是我人生中最艰辛的一段日子。和建造雅努斯舰队相比，国际空间站的训练完全是小巫见大巫。睡觉、吃饭、锻炼、工作，这就是我不停夜以继日重复的生活。

其他队员也备感压力，经常会因为意见不合而争吵不休。直到现在我才意识到，团队之前没有出现摩擦是因为大家都在各忙各的，偶尔才会与别人简单接触。可现在，整个团队仿佛在分崩离析，大家都在不停地使唤着别人，让对方马上完成自己的要求。

詹姆斯是团队中压力最大的人，基本上，所有的协调工作都落在了他的肩上。尽管严格来讲赵民是船长，但实际上是詹姆斯在施号发令、制定分工、划定时间限制等。我们已经成功地召开了会议，现在只需要埋头苦干。包括我在内的所有队员，已经默认詹姆斯就是这次任务的队长了。

但我和他之间却产生了一些分歧。一周前，为了检查我的骨密度流失情况，他抽取了一些我的血样，然后给我打了一针来缓解症状。他将我的锻炼时间延长到每天 3 小时，2 倍于我之前的安排。可是我还得建造无人机，而詹姆斯对我利用锻炼时间来工作这事感到不满。我觉得我们就像一对老夫老妻，明知道谁也不肯让步，却还是不停地为之争吵。

有一天，我正在焊接电路板的时候，他飘进实验室，靠在桌子一旁对我说："我们谈一谈吧。"

以我的经验，由这几个字开启的话题一般都比较沉重。一缕细烟缓缓从电路板升到我们中间，好像刚刚有谁开了一枪一样。

"好。"

"是这样的，艾玛，你的骨头状况不容乐观，你必须要增加锻炼时间。"

"我们得先完成无人机。"

"我们能完成的。"

"我们马上就要错过无人机发射时间了。"

詹姆斯摇了摇头，沮丧地说道："那只是一个暂定时间，我们可以延后。"

"延后多久呢？一天？一周？"

"如果有必要的话。"

"延后一天也许就决定着地球上数百万人的生死。"

"你这样说太绝对了。"

"在太空的每一秒都举足轻重，对于这一点，我比你们有更深刻的认识。时间决定着地球上所有人的生死，与他们相比我的命根本不算什么。"

"你的命也很重要，如果你出了什么意外，我们心里都不会好受的。"

"我没感觉身体有什么不舒服。"

"那你相信我这个医生的诊断吗？"

"我相信，可是你尊重我的决定吗？尊重我以任务为重，以地球上的人民为重的决定吗？"

"这两者没有可比性。"

"也没必要拿它们比较，詹姆斯，这次任务是我们最好的机会。我拼了命也会先让无人机起飞，你懂吗？"

"你太固执了。"他无奈地叹了口气。

"这话从你口中说出来可真是耐人寻味。"

我们死死盯着对方，我知道他和我一样内心的怒气已经快要爆炸。虽然我们认识不久，但他心里怎么想的我还是一清二楚。

哈利把头伸进舷窗朝我们看来，眼睛瞪得老大，看着实验室里飘满了无人机部件：电线、外壳、电容器等——仿佛刚刚发生了一场爆炸，碎片凌乱地散布在空中。他嗅到我和詹姆斯的争锋一触即发，接着立马岔开话题："那个……詹姆斯……我有点儿东西……可能需要你帮我弄一下。"

❋

每次我去健身房都看到有人在运动，可他们见到我后，就马上从单车上下来，或是放下手中的阻力带，说着什么自己已经运动完了，不过很明显他们连汗都没出。

很显然詹姆斯已经秘密地跟所有人谈过话，现在整个飞船的人都在密谋着让我多锻炼，不过这根本没用，因为随着发射期限逐渐接近，我不得不牺牲锻炼时间和睡眠时间，大家都是如此。虽然睡眠不足会降低工作效率，但大家脑子里全是工作，常常会忙到忘记睡觉。

虽然最后还是比预定发射时间迟了48小时，但雅努斯舰队这一工程的顺利起飞依然是整个团队的一次壮举，所有人都引以为荣。在发射当天，大家的心都提到了嗓子眼儿。每个人都严重睡眠不足，顶着巨大的精神压力，昏昏沉沉地来到气泡室，用安全绳固定好自己，睁大眼睛看着大屏幕等待发射。发射台的原理也和轨道炮相同。格里戈里正通过手中的平板监控反应堆的读数状况，确保它能抵消发射的反冲。

随着引擎开始累积电能，整艘飞船嗡嗡作响，接着"轰"的一声，第一架无人机顺利起飞，就像玩具枪的子弹那样体积小、速度快，还没等我们看清就消失在宇宙中。伴随着第二阵嗡嗡声和轰鸣声，第二架无人机也顺利起飞。一直到五架无人机全部发射完毕，飞船才安静了下来。

接着大家望向哈利，他正通过平板监控无人机状态，过了一会儿抬起头对着我们笑着说道："第一批通信模块已经生效，状态一切正常，发射成功。"

房间内响起震耳欲聋的欢呼声，大家相互击掌。詹姆斯转过头来对我点了点头，我没有说话，只是伸出手和他拥抱，仿佛我们之前的不快都随着无人机一同飞去，我们都紧紧抱着对方没有松手。

"接下来我们干什么？"夏洛特问。

詹姆斯抱着我说："接下来，女士们，先生们，我们开始庆祝吧。"

哈利打开橱柜，扔出几包真空包装肉喊道："厨房营业啦！朋友们请开始点餐吧。我们有牛排、鸡肉、土豆泥、鸡尾酒虾和辣四季豆，甜点有冷冻冰激凌和巧克力蛋糕。"

詹姆斯又打开另一个橱柜，说道："今晚的娱乐项目是各种好玩的桌游，大家可以投票决定。"

无论怎么看，这都是一个美好的夜晚。我们不用再聚精会神地盯着屏幕，不用担忧发射期限，大家也不会为了任务拌嘴。此刻，所有人能和睦地吃饭，这也是上太空以来大家第一次短暂地卸下重负，享受着这其乐融融的氛围。

在饱餐一顿之后，我知道大家都想着同一件事：洗澡。飞船上空气干燥，每个人都像刚从沙漠里回来，浑身冒汗，积满了尘垢。这一个星期以来，每个人都牺牲了洗澡时间，只能在身上涂满了除臭剂，然后争分夺秒地埋头苦干。

詹姆斯握着拳伸出手来，让大家在八根金属丝中抽签来决定洗澡顺序，我、夏洛特、莉娜、田中泉抽到了最长的四根——也就是我们四个女士可以先洗澡，接着才轮到剩下的四个男人，其中詹姆斯和哈利最后洗。虽然我不知道怎么回事，但我知道他们绝对动了什么手脚。不过每个人都疲惫不堪，所以也没再多说什么。

洗澡间呈圆柱形，面积不大，像一个带门的封闭管子，不设排水管，只有一个抽吸装置。我的皮肤摸起来像是被砂纸擦过一遍，还涂满了一层锯屑。洗澡水像细雨一般温柔地抚摸着我，为我清洗污渍，之后机器为我擦上一层薄薄的乳液，滋润着每一寸缺水的肌肤。

这几周来，我一直睡在实验室，其他人基本也在工作室附近就寝。但今晚我进到睡眠站，一个铺着软垫的小房间。此时于我而言，它比顶层豪华公寓套房更加豪华，柔软而舒适地将我拥入怀中。

我们有八个人，可飞船只有六间睡眠站。不过好在格里戈里在工程舱里自搭了一个睡眠站，赵民也在驾驶舱搭建了类似的小床。

就在我要进入美梦时，詹姆斯为我拉上了窗帘，他的脸干净而清爽，笑着对我说道："晚安。"

❄

这是空间站事故发生后我睡得最香的一次。

我洗漱后飘到气泡室吃早餐，詹姆斯正坐在那儿敲着手中的平板。

"早上好。"我和他打招呼。

"早。"他递了瓶水和平板给我，上面是他为我安排的锻炼日程，他还一直想着这事。

"艾玛，我不是在命令你——我只是希望你能好好考虑一下，做点锻炼吧，什么都行。"

我看了看屏幕，上面显示每天我要锻炼四小时。

"你的健康对任务很重要，对我也很重要。"他说。

"好。"

❄

无人机发射前的日子光阴似箭，发射后的日子却度日如年。

根据计划，无人机传回消息的日子终于要来了，每个人都坐立不安，等着雅努斯舰队的消息，不过大家都装得泰然自若的样子。我们没有提前在气泡室集合，因为我们对阿尔法位置其实并没有十足的把握，也不确定具体何时会传回消息，大家也不想表现得太心急如焚，传播担忧的情绪。但我清楚地知道无人机这时理应传回消息了，只是事与愿违，我知道大家都感到很失望。

第二天依然毫无音讯，每个人在工作岗位上都心不在焉。

在第三天，詹姆斯终于将我们召集到气泡室，宣布道："好吧，相信大家都已经知道了，无人机一直没有传回任何消息，应该是阿尔法根本不在美国国家航空航天局预测的位置。"

"可能是阿尔法把我们的无人机摧毁了。"格里戈里说。

"也可能是无人机自身出故障了。"赵民又接着说。

"都有可能。"詹姆斯回答。

"那我们怎么办？"莉娜焦急地问道。

"我们要搞清楚到底是哪里出错了，然后想办法补救这一切。"

第二十八章

詹姆斯

团队问题接连浮现，像淘气的猫咪一般根本不受控制。

眼前这些问题压得我有些喘不过气，田中泉也对大家十分担心。她命令我们必须停下手边的工作——每人每天至少得走出实验室或者工作站休息一小时。我则继续躲在睡眠站里，核查着无人机的参数规格，用笔不停地做着各种标记。

根据田中泉的意见，所有队员每天都要在气泡室待上一小时，进行一些团建小活动，比如棋盘游戏，分享自己的人生故事（对此我感到很痛苦），说说自己的心情（这就是一种折磨）以及各自对这次任务的看法（没有人说实话）。

无人机发射后，我们所建立的团队友谊、那晚的欢歌笑语和酣畅淋漓统统消失不见了。

每个人都开始询问我接下来的计划，不过我也可以理解：毕竟无人机是我们目前完成任务的主要途径，而无人机正好是由我负责。

我犹豫不决，决策的压力像一颗星球一样重重压在我的身上。走错任何一步，地球上所有的人都只能死路一条，虽然我也不敢确定他们现在还活着。

监狱生活让我感到与世隔绝，不过考虑到世人对我的看法，我应该也算“罪”有应得吧。但现在我面临的情况大不相同，我对地球的担忧正在一点点蚕食着我，而且我很确定团队里每个人都备受煎熬。大家神经紧绷，特别是那些在地球上还有亲朋好友的队员，他们急迫地想知道自己的家人、朋友是否安好，担心他们是否在某个难民营遭受着寒风刺骨的折磨。我们都一直自我安慰，说自己已经竭尽全力，但这似乎还远远不够。

我们在三个方面遇到了极大的问题：原材料、能源、时间。原材料方面，无人机引擎首当其冲，因为一半的无人机材料已经耗费在雅努斯舰队上。能源方面，我们需要用反应堆为无人机和飞船供能，只是‘和平女神’号的反应堆能源十分有限。时间方面，一天工作时长有限，时刻维持高效率也是一个难题，我们需要提高时间的使用效率。大家开始慢慢意识到，我们的时间和机会所剩无几了。

但我有一个计划。我召集所有人去到气泡室共同商榷。

在我心里，哈利和艾玛已经是任务的核心成员。我跟大家说道：“首先，我们认为应该派一架小型无人机对‘天炉星’号进行拦截，用通信模块告诉他们阿尔法并不在推测位置，并且了解一下‘天炉星’号的最新情况。”

“你们确定这是一个好主意吗？”夏洛特听到这儿似乎不太高兴。

格里戈里反驳道：“是的，我们之前就讨论过这一方案。”

“当时讨论的前提是我们有新信息可以和‘天炉星’号分享。”夏洛特不甘示弱。

“阿尔法不在推算位置就是新信息！”格里戈里生气地喊道。

田中泉赶忙上前制止："你们知道规定的，不能大声说话，不可以人身攻击——只能表达自己的想法。我们休息十分钟吧，十分钟后回到气泡室再重新讨论。"

大家虽然不情愿地翻着白眼叹着气，但还是乖乖地解开了安全绳，朝不同方向散去。

我和艾玛、哈利三人则回到机器实验室。

"可真顺利啊。"哈利说道。

艾玛骑上了一辆我专门用零部件为她造的台式自行车，边运动边说道："很明显，这次我们遇到的阻力会比第一次更加猛烈。"

✳

回到气泡室后，田中泉开始负责举行会议，她递给每个人一张小纸条。

"接下来我们就该不该发送无人机去联系'天炉星'号进行投票，你们在纸条上写'同意'或者'反对'，还要包括具体理由。我会统计票数，然后整理一下大家的原因。"

格里戈里连忙举起手说道："我写的字自己都看不懂。"

"格里戈里，那你就写一或者零，一代表同意，零代表反对。数字你应该能写好吧？"

格里戈里听后有些不悦，不过也没再说什么。

当田中泉整理完大家的投票后说道："六人支持，两人反对。"

赵民却摇摇头表示："大家认为这种投票方式就一定民主吗？虽然多数人赞成这一计划，但完全不代表我们就应该这么做，我们应该就具体原因进行具体讨论。"

莉娜小声嘀咕道："看来匿名投票是行不通咯。"

田中泉叹了一口气说："投票是为了收集大家的第一想法以及其中的原因——这样我们才能在不激化争论的情况下达到目的，那我们再投一次票吧。"

"能不能直接讨论得了？"赵民说，"我们都是成年人了。"

田中泉伸出手想打断，但赵民不理会，继续说道："我们的无人机引擎数量有限，对吧？”

我点头。

"所以一旦起飞用完能源后，它们就没用了。"

"也不一定，"哈利回答，"我们一直在想办法循环使用无人机，更换它们的电池，还可以设定新指令。"

赵民有些不解，问道："什么意思，你是说在飞船上建一个无人机返回点？打开其中一扇舱门让无人机回到实验室了？你可知道目前飞船的速度是——"

"不，不是那样的。"哈利继续解释道，"我们一直在设计一艘无人机母舰，可以为其他无人机的电池充电，并且安装新的软件程序。"

"听起来真酷。"莉娜说。

"很酷。"格里戈里也附和道。

我指着哈利和艾玛继续说："我们目前仍在设计母舰的规格，离正式完成还需要一段时间，不过这一想法是可行的。我们还可以发射一些能源方块为无人机母舰补充能源。"

赵民一边用手指规律地敲着桌面一边说："有点儿意思，我也觉得无人机是我们的主要资源，应该专注完善无人机的部署。"接着他又转向田中泉，"这就是为什么我觉得投票并不太合适，我们应该知道首要任务是什么、无人机能加入什么新功能，再根据任务需求具体进行部署。"

说完后他停了一会儿，准备好回应任何反驳，不过在场没有人反对，至少我也是同意他这番话的。

他继续说："我认为先找到其中一个未知物体是目前的重中之重。"

"我们现在不是在这样做吗？"格里戈里说。

"那只是其中一个。"赵民继续回应，"我们目前是在定位阿尔法的位置，可如果它根本不在那里呢？也许在它发现探测器后进行了自我摧毁，也许正是这样产生的冲击波阻碍了探测器的数据传输。现在雅努斯舰队的追踪如同大海捞针，更不用说阿尔法的位置也仅仅是我们的推测，我们也不清楚它是否有飞行能力。也许阿尔法的任务几周前就已经完成，此刻早已经离开太阳系了。"

"你想表达什么？"哈利问。

"还是一样：找到未明物体是我们的重中之重，虽然我们现在正在寻找阿尔法，但是时候发射无人机去搜寻第二个未明物体了——也就是贝塔。我们必须要考虑这么一种可能性，那就是贝塔也许是仅存的未知物体。"赵民拿出平板放在桌子上，"我通过对贝塔最后的已知位置和阿尔法寥寥无几的速度参数计算，找出了一条拦截贝塔的飞行航线。"

"你确定我们能找到贝塔吗？"夏洛特心存疑虑，"即使能找到它，飞船届时还有足够燃料或者反应堆能源使用吗？不要忘了我们还要返回地球。"

格里戈里耸了耸肩无奈地说："这得取决于贝塔的具体位置，以及它的移动速度。"

他话里有话，和我想的一样：我们可能都回不了地球了。

"一旦我们掌握贝塔的位置，我们可以根据所剩资源具体进行分配，"赵民说，"不过需要澄清一点，夏洛特，我们并不一定要抵达贝塔位置，只要无人机能对它进行测试就行，或者必要时炸毁它。"

大家沉默了良久，赵民继续道："听着，我也想知道'天炉星'号目前的状况怎样，但不能因为好奇心就浪费掉一架无人机，我们必须先要找到另一个未知物体。"

赵民言之有理，不过他考虑得还是不够周全。

我把我的平板递给他，上面是'和平女神'号和'天炉星'号对接的模拟。

"实际上，和'天炉星'号取得联系不仅仅为了满足我们的好奇心，这和无人机也有很大关系。"我指了下哈利和艾玛，"我们同样觉得无人机资源十分有限，但'天炉星'号上面应该会有我们所需的无人机部件，因为没有哈利，他们是绝对不可能自己造出无人机的。"

赵民又把我的平板递给格里戈里，他眯着眼研究着平板的内容，莉娜也在一旁仔细思考着这一方案。

"可行性大吗？"莉娜问道。

"可行。"格里戈里说，"但得需要一些时间。"

最后，我们还是达成一致：找到"天炉星"号并与其对接。这一任务主要由格里戈里和赵民负责，我们暂时不会动用无人机对"天炉星"号定位。

我们接下来将发射一支小型高速无人机舰队去寻找并确定贝塔的位置，我们还在考虑发射一架高速无人机去寻找雅努斯舰队，不过该想法暂时还未确定。

会议结束后我没有马上回到实验室，而是去了医疗区，我看到田中泉正低着头看着平板。

"小田。"我喊了一下她。

她转过头朝我看来。

"你做得挺好的——在大家要争吵起来的时候暂停会议，然后再让大家投票。你知道我们当时压力都很大，不过我们当时最好还是直接讨论一番，这样能增大任务的成功率。"

"我完全没发挥作用。"

"这不是重点，重点是你已经尽力解决问题并从中获得学习，我相信你下次能做得更好的。"我示意她看向舷窗外面的景色，"那就是我们来到这里的意义，全力以赴，从中学习并成长。"

"也许应该由你来做医生，你好像挺适合和人打交道的。"

"相信我，田中泉，我还是和机器打交道比较合适。"

我离开前对她说道："打起精神来，你做得很好。"

返回实验室，想了想感到有些意外，原来田中泉的工作是这么棘手。我们其他人在船上都有各自的领域和任务——无人机设计、飞船动力研究、飞船航行、无人机软件和首次接触协议，而田中泉的任务相比起来似乎比较次要，但也更加充满不确定性，因为她的任务就是我们，她在时刻让我们保持高效率的工作状态。就这一点而言，我丝毫不觉得她的工作有多轻松。

回到实验室，我看到艾玛正系在工作台上，脚下踩着自行车，手上在捣鼓一块电路板。

"我觉得自己像一只仓鼠。"她头也不抬对我说道。

"我刚想和你商量一下在天花板给你装个带有喷嘴的水瓶呢。"

她笑着回答："那倒不用了。"

"你觉得刚才的会议开得怎样？"她仔细研究着电路板，看起来很喜欢干这活儿。

"挺好的。"

她眉头一皱，问道："你真这么觉得？"

"嗯，大家都有不同看法，这一点挺好的。赵民说的没错，我们至少需要定位一艘未知物体的位置，阿尔法可能早就已经离开了。"

"那你真的觉得我们有机会找到另一个未知物体吗？"

"只有试了才知道。"

✳

六天后，我们发射了第二支无人机舰队，名为伊卡洛斯，是三架负责定位贝塔的超小型高速无人机。我们知道，如果真要对贝塔进行搜索，这次一定不能出错：而三架无人机能将搜索区域扩大三倍。

这的确是个好计划，伊卡洛斯比雅努斯的设计更加优良，不过在发射当天，大家明显不如上次那样热情高涨，看起来都忧心忡忡：我们都知道所剩时间不多了，可我们连方向是否正确都难以完全确定。

我们后来又召开了一次会议，探讨要不要让一架无人机携带情报返回地球，不过最后以微弱票差遭到了否决。

我和艾玛、哈利继续研究无人机母舰，我们给它取名马德雷[1]，有时候昵称母亲。整天待在实验室确实挺枯燥的，所以我们便以这种方式自娱自乐，在这一点上可以说是哈利开的好头。就像今天，他还建议我们将无人机之母更名为无人机之父，或者"教父，无人机版"，他模仿起马龙·白兰度在《教父》电影里的表演可谓是惟妙惟肖。

他压着嗓音开始模仿起台词："作为一台无人机，永远不要让别人知道你在想什么。你得保持沉默，不能随便广播，你要将你知道的事情通过通信模块告诉你的家人。记住，家人就是你的一切。"

我们越是捧腹大笑，哈利越是放飞自我。

"我们会给未明物体提个它绝对无法拒绝的提议。"

接着哈利开始模仿起白兰度其他电影里的台词，还有一些我根本没有

---

[1] 西班牙语：母亲。

听过。

"这架无人机本可以找到未明物体，可以成为一个有力的竞争者。但你现在瞧瞧它，简直是个窝囊废，一块电源耗尽又飘浮在宇宙的太空垃圾。"我和哈利说这是改编自《码头风云》的一段台词，不过我从来没看过这部电影。

接着他又开始模仿起《现代启示录》里的台词："这架无人机，它见识到了真正的恐怖，虽然你也曾亲眼见到，但你依然无权喊它凶手。"

"这架无人机通过望远镜发现了魔鬼的身躯，然后用锁链将其捆绑。"这段是模仿《拦截人魔岛》。

最后又回到了《教父》里的台词："你瞧瞧这未明物体是如何屠杀我的小无人机，我希望你们能把它清理干净，我不忍心让其他队员看到它这副模样。"

但在哈利倒背如流的这些台词中，其中一句非常合时宜："不要憎恨你的敌人，那会影响你的判断力。"

这条建议很好，不过，如果未明物体确实和漫长的寒冬存在某种联系，正在将人类赶尽杀绝，那我不知道在面对它时还能否控制住我的憎恨。

艾玛递给我一块电路板让我检查，上面的焊接依然是那样完美。她对这份工作越来越上手了，效率也高了不少。

"哈利，你是怎么记住这么多台词的？"艾玛一边抽出另一块电路板一边问道。

"谁知道呢，要是我和詹姆斯一样脑子里装的全是些有用的正经玩意儿，我估计我们早就找到未知物体了。"

"我可不敢苟同。"我嘀咕道。

我发现我乐在其中，因为与一个好团队一起工作。虽然我在监狱里也有工作，但那会儿我基本不用动脑。脑力工作就像人体每天所需的维生素，同时也像我们身上的肌肉一样，用则进，废则退。

实际上，当福勒找到我后，我对自己的专业能力心存担忧，因为我已经十一个月没进过实验室了，庆幸的是没过多久我又找回了感觉。哈利也帮了我不少忙，我又再次思考起美国国家航空航天局将他送来'和平女神'号的原因，也许是他们对我的专业能力仍有怀疑。虽然我们目前没有取得任何重大进展，但我们的工作效率依然值得称赞，我很高兴自己能再次回到工作台上。

在等待伊卡洛斯传回消息的日子中，我们对时间的流逝有了更加深刻的感受，担忧感也在每日剧增。我感觉我们本该前往一片人类从未踏足的新大陆，但不巧一阵怪风将我们吹离了航线。

马德雷马上就要建造完成了，但我们还没想好它的用途，而且，该为哪支无人机舰队修改程序设定呢？

我越来越担心艾玛的健康状况，单纯的运动没办法完全弥补流失的骨密度，并且随着骨密度流失越来越多，她的健康状况也开始变得不容乐观。田中泉对于这点也十分担心，我已经和她私底下多次讨论此事，但暂时想不出任何行之有效的解决办法。我们还没有和艾玛讨论过这一点，也不知道她是否意识到了自己身体状况的严重性。希望暂时没有吧。

在飞船上也不只有我和田中泉在私下接触，哈利也偷偷去找过格里戈里和赵民，最近更是愈加频繁。他和我说是找他们讨论马德雷推进器的问题，但他们讨论的时间实在太长，而且在我飘进驾驶舱的时候他们又马上停止讨论，他们仿佛是在背后议论我。我一直以来都很喜欢哈利，也很信任他，但我察觉到事情有些不太对劲。我还没有告诉别人我的疑虑，但我准备亲自找哈利对峙了。

❄

我在实验室里睡得正香，一只手却匆匆将我摇醒。

我睁开眼睛看到艾玛正靠在我的面前，一脸微笑地看着我。

"快来。"她和我说道。

我们牵着手飘出实验室，经过一间间补给舱后进入了气泡室。一半的队员都在现场，还罕见地看到格里戈里脸上挂着一个大大的微笑。

哈利在我后背拍了一下，不过在零重力的情况下并没有什么感觉。

"詹姆斯，我们找到了！找到未知物体了！"他激动地对我说道。

"哪一个？"我赶紧问道。

"第二个，贝塔！詹姆斯，我们终于成功了！"

第二十九章

艾玛

贝塔位置的确定极大地鼓舞了队伍的士气，大家重新看到了希望，知道我们的方向是对的，而且做好了不成功便成仁的准备。一直打败仗的队伍无法久存，找到贝塔就是我们的一次胜仗，但也仅仅只是一个小胜利。

就在昨天，马德雷无人机成功发射，正前往雅努斯舰队的位置。马德雷将为它们补充燃料电池，准备带领它们前往贝塔位置。贝塔此时要比预料中更加靠近太阳。实际上，伊卡洛斯无人机此前进行了大范围地毯式搜索。找到贝塔时，它已经位于赵民的预测范围边缘。赵民认为未明物体是靠太阳能驱动，行驶速度会随着接近太阳不断攀升。

如果他猜得没错，这能说明几件事情。首先，我们可以确定阿尔法已经加速驶出了无人机的搜索区域。

这也让我们在一些问题上达成了共识。我们昨天发射了两架通信无人机分别前往地球和"天炉星"号位置，机上装有我们目前收集到的所有数据和信息。同时，我们正根据贝塔的位置改变飞行航线。

当我问格里戈里我们能否赶上贝塔时，他支支吾吾地说："应该可以。"他接着望了一眼哈利，然后他们开始滔滔不绝地讨论起贝塔的加速能力、不稳定的太阳能输出和引力作用等等。

我感觉不太对劲，哈利、赵民、格里戈里三人一直在私下见面，我猜测这也许和我有关——因为每次看到我走来，他们就会立马转变话题。而且不光是他们三人，我曾无意中看到田中泉和詹姆斯也在私下会面，在医疗舱里秘密小声地商量着什么，我知道他们肯定在讨论关于我的事情。直接点儿说，他们是在讨论我的身体状况。我也知道情况不容乐观，我的牙龈正在萎缩，手部握力在减弱，连指甲盖也变得干硬脆弱，夜晚肌肉抽筋的频率也在增加。我像是走进了时间隧道，身体正在疾速老化，慢慢支离破碎。但我不得不面对事实，在飞船上，除了锻炼和补充矿物质营养外也别无他法。

但是，这依然比当时死在国际空间站或者那枚救援太空舱里要好得多，至少我有幸能加入这次任务，和地球最优秀的一群人相处共事。

所有人都做好了倾尽全力的准备。

✻

马德雷母舰抵达了雅努斯舰队位置，为它们补充能源，然后派一架侦察无人机返回"和平女神"号汇报，其余的全部朝贝塔所在区域派遣，根据计划它们将在两周后抵达，可计日而待。

贝塔位于我们后方，且移动速度较快，所以抵达贝塔所花费的时间应远少于阿尔法。但坏消息是贝塔在快速移动可能让我们很难顺利地进行拦截。时间所剩无几，成功与否马上就能揭晓。

✻

我、詹姆斯、哈利三人正在实验室里忙活时格里戈里飘了进来。

"来气泡室开会。"他说。

他面无表情，我猜测可能是出什么事了。

来到气泡室，我们看到所有人正围在会议桌旁。赵民率先开口："通信无人机正从'天炉星'号位置返回。"

我听到'天炉星'号并未遭遇不幸时松了一口气，但从赵民的表情来看，他还有什么坏消息要讲。

"接下来我逐字为大家读一下他们的信息。"赵民看着平板，清了清嗓子开始朗读，"注意，'天炉星'号已经受损，共计有六枚太空舱未能抵达对接地点。"赵民举起平板让我们查看，"这里是名单，格里戈里和我已经看过了。毫无意外，第一枚是哈利的太空舱，还有四枚为补给舱，而第六个是奥利弗·卡恩斯，也就是'天炉星'号的航空工程师。"

奥利弗·卡恩斯就是"天炉星"号的格里戈里，他的失踪让情况变得不妙。

大家陷入了沉默，作为同样在太空失去了队友的我来说，我对这种悲痛能更快地消化。我平静地说道："这就能解释为什么哈利会被调配到我们这里了。卡恩斯的失联意味着'天炉星'号失去了航空工程师，任务中心应该已经知道了这一点，这样一来，哈利在'天炉星'号也无法完全发挥作用。"

"不仅如此。"哈利回答，"我们要是失去了格里戈里，整个任务会就此失败。"

格里戈里听到后耸了耸肩说："这是当然的。"

听到这话我们都克制地笑了笑。尽管大家都在很努力掩饰自己内心的失望。但现在不言而喻的是，任务重担真正地落在了我们在座每个人肩上。

"还没读完。"赵民继续，"我们希望将无人机部件从'天炉星'号运送给你们。注意：德尔塔部件完好无损。"

"德尔塔部件是什么？"我问。

詹姆斯靠过来对我解释道："德尔塔部件是两艘飞船货物的主要区别所在：他们有一枚核弹，我们则有更多的无人机部件。"

"还有一名成员分工也不一样。"夏洛特说，"我和丹·汉普斯特德少校。"

"没错。"詹姆斯说。

"还有最后几句话。"赵民接着读了下去，"我们正在改变航线，准备和你们会合，请尽快回复。"信息到此结束。

赵民在停了一阵后说道："我们讨论一下接下来怎么办吧。"

"给我一点时间。"詹姆斯说，"在做出任何决定前我需要好好考虑，你们也是。"

✳

回到实验室后詹姆斯把我拉到一旁。

"你的身体状况越来越糟了。"

"我知道。"

"你知道有多糟糕吗？"

"我知道的，詹姆斯。"

"我和田中泉在这里没办法为你治疗，你必须要回到地球的医院。"

"我们都知道已经没机会了。"

"有机会，'天炉星'号马上会和我们会合，他们的唯一任务就是将核弹交给我们，然后加速返回地球。"

"不行。"

"什么不行？"

"我不会走的，你不能让我跟着'天炉星'号回地球，我要留在这儿继续工作。而且你也知道我们需要'天炉星'号的帮助，如果我们失败了，他们还能将数据带回地球。你不可以把'天炉星'号浪费在送我回医院上，我没那么重要。"

"你很重要。"

"就这样，别说了。"

"你有没有考虑过你的健康恶化甚至死亡会对其他队员带来什么影响？"

"他们能承受的。"

"别这么绝对。"

"你是在为你自己说话还是为他们说话？"

"都有。艾玛，拜托了，好好想想吧。"

"没必要。"

他双手一甩对我激动地喊道："你真的是疯了，你知道吗？！疯子！你真的快把我逼疯了。"他气冲冲地离开了实验室，还好飞船没有重力能让他甩门离开，不然他一定会气地甩门而出，整个舱门都会被甩下来。

我相信我这样做是顾全大局，为了我的妹妹和家人，也为了地球上所有人。只是我内心又何尝不在苦苦挣扎。

❋

一小时后，我们重新回到气泡室，共同讨论做出了如下决定：我们将和"天炉星"号会合并转移他们的无人机部件。詹姆斯依然紧绷着脸，我知道是因为我们刚才的争吵，还有他肩负着制定决策的重担。他在计划中没有详述过多细节，更没有提及将我转移到"天炉星"号上，他也许在秘密安排着什么。

※

在实验室里，我和詹姆斯以及哈利一起讨论了"天炉星"号上无人机部件的分配问题，这让我们的资源翻了三番。最重要的是，我们的引擎部件储备增加了。

虽然我和詹姆斯发生了争吵，但我们三人在实验室里依然可以畅所欲言，而且自由辩论的方式既民主又高效，这让我回想起国际空间站的日子。

我先直截了当地说出了我的看法："我们可以采集更多读数，派一支无人机舰队飞到贝塔前方观察它的反应。"

"是可以这么做。"詹姆斯头也没抬地继续说道，"但我们的视野要放远一点。"

"那就给无人机装个广角镜头？"哈利戏谑地说道。

詹姆斯和我听到后笑了笑，但他还是没有抬起头看我。看到他还在生我的气，我也有点儿想要发火。

"我们的目标不仅仅是这两个未知物体，"詹姆斯继续讲，"我们还要考虑地球上的人，要将收集到的数据传回去。"

我歪着脑袋说："我不太明白。"

"你好好想想，两个未知物体方向相同意味着什么。"

我茅塞顿开："它们有一艘母舰。"

哈利摸着嘴唇皱起了眉头，问道："那你有什么想法？"

"建造一支搜索无人机舰队，让它们沿着未知物体的方向隐身飞行然后收集信息。然后建造一艘比马德雷更大的无人机母舰，来支配协调其他无人机，最后将携带着所有数据的通信方块传回地球。"

哈利笑了，说："无人机母舰的母舰？我还以为你只是要造一架更大的无人机呢，原来你说的是这个，你早该给我点提示嘛。"

"你目光太短浅了，哈利。"

"质量决定一切，质能方程。"

这一定是我听过最硬核的笑话了。我和詹姆斯相视一笑，我知道我们都不愿意生对方的气，我也知道他是因为在乎我才和我争吵，但是我更在乎的是整个任务。

❄

我们在气泡室为大家展示了这份计划，令我意外的是，大家看起来犹豫不决。也许是因为任务的初衷只是对未知物体定位和评估，但现在我们已经远远超出任务范围了。

这次我们并没有达成一致，会议结束后我们回到了各自的舱段。

没过一会儿，格里戈里又来实验室找我们。

"如果要派其他无人机搜索，我们需要备好后勤力量。"

"它叫马德雷二号。"哈利说道。

格里戈里伸出手打断道："我说的不是那艘更大的无人机母舰，我是说'天炉星'号来了之后，其中一艘飞船可能会多余。"

但格里戈里话止于此，他点了点头后离开了实验室，我们三人都明白他的意思，但我们没有深入讨论，只是回到各自工作岗位思考着这一问题。

❄

第二天，我、詹姆斯、哈利三人制订了一个计划，但是并不包含"天炉星"号。因为我们没有勇气为"天炉星"号做决定——我们怕会害死他们。

❄

我们在气泡室召开了一次关于无人机部署的会议，大家表达了不同的看法：我、哈利、詹姆斯、格里戈里支持将剩余的无人机沿着阿尔法和贝塔的方向发射，寻找更多的未知物体和可能存在的它们的母舰。

其余人则持反对意见，他们忍不住和我们争论起来。

赵民指着詹姆斯说："这已经超出了我们的任务范围。"

"这当然属于我们的任务范围，我们的任务就是用各种办法拯救地球。"

赵民敲着桌子继续说："这次任务——"

"远不仅仅是简报文件里那样，赵民，"詹姆斯很生气，虽然他很想压下怒火，但已经有些失去控制了，"你觉得他们为什么要送我们上来？就是为了照着文件按部就班地执行？根本不是，我们来这里是用脑子解决整件事的，我们需要找到未知物体的母舰。"

詹姆斯又对着大家说道："母舰很有可能就在某个地方。如果真的是这些未知物体导致了漫长的寒冬，那外面可能有数百万甚至数十亿个这样的未知物体。"

我们的争论愈演愈烈，这次会议比任何一次会议时间都要长，也让大家的性格暴露无遗。

赵民最终还是决定按文件行事，将任务重心放在贝塔身上，仅仅是因为这没有超出任务范围，他不想回到地球后向上级汇报，说自己在太空上做的事情和计划相违背。

田中泉也赞同赵民，也许是她的职业习惯让她选择了保守，也可能是觉得我们的计划太过鲁莽。

对夏洛特而言，这件事的症结在于这可能会浪费所有的无人机，这样一来就没办法进行首次接触，自己做的工作也会全部白费。

莉娜则在两方中间摇摆不定，她一直是团队中少言寡语的那个，只是简单地询问了这一方案的风险回报比重，就又引发了詹姆斯和赵民的一轮唇枪舌剑。

我认为，哈利支持这一计划的主要原因在于他喜欢建造无人机，而且我觉得无论怎样，他都会站在詹姆斯这边，我也一样。但我同样认为这一计划有它的道理，直觉告诉我这些未知物体不怀好意。我这么想不仅仅是因为它们摧毁了空间站，害死了我的队员，而且种种证据表明同样如此。

格里戈里也加入了争吵，他认为人类已经进入战争状态，用他的话来讲，他更倾向于"找出我们的敌人"。

最后，莉娜还是加入到我们这边，两边也各自退让一步达成了协议：用于建造三架小型无人机的部件将留在"和平女神"号上，这一决定让夏洛特也向我们倒戈，对面只剩下赵民和田中泉。他们二人对此决定都心存担忧，但还是决定尽力支持。会议结束后，詹姆斯和赵民也私底下和对方道歉和解。

我们已经不仅仅是队友，更是家人。即使我们意见分歧、怒不可遏，但依然会放下争端，相互关心以及共同战斗，为了大我牺牲小我。

✳

大家为准备和"天炉星"号会合忙得不可开交，也纷纷猜测雅努斯舰队和"天炉星"号哪个会先传来消息。

詹姆斯和哈利正废寝忘食地设计着第三支无人机舰队，他们给它起名为"中途岛"，源自第二次世界大战时期太平洋的一次关键战役，中途岛海战也是整个二战的转折点。哈利不仅会模仿电影台词，还对历史有着独特的痴迷。詹姆斯在这点上也一样，但没有哈利那般疯狂。

"若不是中途岛战役，日本人就要掌管战争全局了。"哈利说，"精彩，那次战役实在太精彩了，是人类海战历史上最伟大的博弈。"

我很好奇他是否对这次任务也持同样看法：一场我们精心准备，但是却看起来毫无胜算的战争。

"当时，美国海军舰队击沉了四艘日本航母，也是偷袭珍珠港的六艘航母中的四艘。在那之后，日本人节节败退，航母和上面大量的飞行员都是不可替代的重大损失。"

詹姆斯边解开一团线球边说："你怎么不说瓜岛战役呢？"

他顿了顿，继续说道："瓜岛战役也同样重要，不过那是陆地战。"他笑了笑，"我们现在打的是空战。"

我很喜欢听他们讨论各种历史事件，虽然我一直对军事历史没有多大兴趣，但在他们热情洋溢的叙述中，这些历史仿佛一幕幕在我眼前重现。在过去两天里，我了解到的太平洋战争史比我这辈子知道的还要多。

他们根据历史事件为无人机舰队命名，包括三架舰载无人机——"大黄蜂"号、"约克城"号、"企业号"，此外还有上百架小型侦察无人机，不过他们没有为它们一一命名，只是用 PBY 这一代号为它们排序，我还专门向他们询问了这一名字的来源（原来是 20 世纪 30 年代至 40 年代一种广泛用于侦察、救援和反潜的军用水上飞机）。

最后是两架专用无人机，其中之一的"维斯塔尔"号是我们用多余零部件造的一架大型慢速无人机，运输无人机可以根据需要从它身上卸运零部件。另一架"密苏里"号则是作战无人机，搭载四枚轨道炮，由一块大型电池进行供能，外观也十分凶悍。詹姆斯和哈利取名时笑个不停，显然这是源于大名鼎鼎的密苏里号战列舰，日本军队正是在该舰上签署了投降协议。这是美国最后一艘服役，也是最后一艘退役的战列舰。

看来詹姆斯和哈利还是有些迷信的，因为这些名字都源自于历史上这些战果累累的战列舰和航母。哈利告诉我，虽然珍珠港事件中曾经有四艘战列舰被偷袭后沉没，但美国战列舰从来没有在大海作战时被击沉过。没想到在太空上我还能了解这么多历史。

我唯一担心的是这些起名也许会冒犯到田中泉，我甚至专门询问过她的看法，但她只是面无表情地对我说："为什么会冒犯到我？"

"这个嘛，因为历史原因。"

她心不在焉地点着头说："不会，我不觉得有什么。"

看来她要重新对我进行心理评估了。

❄

正当我在睡眠站睡得很沉的时候，一阵嘈杂声把我吵醒了。迷迷糊糊睁开眼，我听到有人在用中文和日文说着什么，而哈利正用英文喊着："外星人来电了！"

詹姆斯心急如焚地拉开了窗帘，动作之大好像要挤进我的睡眠舱，他嘴唇靠得很近，激动地对我说："我们成功了，雅努斯舰队已经抵达贝塔位置，不仅收集到了观测数据，还在和它进行首次接触，它已经和我们交流了！"

第三十章

詹姆斯

我觉得自己像是搁浅在荒岛的一名水手，而就在刚才，终于见到了大海远端的地平线出现船帆的身影。我担忧着来者是否友善，等待着我的又是否是援救，但这至少是一线希望，因为和贝塔的首次接触就是人类的一线希望。希望我们能通过沟通和交涉，为人类谋求一线生机。

137

在气泡室里，夏洛特显得焦躁不安。所有人都到齐了，艾玛看起来睡眼惺忪，赵民和往常一样喜怒不形于色，格里戈里顶着乱蓬的头发半信半疑地站在一旁，莉娜和田中泉也难得兴奋起来，我和哈利更是欣喜若狂。

我希望艾玛能听到整个过程。

我举起手说道："让我们从头开始，为我们的子孙记录下这一切。"

每个人都坐得笔直。哈利打开了气泡室的摄像头，格里戈里甚至用手抓了抓自己的鸡窝头，想让自己看起来整洁点，但并没有什么用。

哈利清了清嗓子，用很正式的声音说道："'和平女神'号现在进行汇报，我们很高兴在任务第九十二天与贝塔建立了联系，也就是我们在太阳系中发现的第二个未明物体。该外星物体目前正在经过太阳系，目的地未知，前进方向正对太阳。如任务日志所示，我们发射了一支无人机舰队雅努斯，对第一个未知物体阿尔法进行搜索，但搜寻无果。随后第二支无人机舰队伊卡洛斯发现了贝塔，雅努斯舰队也已经重新规划航线驶向贝塔位置，其中包括两架侦察无人机和三架专用无人机，功能分别为观测、通信和介入。"

我听到"介入"一词后不由笑了笑，听起来比"轨道炮无人机"或者"攻击无人机"要好多了。

哈利说道："观测无人机成功对贝塔进行了一次探测飞行，对其外观和其他被动非放射性读数进行了采集，预计在二十小时后返回'和平女神'号。我们将在四天后和'天炉星'号会合，十二天后抵达贝塔位置。接下来将由夏洛特·露易斯，负责首次接触的专家，进行汇报。"

夏洛特的澳洲口音听起来要比之前更加明显，我相信大家心里都明白，届时全人类、甚至我们的子孙后代都会看到这段视频，如果人类还有子孙后代的话。

"根据首次接触协议，我们将以微波、无线电波和光等不同形式发送出一系列简单数字，例如我们发送的首个数字序列是斐波那契数列，一，一，二，三，五，八，等等。"她深吸一口气，"我很高兴在此汇报，在通信无人机发送出斐波那契数列的四十六个数字后，贝塔回复了我们第四十七个数字。这也是人类文明有史以来，和外星智慧物种进行的首次沟通。"

视频录到这里就可以结束了，夏洛特的激情澎湃一定会穿过屏幕，传递给每一个观看的人，无论何时何地，也不论他们的肤色国籍，他们都将和此时此刻的我们产生共鸣。

振奋。

希望。

我飞快地给哈利示意了一下，然后他点了点平板。

"录制结束。"

"好了。"我继续开口，"我们的首要任务是用通信方块将主要数据传回地球，我建议现在就这样做，包括刚才这段视频。"

大家对此都表示同意。

发射通信方块后我们重新聚集在气泡室，这是上太空以来我们和地球的首次联系，一想到能提前为地球带去好消息，我就感到很自豪。

赵民开始主持会议。

"好了，我们来讨论一下吧。"

"我希望我此时就在贝塔面前。"夏洛特说。

"考虑到贝塔可能对无人机做的事，你未必会这样想。"格里戈里说。

"什么意思？"夏洛特反问道。

格里戈里耸了耸肩，说："意思很清楚，无人机现在可能已经被贝塔摧毁了。"

我开口打断他们的对话："我们要讨论一下是否需要更改计划。"

艾玛率先开口说道："我比较乐观，也许是因为我希望事情能有好的转机。但我还是觉得事情可能不会那么顺利，考虑到阿尔法当时破坏了我们的探测器——"

"那枚探测器当时在偷偷对阿尔法进行监视活动。"夏洛特说。

格里戈里谐谑地说："监视不都是偷偷的吗？"

艾玛打断夏洛特继续说道："我的意思是，贝塔的反应明显和阿尔法不符。虽然无人机和探测器的做法也不同，但现实依然摆在面前：在无人机进行沟通后，贝塔并没有表示出敌意，这说明什么？也许贝塔和阿尔法是敌对阵营。"

大家开始思考这一可能性。如果属实，那事情会更加棘手，不过同时也会为我们带来一个新盟友，加大结束漫长寒冬的概率。

"有这个可能。"哈利表示，"也许太阳系的异常和它们的战争有关？也许一方需要利用或者毁坏太阳？又或者其中一方和我们存在一种暂未知晓的关系。"

接下来，莉娜说的话出乎我的意料："也许我们人类是他们的后裔，或者至少是其中一方的后代，我们也许是他们的生物无人机？"

这理论有点儿意思，你永远不知道别人脑子里有奇思妙想，特别是平时寡言少语的人。

赵民也开口道："可能我们只是卷入了它们的纷争，其中一方出于伦理道德而想要保护我们。"

"问题在于……"哈利说，"我们要不要修改我们的计划。"

"当然要。"夏洛特说，"我们需要加快速度，尽快赶到贝塔位置。"

"原因是？"格里戈里反问。

"原因很明显。"夏洛特厉声解释，"我们需要改进交流方式，和它继续沟通。这可是人类历史上最重要的事件，我们应该全速前进，而不是现在这样慢慢悠悠。"

"我们没有慢慢悠悠。"格里戈里说，"虽然我们达不到光速，但也已经很快了。"

"还可以更快。"

"那是有代价的。"格里戈里说。

"什么代价？"

"牺牲无人机的能源。因为反应堆的能源有限，我们的中途岛无人机舰队还没发射。"

夏洛特听到这话有些恼火，她说："我不敢相信你们还在考虑发射无人机舰队，我没和你们开玩笑。"她对着所有人继续，"我们已经找到一个愿意和我们交流的未知物体了，你们还想着发射其他无人机去找其余的未知物体？"

我摇了摇头，说："中途岛无人机的作用远不止这些，夏洛特。我们不能将所有资源全部用在赶往贝塔的路上，就像不能把所有鸡蛋放在一个篮子里。"听到这句谚语赵民和田中泉茫然地看着我，我连忙解释了一下，"为了地球，我们要做好最周全的打算，和贝塔的沟通不是整个任务的最终目的。"

哈利打断我们："夏洛特，和我们说说首次接触协议里接下来的内容吧。"

"好。"她深吸一口气，"根据程序设定，在通信无人机首次接触后，侦察无人机会返回'和平女神'号。根据时间来看，贝塔对斐波那契数列回应的时间大约是在五十二小时前。"

"侦察无人机会返回我们这里，那通信无人机这时会做什么吗？"艾玛问。

"遵从协议设定。"夏洛特回答她，"它会使用更加复杂的词语，试着建立更为健全的沟通，主要目的是告诉贝塔我们是智慧生物，而且抱着和平而来。"

"我们和贝塔的距离正在快速缩短。"我继续道，"原定计划是让侦察无人机去到贝塔位置，观察沟通的状况，接着返回。基于我们目前的速度和距离来看，如果现在派遣侦察无人机，往返需要四十四小时。所以，我提议重新发射侦察无人机，同时，继续建造中途岛无人机舰队，发射时间和'天炉星'号会合时间都不变。大家同意吗？"

"我同意。"格里戈里先开口。

赵民说："同意。"

艾玛也回答道："我也同意。"

哈利说："夏洛特的想法值得考虑，但我还是觉得需要搞清楚有没有其他未明物体。"

田中泉也表态说："我也赞成詹姆斯。"

莉娜说："观测无人机将在二十小时后抵达，对吧？届时它会带回贝塔的全部数据？"

我点了点头。

"然后侦察无人机会在四十四小时后带着更多的数据返回，这样的话，除非二十小时后观测无人机带回的数据有任何值得我们修改计划的地方，否则我支持维持原计划。"

会议结束。夏洛特并不高兴，但每个人都有发言权。这次任务比我想象中更加复杂。

飞船的各个舱段和工作室都和气泡室相连，每位队员的想法也在这里会合与碰撞。在激烈的讨论中，我们能不断完善计划，一次次地达成共识。

但在实验室里，我、艾玛、哈利并没有过多的意见分歧（除了我们关于平衡锻炼和工作量的讨论外）。回到实验室后，刚才在气泡室的紧张氛围消失不见，我们三人紧紧地抱在一起。

"我们做到了。"哈利说，"你敢相信吗？我们做到了。"

"真不敢相信。"艾玛小声说道，"我来到太空是希望推动建立外星球移民地，但这个——和外星智慧物种进行接触——已经超过了我最狂野无边的幻想。"

我很高兴能看到她这个样子：欢欣鼓舞，仿佛又回到了一个小女孩的样子。

这是我这么久以来最快乐的一刻。

❄

在观测无人机即将返回的那晚我几乎无法入眠。

我们都坐在气泡室里，等着大屏幕传来消息。观测无人机看起来就像个小行星，赵民用通信模块启动了"和平女神"号的停靠程序。无人机从窗外飘过，在我们设计的降落平台上缓缓落下。舱门关闭后田中泉飘过去查看，她身上穿着舱外活动装置。她将无人机和飞船连接，大屏幕上弹出莉娜设计的软件交互界面，开始提取无人机的数据。

"不用等我。"田中泉通过通信器和我们说道，我们已经迫不及待想看看贝塔的样子，每一秒都仿佛过得十分缓慢。

莉娜飞快地整理着数据，屏幕上弹出了一段无人机的录像，所有人目不转睛地盯着屏幕，整个房间鸦雀无声。

在画面中，贝塔在远处飘着，无人机身后就是太阳，将贝塔的正面照得很亮。之前探测器是从阿尔法身后进行的拍摄，看上去只是灼热太阳前的一个模糊小黑影。随着无人机逐渐靠近，画面的几个地方让我震惊得说不出话。首先是它的体积和形状，从视频角度看，贝塔的形状似乎呈圆形。我暂时无法确定它是否是球形，因为无人机画面的角度正好位于圆柱

142

体的前方。不过它的体积非常巨大，看上去至少有 1.5 公里宽，甚至 3 公里。无人机通过计算后，视频右下角弹出了两行白色的文本：

预计宽度：2.4 公里

预计高度：2.4 公里

它的宽高足足有 2.4 公里。

无人机慢慢绕飞靠近贝塔，随着画面对焦放大，贝塔的边缘清晰地呈现在我们眼前。

眼前的景象让我目瞪口呆，心快要跳到嗓子眼儿。那根本不是圆形，而是个巨大的六边形。

艾玛注意到我的异常，小声地询问我："怎么了？"

我微微地摇了摇头，希望其他人没有注意到我的反应。

无人机越飞越近，在明亮的太阳光照射下，贝塔的表面闪烁发光，就像晨光下清澈的湖水。那是一种暗淡的反射，像无数由黑曜石构成的六边形，上面没有任何纹路，也没有任何突起。

我大概知道接下来会发生什么，但我不敢再看下去，害怕自己的猜想被证实。

无人机从贝塔身旁飘过，屏幕画面静止定格下来，清晰地展示着贝塔的侧方画面。从无人机角度来看，它和一片威化饼干一样薄，像一块正飘向太阳的船帆，无人机通过计算估计贝塔的厚度有三米。看到这幅画面我感到胃液一阵翻滚，我告诉自己一定要忍住。

贝塔的形状对于我们的研究至关重要。在大自然中，六边形有其独特的作用，比如蜂窝结构、苍蝇的复眼和肥皂泡等。

为什么是六边形而非圆形？

因为六边形能紧密贴合。

这就是原因。

我还不能确定这对人类意味着什么，但我已经有了一个理论，一个不好的猜想。

屏幕切换回视频模式，接着展示的是贝塔的背面，上面同样没有任何标记，它背对阳光，看上去只有一片死黑。若不是阳光照亮了它的边缘，勾勒出了轮廓，它几乎能和漆黑的宇宙融为一体。

接着一行行数据在屏幕上滚动展示，莉娜开始说话。

"贝塔和我们的飞船一样没有发射任何形式的波或者辐射。"

视频结束后，赵民说："我们谈谈这意味着什么吧。"

我几乎无心参与他们的激烈讨论。格里戈里提出它有没有可能是活物——某种巨型太空昆虫。赵民认为这应该是某艘母舰的一部分，夏洛特则坚持认为因为它能沟通，所以不论是什么，都是有智慧的。

我正沉浸在自己的世界里，没听到他们叫我的名字，直到终于回过神来听到赵民喊我的声音。

"詹姆斯，你怎么了？"

"你怎么想的？"

"我觉得……我需要点时间再想想。"

大家听到我这话后都不再作声。

哈利也开口说道："我也是，我觉得大家都应该冷静地想想。"

❄

回到实验室，艾玛把我拉到角落说："你有什么没告诉我们？"

"也许吧，我也不确定。"

"詹姆斯，告诉我。"

在我完全确认前，我不能告诉她。

"我们需要更多的数据。"

❄

十小时后，我们提前收到了更多的数据，而这也证实了我最坏的猜想。

"侦察无人机已经从贝塔位置返回。"赵民努力保持着平静，"通信无人机暂时没有传来任何回应。"

"出故障了？"夏洛特问道。

"有可能。"哈利轻轻地说。

"侦察无人机提前回来了。"格里戈里直奔正题。

赵民点了点头，说："没错，侦察无人机在前往贝塔的途中发现了通信无人机，它正飘在太空中。"

"时间线？"格里戈里问。

赵民睁大了眼睛，看起来不太明白。

"它是什么时候……"格里戈里好像在脑子里寻找合适的词语，"失去回应的？"

赵民看了看平板回答："在进行首次接触过后。"

我深深地咽了一下口水，藏起内心的情绪波动。我感觉此时就像在法庭那天，我听着法官宣判我无期徒刑，没有保释机会。只不过，现在我并不是唯一遭到不公审判的人，连同一起的还有全人类，我们的罪名大概是在错误的时间诞生在了错误的星球。

格里戈里不假思索地直接说道："是贝塔摧毁了它，就像之前的探测器。"

"可能只是出现故障了。"莉娜谨慎地回答。

"我们本可以赶到现场的。"夏洛特说。

我很欣慰艾玛反应迅速，开始缓和气氛说："我觉得我们应该先讨论一下接下来怎么办。"

"我同意。"赵民说。

大家都等着我开口。

"我们要回收通信无人机。"我开口，"我们需要尽快知道到底发生了什么。"

第三十一章

艾玛

詹姆斯一定有什么事情瞒着我们。

在飞船中与他相处的相当一部分时间里，我先是对他过分关心我的健康感到恼怒，现在，又因为他对某些事情的闭口不谈感到烦乱，我真的快疯了。如果他不敞开心扉，我根本帮不了他。自从看到观测无人机传回的画面，他就一直萎靡不振，仿佛正默默独自肩负着拯救世界的重任。

先前发射的无人机舰队分工明确：先观测，再沟通，如果失败，最后再进行介入。可目前我们无法确定沟通是否已经失败，因为有可能只是单纯的技术性故障。

在我们接下来的一次会议中，格里戈里建议我们按原定计划行事，也就是发射搭载轨道炮的介入无人机。夏洛特自然持反对意见，我、莉娜和田中泉也不同意这么做。赵民认为应该发射介入无人机抵达预定位置，但暂时不采取进攻策略。

詹姆斯只是静静地听着大家讨论，最后解开安全绳，在离开气泡室前说道："让我们先搞清楚通信无人机出什么事了。在那之前，我们最好不要采取任何行动。"

他没有参与我们的讨论和争辩，而是就这样离开了气泡室。

我和哈利回到实验室后发现他正低头看着平板，咬着嘴唇，眉头紧锁着在思考什么。

"怎么了？"我问。

"什么？"

"刚才在气泡室那里，我也不知道……你为什么不和我们讨论？"

"没时间讨论了。"

他把平板递给我，上面是一张新型无人机的设计图，它的体积比其他无人机更小，移动也更快，可这要用到大量的反应堆储备能源。詹姆斯打算造三架这种迷你无人机，并给该舰队命名为赫利俄斯（太阳神），其中一架负责将迷你通信方块发射回地球，汇报任务的最新进展。这些迷你通信方块仅是三枚二十五美分硬币的大小，具有正常大小通信方块的多数功能，包括无线传输。

"我们要将侦察无人机沿着未知物体方向朝太阳发射，进行一次高速侦察，全程保持隐身状态并录制视频，将收集到的数据直接传回地球。"

"我同意。"哈利平静地说道。

不管詹姆斯在瞒着什么，哈利肯定已经知道。也许是詹姆斯告诉了他，一想到这我就感到焦虑。但我了解詹姆斯，他暂时是不会和我讲的，他只想尽快完成新无人机。

"好，那我们就这么做吧。"

❉

这是我生平第一次如此忙碌、迅速地完成一次任务。在詹姆斯给我展示赫利俄斯设计图的十三小时后，便成功将它们制造好并发射。轨道发射器在发射时已经达到最大输出，伴随着飞船一阵晃动，几架迷你无人机飞速朝太阳进发。

詹姆斯想找到什么？为何他突然感到如此恐惧？

❉

我们在气泡室集合，"天炉星"号此时正停靠在窗外，两边的成员透过舷窗相互望去。"天炉星"号船体没有明显损坏，也没有冲击凹痕或是破洞，但看得出来体积要比"和平女神"号略小，船体外部的机械臂也似乎短了一些，这和简报里的设计图纸略有不同。

我们制定了不同方案来转移"天炉星"号上的无人机部件，其中也包括飞船对接。但最终我们决定使用安全绳转移资源，将货物箱与绳索固定，像索道那样运送物资。两艘飞船依然保持隐身状态——没有发射任何波，但只要"和平女神"号和"天炉星"号并排飞行，我们就可以维持这种硬连接来交换物资——像从观测无人机提取视频和读数那样。

更重要的是，我们可以直接通过视频和"天炉星"号成员交流。

我们用机械臂将安全绳固定，然后开始卸运物资。

因为我对机械臂的操控最为熟练，所以就由我来完成。实际上我也非常乐意，因为在他们视频会议时，我不用在一旁干等。他们在相互问候关心后，开始对收集到的数据和信息进行讨论。詹姆斯负责主持会议，但不知为何，他们迟迟没有做出任何实质性决定。整体来讲，会议氛围较为愉快，是一次久违的团聚。詹姆斯告诉我，两边队员从任务之初到现在只见面过一次，但两边存在着一种纽带，在这次重聚后更是将彼此紧紧联系在一起。

在登上"和平女神"号之初，我感觉自己就像局外人，是这次人类历史上最重要任务的一个不速之客。但詹姆斯和其他队员对我一视同仁，接纳我，让我参与任务的各个方面：工作、会议，甚至是不愉快的争吵。我也渐渐成了大家庭的一员。但在这次重聚时，我觉得自己像一个被领养的小孩，第一次见到家族里的各位亲戚。大家似乎关系密切，有深厚渊源。他们在聊天的时候，我只好躲在厨房里独自忙活着。

说实话，我一开始就不是任务的一员。

当我卸运完最后一箱物资后，我收起机械臂，一个人待在气泡室外的控制室里有点儿不知所措。我该去气泡室和"天炉星"号的队员做自我介绍吗？我听到他们正在讨论对受损无人机的回收工作，但詹姆斯似乎在拖延时间，我不知道是为什么。

不知何时，他突然出现在我面前。

"嘿。"

我吓了一跳，捂着胸口回答道："嘿。"

"你没事吧？"

"你吓到我了。"

"有哪里不舒服吗？"

"没。"

他通过屏幕看着刚刚运回的无人机物资。

"应该没有了吧。"

"嗯，都运完了。"

"那……你还在这干什么？"

"我在……我也不知道。"

他轻轻地抓着我的手臂说："来吧，他们都想认识一下你呢。"

来到气泡室，我用安全绳固定好自己，大屏幕上"天炉星"号的队员正对着我微笑。

詹姆斯开始向他们介绍我："'天炉星'号，这位是艾玛·马修斯长官，国际空间站惨剧的唯一幸存者。她在实验室里帮了我们大忙，正是在她的帮助下，我们才能如此及时迅速地发射大量无人机。"

我从中学以来就没有这样脸红过："我可没什么功劳。"

"你们可别相信她。"哈利起哄道,"她可是实验室的大明星呢。"

接着詹姆斯为我介绍"天炉星"号的队员,他们用母语向我问好。

"Bonjour[1]."

"Hallo[2]."

"Zdravstvuyte[3]."

"Ciao[4]."

"Hi,艾玛。"

最后,丹·汉普斯特德对我说:"很高兴见到你,女士。"

就这样,我觉得自己又回归了这个大家庭。

詹姆斯对两边共同说道:"我们最后还需要讨论一件事,就是接下来怎么办。我们已经展示了中途岛无人机舰队的用途,在组装完毕后我们就会进行发射。在那之后,我们在等失去联系的雅努斯通信无人机返回,届时我们会进行故障排查。在搞清楚它到底出了什么问题前,暂时也无法制订什么计划。"

双方队员都点头表示赞成。

安东尼奥是"天炉星"号的驾驶员,他先开口说道:"很合理,在无法造无人机的情况下,我认为'天炉星'号最好的作用就是进攻。"

所有人都陷入了沉默。

丹·汉普斯特德率先打破沉默,说道:"需要和你们确认一下的是,核弹的用途不像无人机可以自动导航,它需要驾驶员进行投放,这意味着需要和驾驶员保持密切通信。贝塔也可能会对核弹采取规避措施,反追踪到投放核弹的飞船。所以不管是哪艘飞船投放核弹,都需要有足够的飞行能力来逃脱,我们需要明白其中巨大的危险。"

这话已经说得很明白了:一旦"天炉星"号发射核弹,贝塔可能会采取反击。

"天炉星"号的队员已经做好牺牲自己的准备,眼里展现出坚定的决

---

[1] 法语:你好。

[2] 德语:你好。

[3] 俄语:你好。

[4] 意大利语:你好。

心。这份无私使我们欲言又止，我们既感到羞愧，也受到鼓舞。

詹姆斯点点头，说："我们知道了，到时候先看通信无人机的状况再做决定吧。"他对着屏幕说道，"真的很高兴能再次见到你们。"

一小时后，两艘飞船的连接绳解除连接，各自慢慢飞离。我知道大家在想什么：这也许是我们最后一次见到"天炉星"号的成员了。

❋

通信无人机在侦察无人机的连接固定下返回了"和平女神"号。

所有人赶到气泡室，莉娜正用通信模块给侦察无人机下指令。

"调出接触数据。"莉娜低头对着平板说道。

詹姆斯问了第一个问题。

"无人机什么时候失去动力的？"

莉娜回答："与贝塔接触后。"

夏洛特问："软件故障吗？"

莉娜听到这话不太高兴："也许吧，不知道。"

詹姆斯又问道："侦察无人机上有什么新信息？"

"通信模块能传递的信息有限。"莉娜边控制平板边说道，"通信无人机用多频广播发送了斐波那契数列，贝塔在第四十七个数字时做出了回应，通信无人机接着发送了第四十八个数字，然后贝塔传输了一条复杂的非数字信息，无人机日志记录就到此结束。"

夏洛特说："我们要看看那条信息是什么。"

赵民附和道："同意。"

哈利用平板打开了舱门，问道："需要准备一下客房吗？我是说，货运舱？"

这个笑话使气氛轻松了不少，但詹姆斯看起来魂不守舍，仿佛脑中齿轮正在飞速运转。就在哈利要离开气泡室的时候，詹姆斯迅速冷静地喊道："别去！"

所有人都愣住了。

"别去，哈利，我们不能让它进来。"

哈利还不知道是怎么一回事，詹姆斯解释道："艾玛，用机械臂将它和侦察无人机分离，然后插上数据连接线。莉娜，我们需要一个防火墙，我不是说无人机的软件防火墙，我是说整艘飞船全方位地隔离保护。"

莉娜点了点头，说："好，我可以用一个新系统和无人机对接，完全不会涉及'和平女神'号的主系统。"

"很好。"

夏洛特对此有些不解："我能问问现在是什么情况吗？"

"无人机里可能有木马程序。"格里戈里回答。

詹姆斯头也不抬地说："没错，贝塔可能用病毒或是其他什么手段使无人机瘫痪，不过也不排除只是机械故障，我们要尽快搞清楚。"

※

我在狭小的控制舱里准备着机械臂，莉娜就坐在我旁边，手里拿着连接控制数据线的平板，其他人都挤在后面紧张地看着。

在第二次尝试后，我成功地用机械臂将连接线和无人机连接。

莉娜开始飞速地在平板上操作起来。

"没反应，连诊断程序都启动不了。"

大家陷入了沉默，统统向詹姆斯看去，他仿佛又有点儿走神。

"打开吧。"

"打开外面的舱门？"格里戈里有些吃惊，"我们的速度——"

"我知道飞船的行驶速度。"詹姆斯没有看向格里戈里，而是平静地对我说，"启动机械臂上的摄像机，一定要万分小心，这件事很重要。"

他这么一说我更加紧张了，手心止不住冒着冷汗。他要我做的其实不难，也就和在太空戴着厚厚的烘焙手套进行精准的外科手术一样——而且是在时速上万公里的情况下。如果无人机从机械臂滑落，那它就会永远地遗失在宇宙中，就像沙滩上的一粒细沙，在虚空中漫无目的地飘荡，我们了解到事态进展的唯一线索也会就此消失。多简单啊。

我尽力保持镇定地说道："要怎么做？"

"首先找出它出了什么问题，你得像剥洋葱那样打开它的机身，里面有一块数据驱动盘，你知道在哪儿的。"

我确实知道，这架无人机是我造的，我亲手把那块数据驱动盘插进无人机的中枢节点，而且我可以熟悉灵活使用机械臂。

一方面，我真的害怕把事情搞砸了，可另一方面，我希望这件事能由我来做，因为他们都指望我了。虽然上次我的队友将希望寄托在我身上的时候……我失去了他们。虽然过了这么久，我依然没能放下这份重担，也许那会是我永远的伤痛。但在内心深处，我知道这次任务能为我带来些许解脱，帮助我慢慢疗伤。

詹姆斯看着我。

"好的。"我深吸了一口气。

"把黑匣子也回收了，如果出现任何意外，驱动和黑匣子之间你要选择保全黑匣子。"

我点了点头。回收黑匣子是哈利的主意，那是无人机内部的另一块数据盘，外围有层层保护，里面是无人机全部的实时数据备份。

我开始操控机械臂，小心翼翼地打开无人机的外部零件，它们像风中的蒲公英一般永远地散落在无垠的宇宙中。

打开外壳后，我试着撬开内部零件，不知道为什么屏幕上机械臂的压力读数居高不下。

詹姆斯靠过来，看着屏幕问我："怎么了？"

"阻力太大，可能卡住或者焊死了。"

"用激光。"

我紧张地吞了下口水。

我用一只机械臂固定住无人机，然后用另一只机械臂的激光割下了无人机的一小块，零件飘向太空，无人机内部此时已经一览无余。

我们看到内部的电线乱七八糟地搭在一起，像一盒熔化的彩色蜡笔，电路板也被压得扁平，电阻、LED指示灯、电容和二极管看起来像一座被夷为平地的迷你城市。

夏洛特问道："怎么回事？为什么会这样？太阳耀斑爆发？"

"不是自然现象造成的。"格里戈里回答。夏洛特正准备开口反驳，格里戈里又继续说道，"从统计学角度来讲是不可能的。"

"我们马上就能知道了。"詹姆斯轻声说，"继续吧，艾玛，割开它。"

五分钟后，我终于看到了内部的数据盘。

"把它拿进货运舱。"詹姆斯说。

接下来一小时的操作让我精疲力竭，我聚精会神地操控着机械臂，好在一切顺利，数据盘和黑匣子均成功回收。我在无人机周围采集了一些样本，然后放进容器里。最后，机械臂松开被切割掏空的无人机外壳，任由它飘向了漆黑的深空。

在货运舱里，我操控着机械臂将黑匣子和莉娜的防火墙系统连接。

"我想看看那条信息。"夏洛特说。

"得先看视频。"詹姆斯语气坚定，大家也都默许。

莉娜调出了视频，大家在一旁紧张地看着。

画面中，贝塔正飘在远处，无人机从后面慢慢向它靠近。

屏幕上开始出现白色的斐波那契数列，接着贝塔回应，屏幕上弹出一个红色的数字。接着又弹出一个白色数字，最后屏幕弹出一个红色问号，那应该就是贝塔的非数字信息了。

画面下一秒就黑屏了。

"再播放一遍。"詹姆斯说，"回退到结束前两秒钟，无人机的录制可达每秒一百帧，你把画面慢放至每秒十帧。"

莉娜又播放了一遍视频。

这次我惊讶得合不拢嘴，画面中贝塔进行了一次形变，六边形开始折叠成像一颗两端尖利的豆子，贝塔慢慢旋转将其中一端对准无人机射出了一道白光。

画面到此结束。

我现在知道詹姆斯和哈利没告诉我的事了：我们已经陷入战争。

第三十二章

詹姆斯

我们发射了一枚通信方块，上面储存了无人机由于贝塔的攻击而瘫痪的视频。在贝塔是如何致使无人机瘫痪这一问题上，我和格里戈里、哈利花了数小时进行讨论。得出最有可能的结果是，贝塔使用了某种辐射或者带电粒子冲击。虽然不知道能否奏效，但我们决定增强中途岛舰队的防护能力以抵御类似的攻击。

夏洛特醒来后，她所有时间都在研究贝塔的那条信息，可惜暂时还一无所获。即便她再聪明，我也很感激她的坚持不懈，但我不认为她能成功解密那条信息。

我应该知道是怎么一回事。无人机广播了一条简单的信息，贝塔认定无人机可能是它的信使同伴，然后在回应斐波那契数列后，以其原本交流方式发送了一条加密信息。可无人机无法以同样的语言回应贝塔，也正是这时，贝塔意识到无人机并不是它的同伴。

我们快速地对接下来的安排做出了决定，那就是发射侦察无人机返回雅努斯舰队，为介入无人机下达指令，让其前往贝塔位置并采取轨道炮攻击。顺利的话，我们计划回收贝塔身上一块大约两平方米的样本。就在昨天，我们发射了一架运输无人机，届时将由它带样本返回地球。来到气泡室吃午饭时，我意识到这会是首块带回地球的外星智慧产物的碎片：一个潜在敌人的样本。回收碎片主要的目的是对其研究，以便做好消灭它们并保护人类的准备。

在看过视频后，关于贝塔我思考了许多。它的外层材质明显柔韧可折叠，或者至少可以分离无数个足够小的部件，然后重组成我们看到的形状。这么久以来，我们无数次讨论过它们究竟是什么。是活体生物吗？一种飘浮在太空的物种？还是一种类似无人机的机器？也可能是太空飞船，里面是体形要远小于人类的外星生物。我们一直毫无头绪，也无法排除任何可能性。

但我会尽快查明的。

大家的情绪也出现了变化，都变得寡言少语，之前的乐观也都消失不见，彼此的交流也变得简短仓促，气氛中弥漫着紧张感。和珍珠港事件发生后一样，全美国人民都能感受到一种压抑，所有人头上都笼罩着乌云，一种不祥之兆。我们知道人类即将面临一场硬仗，可我们对敌人还一无所知，但这是一场我们不得不面对的战争，不仅是为了我们的亲朋好友，更是为了全人类。

我知道艾玛最近感觉受到了背叛，因为我之前没有告诉她我的想法，但我希望她现在能理解这番苦心。这种负担实在是过于沉重，难以言喻。现在每个人都知道了，内心害怕做出任何决策，更不用说艾玛经历过失去队员的痛苦。无论她如何否认，甚至是自我欺骗，我都知道这噩梦般的现实正一点点侵蚀着她。

我知道艾玛对她的妹妹一家感到忧虑。就在我们发射回地球的通信方块上，艾玛为他们录制了一段视频（通信方块的存储空间完全充足）。实际上，每位队员都为家人录制了视频，我不知道他们在视频里说了什么——因为他们说的都是自己的母语，有中文、日文、德文和俄文——但艾玛、哈利和夏洛特在视频中对至亲至爱说的话都大体相同：请转移到安全地方，保护好自己，我爱你。

只有我没有录制视频，我曾经考虑给弟弟一家录一段话，但他们也许根本不会看，我知道他不想听到我的消息。如果这就是人类命运的终点，我决定尊重他，不再打扰。

我倒是非常想联系我唯一的朋友——奥斯卡，但我不能暴露他的位置，我不能背叛他。

※

我们来到气泡室准备发射中途岛无人机舰队。伴随着轨道发射器发射，飞船产生阵阵颤动，无人机消失在漆黑的宇宙中，速度比我们在屏幕上看起来要快得多。我们简单检查了一下发射台，确保系统状态良好。

中途岛无人机将背对太阳飞行，沿着阿尔法和贝塔位置反向追踪它们的母舰。这意味着它们的飞行方向不同于我们和雅努斯舰队，轨道发射器会将我们反向助推。而且，格里戈里还是在发射时使用了较多的能源，实际上他用得太多了——甚至会影响到我们返回地球，我不确定剩余能源是否够一枚逃生舱使用。我们一直没有讨论过反应堆能源的分配问题，只是按需使用。我们都明白一件事：我们必须待在太空。我们现在处于战时状态，必须要查明敌人的势力规模和准确位置。和这些相比，我们几个人的性命不算什么。

不知为何，我觉得每个人在任务之初就已经明白这次可能是有去无回了，现在这一想法更是得到了证实。

我们可能再也无法返回地球了。

❄

莉娜机智地写了一种压缩算法，让通信模块也可以传送贝塔图像。这样一来，我们就不再需要依靠高分辨率图像来了解事态进展——因为太空背景几乎全部呈黑色，所以她先让无人机正常拍摄照片，但不存储照片中的太阳以及全黑或接近全黑的像素点。无人机只需要简单地对太阳位置另外标注，用算法程序再添加进太阳和其他星体。更方便的是，无人机在拍摄照片后，只需要传输莉娜所说的"德尔塔方块"——也就是记录着原始图像变化的局部图像。

而且这些画面是实时的。我们计划调配可用的侦察无人机以建立数据中继网络，在不用面板交流和远离贝塔的情况下，我们也能清楚地知道发生了什么事。

这些未明物体正在抹杀我们的世界。但马上，我们就会采取反击，到时候我们会亲眼见证这一切。

❄

我们开始自由用餐，时间不再固定，而且少食多餐能更好分配体力进行长时间的工作。我们在走道和气泡室都能见到彼此，但多数时间大家都在低头各自忙着，日渐疏远，像原本在共同轨道围绕恒星运转的各个行星，在恒星经历超新星爆炸后被四散推开。

田中泉对现在这种氛围很不满意，她强制所有人在气泡室共同用餐。借此机会，我们对面临的主要问题做了一番讨论，也就是收集到贝塔样本后该怎么办？

格里戈里率先开口："很简单，一旦确保样本退离到安全范围，我们就让'天炉星'号投射核弹炸了它。"

赵民和莉娜都表示同意。

夏洛特皱了皱眉头，说："我不是不同意，虽然我知道这个问题有点儿蠢，但我还是想问一下核弹要怎么在太空里发挥作用？"

我看得出来夏洛特是真的感到好奇，而不是在反对。

哈利平静地说："这是个好问题。"他看着格里戈里，等着由这位知识渊博的工程师来为夏洛特讲解一番。

格里戈里耸着肩解释道："核弹当然有用，触发核裂变不需要氧化剂。问题在于爆炸威力如何？在地球上，热量和冲击破是造成破坏力的主要因素。但真空中的爆炸并不会产生这两者，而是会带来辐射和爆炸物质产生的等离子体云，威力效果是毁灭性的，而且影响范围巨大。"

夏洛特点了点头说："谢谢。"接着她咬着嘴唇思考了一会儿，"嗯，我也支持核武器攻击，只是我对攻击的时机还不太有把握，我在破解贝塔的信息上毫无进展，考虑到两个探测器已经瘫痪，包括发生在国际空间站的惨剧。"她停下来看了下艾玛，但后者似乎并没有什么反应，"很显然，这些未明物体肯定是我们的敌人。"

赵民也开口说："对我而言，太阳辐射的失衡也很能说明问题。"

夏洛特也表示赞成："没错，我们要尽快了解并找办法消灭它们。"

我没有再等其他人发言，也没必要了。虽然大家身心都憔悴不堪，顶着巨大的压力，但是我们在任务方向是一致的。

"因此，问题的关键在于时机，在取得样本并确保其安全后，我觉得应该立马对贝塔采取核攻击，不能给它发送信息或者逃离的机会。我们可以通过以菊花链连接的通信无人机进行观察，在核弹命中前收到图像。"

"接下来就等着？"田中泉问。

"可以这么说，爆炸会摧毁通信无人机，我们会在后方足够远的安全距离，不过还是会受到一点辐射影响。爆炸后，我们会发射一支小型观测无人机舰队到现场进行威力评估。"

我们对该计划达成了共识。时间一分一秒地流逝，人类的历史将被永远改写。

❋

原来剩余的无人机部件还足够建立两条传输通信网络：贝塔和"天炉星"号各一条。在核弹投放期间，我们能实时掌握两方的情况。我们的引擎部件也已经不够用了。

气泡室的大屏幕上显示着两个倒计时。

激活"天炉星"号通信网络剩余时间

2：32：10

激活未知物体通信网络剩余时间

7：21：39

我心力交瘁，急需睡眠，但我无法睡着，只觉得体内像有一台不停振动的闹钟在嗡嗡作响，我却怎样也无法将它关闭。

我的工作仍未完成。在我准备回到实验室时，听见里面传来艾玛清晰而明亮的声音，听起来不像在和谁说话，可能是在录音。

"你好，佩雷斯先生。我的名字叫艾玛·马修斯，是国际空间站事故发生时的任务指挥官。我想和您说的是，很抱歉发生了这样的事，请您节哀顺变。您的女儿是我很棒的朋友，一位优秀的科学家。她在空间站上就是大家的开心果，我记得有一次——"

讲到这儿她开始笑了起来，但慢慢又开始悲伤地啜泣，一直哭到喘不过气来，然后说道："停止录制，删除文件，重新录制。"

我飘到了实验室微开的舱门前，哈利也在一旁站着，他和我一样不忍心打扰她。

我给他使了个眼色，然后一起离开了这里。

来到锻炼区域，我骑上一辆自行车，哈利则拿起了一根阻力带，我们开始锻炼。

"詹姆斯，你觉得这次会顺利吗？"

"说实话，我也不知道。"

※

等我回到实验室时，里面已经安静了下来。艾玛正一边蹬着自行车锻炼，一边低头操控着自己的平板。

她笑着朝我看来，眼里布满了血丝。

"嗨。"

"嗨，你没事吧？"

这是我问过最蠢的问题了，我太紧张了，我为什么要这么紧张？

"挺好的。"她回答，"刚刚录了一些视频，写了一些信件，打算送回地球。第二个通信方块还有存储空间吧？"

"当然了，莉娜需要的图像不大，我们也不需要放什么东西。"

"那就好。"

"那个，我想在去贝塔前和你说一些话。"

她顿时停下了一切动作，我感到一阵尴尬。

"我，呃……在之前，我有点儿……对你的锻炼安排太执着了，我只是担心你。无论是现在还是将来，我都不希望我们之间有任何不愉快或者矛盾，我不想我们二人在任务开始前还有隔阂。"

"詹姆斯，我明白你那样做的理由，也很感激。我没生你的气。"

她靠过来抱住了我，我们就这样拥抱在一起久久没有松开。

❋

回到气泡室，每个人用安全绳固定好自己。大家看起来表情冷酷严肃，像在法庭上的陪审团，准备对手中的证据进行审查。

屏幕上的倒计时依然还在跳动。

激活"天炉星"号通信网络剩余时间

0：15：04

激活未明物体通信网络剩余时间

5：04：33

我发现哈利正在工程舱里和格里戈里交谈，田中泉和赵民也在舱门旁听着他们对话。

"燃料不够了。"我听到格里戈里小声说道。

赵民一回头看见我吓得叫出声来："詹姆斯！"

"嘿。"

他们都望向我。

"怎么了？"

哈利扬起眉毛看过来。

"重新检查一下飞行计划以及无人机燃料。"

运输无人机将在十分钟后起飞，所以我才来找哈利，不过我们之前对燃料的使用已经进行过无数次的计算。

我知道肯定是出什么问题了。

※

我们已经看到"天炉星"号了，并和他们建立了实时通信。在莉娜的低宽带通信网络下，我们无法进行视频或者语音会议，但我们和他们分享了计划并同步了倒计时。

我知道我真的该休息了，但我还是不愿意躺下。我坐在实验室里，脑子里一遍遍地梳理任务细节。

艾玛推开舱门进到实验室。

"在任务开始前我也想和你说一些话。"

我坐直了身子，问道："什么？"

"谢谢你，谢谢你救了我一命。"

我点了点头，不太确定她想要表达什么。我内心感觉到一阵……失望？她就想说这些吗？

"我也很高兴能帮到你。"我回答，"很庆幸当时是我的太空舱离你比较近。"

"我也很庆幸是你。"

她向我靠来，我以为她是要给我个拥抱，但她扶着我的肩膀慢慢将脸伸来，在额头上给了我一个温柔的吻。

✳

为了避免出现什么差错，我们都穿上了舱外活动装置，但是没有戴上头盔和手套，只是将它们放在触手可及的地方。这其实是一种过度谨慎——因为出事了也不会有人来救我们——但艾玛还是坚持让我们戴上。我知道她还在为空间站的意外感到自责，如果这么做能让她感觉好一点，那我愿意，我们都愿意，艾玛就是我们的家人。

我们在气泡室等待着，身上也系好了安全绳，手里拿着平板，目不转睛地盯着大屏幕。

屏幕上开始出现贝塔的实时画面，看起来就和上次一样，一个朝太阳飞行的六边形。

在分屏上，我们看到了"天炉星"号，它和我们一样正在太空中疾驰。为了安全，在维持实时通信链接的情况下我们保持了最大限度的距离。

我对格里戈里和哈利问道："有问题吗？"

格里戈里摇了摇头。

哈利说："我们可以开始了。"

我对莉娜说道："和'天炉星'号进行一下系统校对。"

她对着平板操控了一会儿，说："他们也准备好了。"

"给介入无人机下指令吧。"

我刚刚下达了对外星实体的一次攻击命令，眼前这一切还是像梦境那般不太真实。

我和艾玛对视了一会儿，然后重新看向大屏幕，攻击前的这几十秒感觉无比漫长，永无尽头。

接着画面传来一道闪光——无人机开火了，贝塔身上掉落下一小块部件，在太空中自由地飘着。

"成功分离样本。"莉娜说道，她声音平稳，听不出任何感情。

"回收中。"哈利说，"预计撤离核弹威力范围需要时间为 93 秒。"

"我已告知'天炉星'号。"莉娜说，"他们已和我们同步。"

时间一分一秒地过去，我很讨厌这种除了祈祷外，只能苦苦等待的感觉。

在桌子下方，一只温暖汗湿的手伸过来紧紧地握住了我的手。我转过去看着艾玛，但她并没有看我。

"'天炉星'号已经发射。"莉娜说，"预计在 37 秒后命中目标。"

我有些喘不过气，感觉眼前的画面变成了慢动作，每一秒都跟一小时那样漫长，太空的失重和寂静更是加剧了这种压抑，我对时间和空间失去了感知，唯一能感受到的是艾玛握着我的手。

屏幕上的命中倒计时就要接近尾声。

12

11

10

9

8

7

6

但画面中的贝塔突然开始变形折叠，接着尖端闪出一道亮光。

"'天炉星'号！马上进行规避！"我见状立马大声吼道。

可为时已晚，一道白光将"天炉星"号刺穿，整个飞船被击得粉碎。

贝塔攻击后的形状并没有恢复，只见它颜色慢慢变化，像火钳被烧得透白那样，在核弹命中只剩三秒时强光一闪，接着屏幕只剩白花花一片。

"快戴上头盔！"艾玛在我旁边朝大家大声喊，我从来没听过她这样嘶吼，我的耳朵被震得有些疼。"手套也戴上！"

她把头盔扔给我。

"准备迎接撞击。"她先帮我戴好了头盔，然后才开始戴自己的头盔。

我迅速戴上手套，接着整艘飞船开始剧烈摇晃，我被甩到墙上，但我像个悠悠球一样被身上的安全绳拽了回来。我通过舷窗向外看去，"和平女神"号的一个逃生舱已经脱落，像遭到龙卷风袭击的粮仓一样翻滚着消失不见，而我只能远远望着，束手无策。

飞船猛烈地摇晃，所有人都在气泡室里四处乱撞，周围飘着各种碎片，耳边除了航天服加压的嘶嘶声外听不见任何声音，但我突然在头盔内闻到一丝芳香。这不对劲，这和我航天服上次发射加压时的味道不一样，怎么回事？出什么故障了？

我转过头向艾玛看去，但我的视线模糊起来，像是被人下了迷药。

艾玛在离我三米左右的位置飘着，她的安全绳还没有断裂，但眼神渐渐变得迷离，而且没有任何动静，她是受伤了吗？

我试着用脚蹬着墙朝她飘去，但我的脚也不听使唤了，怎么回事？！

我悬在空中，试着用手抓住桌子。

一只戴着手套的手拦住了我，哈利的脸出现在我面前。我听不到他在说什么，但从嘴型我看得出三个字。

"对不起。"

第三十三章

艾玛

我像是刚刚经历了这辈子最严重的一次宿醉，头晕眼花，胃里翻滚着一阵恶心。

我的头盔和手套都已经被取下。

发生什么事了？

这一切就像一场恐怖的噩梦，"天炉星"号也像国际空间站那样被撕

163

碎，这次我还是没能拯救自己的队友。

我又失败了。

我的腹部上缠绕着一根安全绳，我被固定在墙上，就在我伸手想解开绳子时，有人并握住了我的手，是詹姆斯。

他飘到我面前，虽然面无表情，但我可以从他眼眸中看出一丝悲伤。

"出什么事了？"我的声音听起来很刺耳，像砂纸在墙上摩擦而过。

他没有开口，躲避着我的眼神，只是默默地解开我身上的安全绳。

我们此时在其中一艘备用飞船里，周围是软垫墙，墙上还有一扇小舷窗，桶形的空间对面还有一个屏幕。

"这是什么地方？"我的声音还是有些沙哑，但已经好多了。

"很显然，这里暂时就是我们的家了。"

"家？什么——"

"还是让哈利告诉你吧。"

詹姆斯打开屏幕，哈利的脸出现我面前，视频里的他正在睡眠站里，表情平静地对着屏幕说道："嗨，詹姆斯。嗨，艾玛。其他人一致认为应该由我来录这个视频，不过我也没得选啦，还请你们不要因此记恨我。"

他深吸了一口气。

"我们之前私下讨论过了，如果在攻击贝塔后飞船遭遇不测，我们决定应该让你们两人回到地球。"

他停了一会儿继续说道："詹姆斯，世界上再没有像你这样独一无二的头脑了，你的思维总是能超前我们一步。如果人类真的要和它们开战，应该会是一场机器战。世界也许需要我们——但人类更需要的是你。"

哈利说到这儿又停了下来，咽了下口水，看上去非常不安。

"艾玛，这段时间以来你一直是一位很棒的队友，有你在身边我们已经很感激了，但你本来就不属于这次任务，我也知道你愿意牺牲自己，但没有必要。你的健康每况愈下，你需要尽快回到地球。如果非得选让谁活下来，我们都希望是你们俩。"

这些话犹如一块巨石将我的心砸得粉碎，我的泪珠止不住从眼眶落下。我十分难过，心里每一个角落都在发出悲鸣。

詹姆斯没有任何表情，我知道他在我醒来之前已经看了这段视频无数次，我不知道他现在究竟是难过还是愤怒。

我环顾四周，旁边有一辆锻炼单车，阻力带和食物箱。我意识到自我上太空以来，我就不断地被善良的人拯救。

屏幕里，哈利叹了一口气，继续说道："詹姆斯，我知道你一定在想我们是怎么做到的。老实说，这并不容易，我们好几次差点就被你发现了。莉娜删掉了'天炉星'号货运清单上的其中四个引擎，我和格里戈里则趁你们睡觉时造了这枚逃生舱。这比'和平女神'号的标准逃生舱还要大一点，加速能力也更加优良，两个月内你们就可以回到地球了。"他扬起眉毛说："还有啊，詹姆斯，你可别想着入侵逃生舱的导航系统，赵民已经将它设计成直线返回地球，莉娜在程序中也没有留下任何漏洞，它将全程隐身自动导航，当你们到达地球后就可以进行手动操控了，不过那时候也没什么燃料可以供你使用了。"

他的语气慢慢软了下来："我们这么做不仅仅是为了你们，也是为了我们的家人，有你们在他们才有更大机会活下去。地球需要你们，后续任务就拜托你们了，对我们收集到的样本和无人机传回的数据做研究，我们都指望你了。如果你正在看这段视频，那说明最坏的情况还是发生了，请不要回来找我们，如果我们还活着，我们会跟着中途岛无人机舰队继续向外探索。除此之外还有一点，詹姆斯，我和你真的是个很棒的团队——但我们的职责是一样的。所以，虽然你和艾玛走了，但我们依然有完整的成员分工。我们会想念你在实验室的身影的，艾玛，请你放心，赵民和格里戈里也能替你们帮我。"

哈利的声音开始有些哽咽："我们会想你们的，但请你们就安全回到地球，好吗？"

他伸手按了一个按钮，视频到此结束。

哈利的声音消失在空气中。

"你觉得是怎么一回事？"我问。

"我觉得……贝塔侦测到了核弹，或者是侦测到了'天炉星'号发射核弹的信号。都有可能，总之贝塔逆向追踪到了'天炉星'号，摧毁了它，但紧接着的那场爆炸……它太巨大了，不太可能是核弹单独造成的威力。我的猜测是贝塔启动了某种自毁程序，可能是超载了自己的能源。"

"为什么要这么做？"

"为了摧毁其威力范围内的所有敌人，或者是抹除自己存在的痕迹，也可能是为了摧毁我们从它身上取得的那块样本。"

"你觉得样本被摧毁了？"

"我不知道，携带着样本的无人机当时应该已经快要飞离核弹的爆炸范围，可和平女神号比无人机的距离更远也还是受到了这次爆炸影响。"

"我当时看到一个逃生舱断裂了。"

"我也看到了。"

詹姆斯就坐在那儿，盯着白色的墙壁发呆。我还是有点儿头晕，不知道哈利他们往我的航天服里放了什么迷药，可能詹姆斯也一样。

"哈利说得没错，你知道的。"我对他安慰道，"地球需要你，我也还有家人在地球上，为了他们的安全，我也很庆幸你能回到地球。如果说有谁能应对这次危机，那只能是你了。"

他重重地叹了一口气，说："但失去他们还是让我无法接受，我很久都没有拥有过这样要好的朋友了。"

我握着他的手。

"我也是。"

❄

在接下来一个星期里，詹姆斯一直在翻阅每一条数据记录，反复观看着"和平女神"号的视频，寻找着任何遗漏的蛛丝马迹，我知道他想做出弥补。他是这次任务的实际决策者，他知道自己的责任，但也因此深感自责。

我也许是唯一一个能感同身受的人了，也许他们选择我陪着詹姆斯也有这个原因吧，让我帮他渡过内心的难关。在我痛苦的时候他一直陪在我身边，现在该轮到我帮他了。

"嘿。"

他放下平板看着我。

"我们需要制订一个计划。"

他两眼空洞地点着头。

"还要制定一个时间表，我们会一起解决这个问题的——你和我，我们一起，慢慢来，我们每隔几天就休息一下，可以吗？"

"嗯，好。"

"首先，过去的事就让它过去吧，我们已经无法改变什么了。其实要是没有你，我们不可能取得这么快的进展，提前数月完成这次任务，还找到了其中一个未明物体，对它收集了各种数据，甚至还可能取到了它身上的一块样本。考虑到这可是外星智慧物种，我们已经做得够好了。"

他看着我，我知道他在想什么。

"我们的队员可能还活着，"我说，"我们必须要相信他们还活着，而且他们现在只能靠我们了。"我慢慢靠近他，"他们希望我们回到地球，然后再制订救援计划，他们的生命就掌握在我们手中了，我们是唯一知道他们发生什么事的人。"

我看着他一点点回过神来，像一个从昏迷中慢慢苏醒的人，灵魂重新回到了躯壳，在绝望中又看到了一丝活着的意义。

"你说得没错。"他说。

"很高兴你终于想通了。"

他扯着嘴角笑着说："瞧把你乐的。"

"哪会呢。"我伸出手说道，"我们还是先处理我们最大的问题吧：怎么安全降落地球。"

"我也一直在想这个。"他双手交叉开始思考起来，"我觉得我们有可能会在空中被人击落下来。"

"嗯，听起来是挺危险的。"

"确实，据我们所知，地球已经没有任何运转的在轨卫星，除非他们在这段时间内重新进行了发射。考虑到这点，我们在返回途中最好不要传输任何信号，因为另一个未明物体——阿尔法——或者其他敌人——可能会侦测到。"

"所以我们要像一颗突如其来的陨石落到地球上。"

"对，给他们个惊喜。"

"哈利说我们到时候能手动操控逃生舱，具体还要多久？"

"我检查了一下程序，大概在落地前的四十小时内吧，届时地面望远镜肯定会看到我们，不过他们可能会发射核弹将我们击落。"

"哈利他们在赌地面不会击落我们。"

"嗯。"詹姆斯轻轻地说，"我们要做好准备。"

"你觉得你能入侵莉娜的系统？"

"完全不可能。"

"那你有其他计划？"

"有一个想法。"

"这才对嘛。"

❄

詹姆斯拆开了逃生舱内部零件，舱内看起来像发生了爆炸那样凌乱，但这也给了我们忙活的机会，能让詹姆斯短暂地忘却之前发生的事。我也很庆幸他又开始忙活起来——而不是一直对"和平女神"号的遭遇感到内疚。

他的计划很简单，使用通信浮标。我们通过气闸舱向外投放一个小型广播卫星，一旦我们离它的距离超过 16000 千米，卫星会开始向地球发送信号，信号将远先于逃生舱抵达地球。而且如果未知物体对信号做出反应，它也只会摧毁浮标，而不是我们的逃生舱。

詹姆斯在录制消息时显得有些疑神疑鬼。

"重复，"他对着麦克风说道，"我们的预计抵达时间如下，所有的数字均来自于任务简报文件，也就是第三页的第一个数字和第十八页的第三个数字，单位是天。"

他收起文件，我对他说道："你好像在进行什么绝密行动一样。"

他耸了下肩说："我们正处于战争中，那些未知物体——或者其他什么东西——如果它们的科技能够转换我们的语言，那他们就会知道我们的抵达时间，即使不知道我们在哪儿，他们也可以在我们抵达地球前引发太阳活动将我们摧毁。"

"战争有得有失，双方都希望能从中获益。现在应该可以确认那个未知物体——或者说那些未知物体还是其他什么东西——是它们在造成了地球上漫长的寒冬，可理由呢？"

"不确定。"詹姆斯回答。

我笑着说:"别唬我了,我知道你肯定有什么推测。"

他一边盖上浮标的面板一边歪着脑袋对我说:"好吧,我们目前可以知道的是:阿尔法攻击了探测器,贝塔摧毁了'天炉星'号,我觉得它也想摧毁'和平女神'号,但后来它却自毁了。两艘未知物体都呈六边形,这意味着太空中绝对不止这两艘,而且它们应该能相互组合。它们来这里是有理由的,也许是为了我们的太阳,或者地球,或者人类。"

"那你觉得最有可能的是什么?"

他没有说话,我敢肯定他知道为什么那些未知物体会出现在这儿,但他怕我感到不安,所以选择不告诉我。

"如果它们是为了人类来到这儿,"我说,"它们应该早就入侵地球了,可能当我们抵达后,地球已经沦陷了。"

"没错。"

"或者说地球很久以前就已经沦陷了,外星人无处不在,隐藏在人类之中进行着间谍活动。"我扬起眉毛做了个鬼脸。

"你的想象力真丰富。"

这倒是真的。

❋

在投放通信浮标后,我们开始了日复一日的规律生活。我们每天锻炼,一起讨论回到地球后要做什么,我们讲着中途岛无人机舰队可能会发现什么,要不要让更多无人机升空去寻找其他未明物体。我看得出来詹姆斯在关于未明物体目的这一问题上有什么在瞒着我,但我也没有逼迫他告诉我。

我们在工作结束后会玩卡牌游戏。工作内容包括分析"和平女神"号上的数据,尤其是和贝塔对峙那次。工作任务量很大,但我反而觉得高兴,因为这能让我不去关注两次失去队友的悲剧。

我们玩的纸牌游戏主要是金拉米,是其中一个队员为我们放在这儿的,不得不说这位队员很有远见。每天规律生活非常重要,现在我们察觉不到时间的流逝,因为太阳就在我们的身后,不存在从东边升起或是西边落下。我们会挡住舷窗来模拟夜晚,把自己固定在两侧,彼此相对聊上好几小时，直到我们其中一人开始打呵欠才睡觉。

我不知道在哪里读到过，第一次和第二次世界大战后，在大量军队漂洋过海回家途中，他们会在大西洋和太平洋上进行减压活动，释放掉在战争中见到的恐怖和压力，收拾好内心，准备好回到祖国迎接新生活——更加安逸、和平的生活。我们现在就是如此，在"和平女神"号上，我们的生活如坐过山车那样起伏跌宕，长时间面临着巨大的压力和无止境的问题。但现在，这里只剩我和詹姆斯了。我暂时忘记了地球上漫长的寒冬，忘记了其他的六名队员，忘记了我的妹妹和每一个等着我们回家的人，忘记了所有的一切。我们就像在一个迷你口袋宇宙里，外面的世界依然照常运转，我们也依然惦记着它，但暂时都离我们非常遥远，我们面临的所有问题，在这个时候也都短暂地离我们而去，也许我们永远也不用再担心了。时间仿佛静止一般，只有我们飘浮在逃生舱里。这样就很完美。

有的晚上我们会看电影和电视剧，通常是一些年代久远的影视作品，比如说《X档案》，以及《星际迷航》等。逃生舱里还有哈利留下的一些小礼物，他的电影收藏几乎无穷无尽。当时我们在看《码头风云》，马龙·白兰度出现并说出那句"我本可以成为一个有力的竞争者"的台词时，我们总是会想到哈利。虽然我和詹姆斯会对着电影傻笑，但我们的眼里也时常充满着泪水。

我借助推力向詹姆斯飘去，他抓住我并把我拉到他身边时我吓了一跳。我们盘腿坐了下来，他的手臂紧紧地围绕着我，有时候我的头会枕在他的肩上，他的脸也轻轻靠过来，我已经记不起上次这般既开心又难过是什么时候了。

※

虽然我每天都有锻炼，但我的骨密度还是降低了不少。即使回到了地球，我也走不出逃生舱——可能站都站不起来，只能爬出去。不管詹姆斯做什么，我到时候都会拖累他的。我愿意为他做任何事情，唯独不愿意成为他的累赘。

"詹姆斯。"

他手里拿着金拉米卡牌，抬起头朝我看来。

"我想和你谈谈回到地球后的安排。"

他打出一张方块七，说："好啊。"

我抽出一张梅花 J，我手里只有一张 J，但我不想冒这个险。我可以确定他已经要赢了。我把这张梅花 J 打了出去，它一下被磁铁吸在卡盘上。

"回到地球后我应该暂时没法走路了。"

"嗯哼。"他又抽了一张牌，仔细思考了一番然后放进了手牌的中间，肯定是一张他需要的卡，接着他打出一张牌，"药物和物理疗法能帮到你的。"

"但那得花很长时间。"

"没错。"

他期待地看着我，我知道他在想什么，我该抽牌了。

我抽了一张牌，是红桃 K，我再次把它打了出去

"我到时候会拖累你的，等我们落地后你得自己行动了。"

他的手缓缓落下，但他并没有给我看到手牌，他坚定地说："我会继续行动的，继续完成我一直计划的任务。但在那之前，我会把你送到全世界最好的医院，确保他们会竭尽全力为你治疗。我会待在你的床边，直到我确定你不会有什么大碍。"

"詹姆斯——"

"你有权利反驳我，我也尊重你的意见。你可以恨我，可以阻拦我，但这并不会改变我的想法，我一定会这么做的。"

他又抽了一张卡，看了一眼然后快速打了出来，他双手放在桌上，"赢了。"

我放下双手，给他看了我的底牌。

他总是在脑子里进行着各种快速计算。

"又赢了 35 分咯。"

我看着桌上的分数表，这次胜利让他的总分超过了 100。他赢了。

❋

几天后的一晚，詹姆斯没有睡在他原来的老位置，而是飘到我旁边的角落，固定好自己，望着舷窗外面的星星。

我解开安全绳飘下来躺在他身边。窗外那些星星就是我来太空的目的，我第一次见到这幅景象时是如此陶醉其中，但现在我只想快点儿回到地球。

詹姆斯轻轻地握住我的手，就像贝塔攻击之前我握住他的手那样。

我突然不急着回到地球了，只想和他待在这儿。

❋

一个星期后的一天，就在我们刚看完一集《X 档案》后，我转过去对他说："我能问你一些事情吗？"

"什么都行。"

"为什么你会坐牢？"

他故作夸张地耸了耸肩："我……想收回我刚才说的话。"

"为什么不肯告诉我？"

"因为这可能会改变你对我的看法。"

"不会的。"

"你说不准。"

"那我可以回到地球后自己上网查。"

"前提是互联网还能用。"

"对，前提是互联网还能用。但你难道不宁愿自己告诉我吗，我想从你的角度听你的故事。"

"我也想。"他眼神飘向别处，"我会告诉你的，但我从来没有……和别人说过到底发生了什么事，我需要点时间。"

"我们有时间。"

但后来我才知道，我们已经没时间了。

❋

距我们抵达地球的时间还有最后七天，我醒来时，发现詹姆斯正蹲在过道上。

他转头望着我，我立马从他眼神里发现有什么不对劲。

"怎么了？飞船有什么问题吗？"

"没，飞船挺好的。"

他挪了一下为我腾出空间，我看到屏幕上正展示着地球的图像，这是远程望远镜利用遥测技术传回的第一幅图像。我能看到地球上熟悉的白云和蔚蓝的大海，但原本应该是美国东海岸的地方，此时已经变成白茫茫一片。

地球已经成为一片冻土。

第三十四章

詹姆斯

距我们抵达地球仅剩两天时间，这期间有好消息也有坏消息。

好消息是我们没有被人类或是想要汲取我们太阳能量的外星人击落。

坏消息是我们可能无家可回了。我们仔细研究了屏幕上地球的影像（遥测技术此时已经传回四个方位的地球图像）。寒冰已经覆盖了北美大陆，欧洲也已经沦陷，只有在南非、中东和澳大利亚可以看到一些棕色的开阔地带。我们暂时只能看到地球向阳面的情况，背阳面的情况还无从得知，不知道那里能否依然能看到人类灯火通明的景象。不管怎样，人类已经迎来了新一轮的黑暗时代。

我们真的可以阻止这一切吗？面对眼前这一切，艾玛已经足够难过了，我尽量不再让自己看起来太悲观。我知道她在担心她妹妹一家，在她们二人中我可以感受到强烈的羁绊。我对艾玛以及自己的家人甚至全人类也是同样担心，我不知道地球上还有多少人类存活，但我知道他们肯定正处于痛苦挣扎中。在地球不再宜居的情况下，人类只能不断与之抗争，我不知道该怎么面对这一切。

看到地球现状后，我们依然保持着日常作息。规律的生活不仅对我，更是对艾玛的健康状况至关重要。

我不断思索我们应该怎么做。考虑到地球目前的形势，我们必然要在计划上做出一些改变。

现在是早上十点（东部标准时间），我正在用阻力带锻炼，艾玛在一边骑着脚踏车，一边看着加州理工学院自适应机器人学的课程，是哈利提前为艾玛将这些大学课程准备好供她观看，她则将这些课程当作自己的继续教育和分心的手段。

"我觉得我们应该联系一下地球。"我喘着气说道。

她停下动作问我："为什么？"

"我们得找个合适的地方降落。"

"这可能有点儿难了。"

这艘仅用于权宜之计的逃生舱没法承受可控降落过程，我们得降落在海面上。我们原本计划降落在美国卡纳维拉尔角的海岸边，我们认为美国国家航空航天局届时会密切追踪我们的降落轨迹，在我们降落后进行援助。可看到地球这幅景象后，我们连这一点也不能确定了。不止肯尼迪航天中心覆上了厚厚的白雪，整个美国也都已经被冻成了一片。我们无法确定美国国家航空航天局的人员是否已经疏散至其他地点——或者说依然坚守阵地在等着我们返回地球。他们可能并不知道我们正在返回途中，可能也根本没有收到浮标卫星发射回地球的信息。

一旦落地，我们必然会需要别人的援助。首先，我不可能凭一己之力将我们两人划回岸边。其次，即使海浪将我们推回岸上，我一个人也没办法拖着艾玛穿越贫瘠的冻土，漫无目的地寻找尚存的人类文明。若是没有支援，不论待在太空还是回到地球，我们都必死无疑。

"好吧。"她说，"什么时候？"

"等逃生舱解除通信封锁。"我看了看时间，"也就是四小时后。"

❋

我们就这样坐在平板旁，看着时间一点点倒数，马上通信系统就会恢复上线，还剩三十秒。

"嘿。"她突然开口，"如果我们无法和地球取得联系，如果我们落在了哪个荒无人烟的地方，我希望你到时候不要管我，就自己离开吧。"

"艾玛——"

"你听我说，逃生舱能漂浮在水面上，我在里面会很安全的。舱内的食物和供热能源还够我用一段时间，等你找到别人再回来救我吧，不然我会拖累你的，你心里也明白。"

"我一点儿也不喜欢这个提议，到时候再说吧。"

平板屏幕突然弹出一段信息。

通信设备已恢复。

请注意，通话需要收取长途电话费。

我们都扑哧一下笑了出来，没想到哈利他们在秘密策划一切的同时还能这么幽默。

我们讨论了一番接下来应该联系谁。如果地球上正处于战争状态，暴露我们的位置可能会带来危险，让我们成为一枚供人利用的棋子，被挟持为人质。我们不知道地球上的情况到底怎样了。

我们最终决定使用美国国家航空航天局的加密频道，原因很简单：美国国家航空航天局和它的私人太空承包商依然负责着全球最大的太空计划，他们和美国军方最有能力对我们实施救援，而且我和艾玛都是美国人——前提是美国还没解体。

在我就要启动通信传输的时候我犹豫了一下："你想说吗？还是我来？"

"都无所谓，你说吧。"

我点了一下平板。

"戈达德飞行控制中心，美国国家航空航天局，私人太空承包商，不管谁听到都好：这里是詹姆斯·辛克莱和艾玛·马修斯，我们隶属于'和平女神'号，目前正返回地球，有没有人可以提供支援？"

❋

我们足足等了两个多小时都没有收到任何回复，气氛开始变得紧张，我们只能试着让自己忙活起来。

其实早在我第一次在逃生舱里醒来后，我就想好了回到地球后的计划，我也一直在秘密准备着，这么做的目的只有一个：救艾玛。

"你有什么想法吗？"她的声音非常平静，但我知道她内心肯定十分焦急，回到地面后她面临的危险要比我大得多。

"我觉得我们应该扩大传输范围。"我说。

"欧洲？"

"对。"

"和平女神"号的一个方便之处在于，我们几乎可以使用所有的加密频道，包括俄罗斯联邦航天局、欧洲航天局、日本宇宙航空研究开发机构、中国国家航天局和其他多个频道。

我随后给欧洲航天局发送了一条信息，可依然没有回复。

我们又等了四小时，依然杳无音讯。

"接下来怎么办？"艾玛问，"大规模广播？"

"还不行，军方可能会收到我们的信息。"

"或者民兵。"

也许她是对的，也许最坏的事情已经发生。

"你觉得是我们造成的这一切吗？"她的声音开始变得阴沉忧郁。

"什么？"

"你觉得是我们的行动——无人机对未明物体的探测飞行和进攻行为——让它们加速了寒冬的蔓延吗？这会不会是它们反击的一部分——将地球彻底冰冻？"

我也考虑过这一可能性，但一直没有勇气说出来。我庆幸我不知道这是否属实。如果属实，我的内心会感到愧疚，因为当时是我在发号施令。如果，真的是我的决定为地球带来了厄运，那数十亿人类的生命……我将永远也不能释怀。

"也许吧，我不知道。"

艾玛似乎发现了我在想什么。

"我们当时不得不那样做，詹姆斯。"

这句话的作用微乎其微。

在此之前，我已经以危害世界的罪名被不公平地审判定罪过一次，接着，他们又将我送上太空，为的是拯救他们的性命。我已经竭尽全力，但我意识到，这次我也许有意无意间连累了全世界。

❄

我们在太空舱中间肩并肩睡了下来，望着舷窗外远处的一颗颗星星。一般是我负责遮住舷窗来模拟夜晚，但今晚我更愿意看看外面的风景。我打量起舱内可用的每一个物件，在脑子里以 3D 的画面将它们组装起来，我的脑海里出现一张蓝图，一个能带我们回家的东西。

"你在想什么？"艾玛温柔地问道。

"没什么。"

"你可真不会说谎。"

我笑着说："这难道不是一件好事吗？"

"嗯。"她顿了一下，"你在想我们应该降落在哪儿，以及怎样造一艘小船。"

"嗯，给你猜中了。"

"那有想出什么吗？"

"想出一个可行计划。"我转向她，"太空舱内就有建造需要的零部件，我会带你去医院的，我保证。"

"我知道你一定可以的，我相信你。"

我们没有再说什么，而是牵住了对方的手一同朝舷窗外望去。我很高兴她能在我身边，我也很高兴哈利他们决定由我们两个回来。我现在才意识到其中很重要的原因在于，哈利知道我即使赌上自己的性命也会护她周全。

❄

在第二天一早，我们进行了大范围的未加密传输。这是一次豪赌，是绝望之中最后的一枚棋子。

突然，我们听到一个粗哑的男性声音传来回应。

"辛克莱博士，我是大西洋联盟的杰夫德上校，我们正将你的信息转接到有关组织。"

"大西洋联盟？"艾玛自言自语道。

"看来人们各自已经结盟了。"

我再次对着话筒说道："收到，上校，待命中。"

我们在五分钟后收到了回应，不过不是杰夫德上校，而是一个带着欧洲口音的男性，不过他的吐字太过字正腔圆，我知道英语肯定不是他的母语。

"辛克莱博士，很高兴能收到你的信息。我的名字叫空中村，我谨代表太平洋联盟欢迎你们回家。我们迫不及待想听你们的经历，并愿意为你们提供任何协助。请确认你已经收到我们的信息。"

挺有意思。

艾玛关掉了麦克风，问我："你想干吗？"

"我们需要了解更多的情况。"

"比如？"

"比如现在谁才是好人。"

"那如果地球上已经没有好人了怎么办？"

她的问题直截了当，在地球现在这种绝境中，再好的灵魂也有可能堕入地狱的深渊。

"那我们就选最有可能对我们实施救援的人。"

我启动了麦克风继续说道："收到，中村先生。"

"太好了，不得不说我们没想到能这么快收到你们的消息。我们在日本宇宙航空研究开发机构和中国国家航天局的同事很想和你们进行对话。我们目前正在澳大利亚海岸选址，为你们提供降落和休养的地方。那里附近就有安置营地，我们太平洋联盟的总部就位于澳大利亚达尔文市。"

通信中断了一会儿，应该是他在和线下的人说话。

艾玛又关掉了麦克风对我说："太平洋联盟，显然就是由太平洋国家组成的联盟。"

她说得没错，中村提到了中国和日本航天机构还有澳大利亚的营地，这说明这些结盟是按地理位置决定的。

"是啊，我敢说他们已经挤到了温暖干旱的澳洲大陆，那里也许是区域内最后的宜居地。也许日本、中国和印度已经联合起来至少将那些他们可以拯救的人转移到澳大利亚了。"

"有意思。"艾玛陷入了沉思。

我不禁开始猜测地球现在的情况，幸存者是怎样组织联合起来。地理位置和人口因素肯定是结盟的两个推动力，太平洋地区面积庞大，占据了整个地球超过 30% 的面积。实际上，太平洋地区的面积要比地球上所有陆地面积还要庞大，大西洋地区则稍小，大约只有太平洋地区的一半。美洲的居民应该已经集中转移到美国境内最后的宜居地，而其余人口则被转移到了北非地区，在严寒之下，北非的宜居空间要远多于其他地方。基于远程望远镜传回的地球影像判断，整个美国应该都已经处于白雪皑皑之中。

人口是第二因素。亚洲人口约占全世界人口 60%，是整个美洲大陆和非洲人口总数的两倍之多。这样一来，需要更多的土地安置亚洲人口，气候干燥炎热的澳大利亚是个不错的选择。虽然东南亚也有部分地区气候炎热，但那里处于季风地带，同样会被白雪覆盖。

如果地球已经划分为两大阵营，那两边宜居地分配将大致相同，而且地理位置相互隔绝，现在的问题是我们应该选择哪边。

伊朗的一部分地区同样未被白雪覆盖，但目前似乎没有听到那边有任何消息，耐人寻味。

至少有一件事是可以肯定的：有人会在我们回到地球后进行接应，我也不用将飞船改装成小船了，虽然我知道成功率其实并不高。

中村重新连线。

"为了争取时间，辛克莱博士，我们需要你传输此次任务中收集到的所有数据。"

此时麦克风还没打开，艾玛对我说道："我有种不祥的预感，他们应该早就收到了通信方块才对。"

"也许他们是收到了，也许他们说的是最新数据，又或许是能够接收无线传输的设备在转移到宜居地的途中遗失了，但我还是有种不祥的预感。"我考虑了一会儿，"严格来讲，这些数据并不能解释地球上的气候变化，只能说明人类所面临危险的程度。"

"这一危险要比所有人想象的要严重得多，这些数据已经能够证实那些未明物体与人类处于敌对状态，意味着地球陷入了大麻烦，这些数据可能会招致战争的爆发。"

"或者说加剧早已爆发的战争。"

"没错。"

"还有个不该给他们数据的理由。"

她有些不解地看着我。

"筹码。"

"什么筹码？"

"我们的人身安全。他们想要的是数据，一旦给了他们数据，他们可能就不会管我们的死活了。"

艾玛转过头去，我知道她肯定没考虑到这点，她没有这种多疑心。关于这点我挺喜欢她的，她是个很单纯的人，诚实正直，只不过太善良了——以至于我担心这个尔虞我诈的世界已经不适合她。

当她再向我看来时，我冷静地说道："还有第二个原因，那就是未知物体可能此刻正在监听我们的对话。也许这也是我们还活着的原因，它们想知道我们掌握了什么信息，这同样也可能是大西洋联盟和太平洋联盟都没有击落我们的原因。"

"那你是想拒绝太平洋联盟的请求？"

"这可能会让他们——或者未知物体击落我们。"

"所以……"

"所以我们得争取点时间。"

我重新启动了通信，回复他们道："收到，太平洋联盟。我们需要点时间准备数据传输，请保持联系。"

艾玛皱着眉说道："你现在撒谎倒是挺逼真的。"

"当你不知道对方身份的时候，撒谎会更加得心应手。"

❄

接下来我们没再收到中村的信息，看来我的谎说得还算可以。

两小时后我们才收到了回应，不过这次出现的是一个我们都非常熟悉并让我们喜出望外的声音。

"詹姆斯？这里是劳伦斯·福勒，收到请回复。"

我们像在沙漠晃晃悠悠走了一年后终于看到了水源，健步朝它冲去，兴奋的心情溢于言表。

我飞快地按下通信按钮，激动地说道："收到，福勒，真高兴能听到你的声音。"

"詹姆斯，我也是。听着，我们需要制订计划，你一定要来我们这边，地球上……出现了一些变动。"

"收到。"

"我们已经做好准备，为你们设定好了降落坐标：你和我第一次见面的地方。纬度：任务文件第5页的第4个数字。经度：任务文件第15页的第7个数字。注意不要说出具体坐标位置，请确认收到。"

我打开电子版的任务简报文件，记下了相应的数字，然后打开了装有全球定位系统的地图。埃奇菲尔德联邦监狱在北纬33.76度，西经81.92度。可当我输入刚才福勒说的数字后大吃一惊，该坐标位置根本不在美国境内，而是在地中海地区，突尼斯的海岸线上。我真的，真的，真的希望我没搞错坐标。

"收到，福勒。"

"请关闭所有通信频道，我们在地球上等你，詹姆斯。"

接着中村马上传来回应。

"詹姆斯、艾玛，我们无意中听到大西洋联盟刚才和你们的通信内容。我们很感谢他们能为你们提供安全的降落地点，但请注意，我们已经为你们做好了降落准备，你们的安全在我们这里能得到极大的保障，我们这里有更多的物资，环境也更加安全。请回复确认你们将按照我们的降落地点返回。"

艾玛向后靠去，深吸了一口气。我也开始有点儿紧张了。

我启动了无线电。

"收到，太平洋联盟。如你们所见，我们的飞船是在'和平女神'号上临时建造的逃生舱，推进系统已经严重受损。我们会尽快想办法降落，并和你们保持联系。我们同样在准备着数据传输，不过可能需要花上一点时间。"

"收到，詹姆斯。如果你们需要在其他坐标降落，我们同样可以确保对你们做出接应，保证你们的安全。你们的安全和任务的完成是我们的首要目标。"

艾玛关掉无线电和我说道："我们的任务完成了？"

"数据，他们想要数据。"

"福勒从来没提数据的事。"

"他要聪明得多，他希望我们能回到地球。如果说地球上还有谁关心我们的死活，那就是福勒了，当初就是他让我去救你的，我相信他。"

"我也相信他。"

"那就决定去突尼斯了。"

"那现在怎么办？"

"现在我们好好休息一下吧，还有尽量别死在太空里了。"

第三十五章

艾玛

逃生舱已经做好降落的准备，我们收拾整理好了舱内所有物件，根据降落地点计算出了再入大气的方向和角度。对我们来说，燃料并不是当务之急，真正的问题是飞船降落后还能否保证完好无损。

这决定了我们能否存活。

詹姆斯没有表现出任何不安，但我知道他一定和我一样非常担心。

太平洋联盟也有继续在联系我们，但詹姆斯一直拒绝回应，他觉得这样做也许会好一点。

还有几个小时就要返回地球了，我们决定好好度过这短短几个小时。我们没有再玩卡牌游戏，也没有看电影，而是播放起了一些老歌，我们听着 20 世纪六七十年代的经典摇滚乐，静静地躺在飞船中间，仰望着眼前的星空，我害怕这可能是我最后的美妙时光了。

詹姆斯没有说话，只是轻轻地搂住我的肩膀，温柔地将我抱在怀里。我们在零重力下相互依偎在一起，直到飞船响起警报声，狭小的空间里回响着冷冰冰的电脑人声。

"降落程序已启动。"

我们各自戴好头盔，最后一次检查了航天服的状态。

詹姆斯对我笑着说道："地球见。"

"嗯，地球见。"

飞船开始隆隆作响，即将再次进入地球大气。即便穿着航天服，我也可以感觉到周围热量的上升。我知道逃生舱外部的隔热罩应该可以承受，但还是忍不住回想起几个月前被困在太空上的情形。

现在每秒的热量都在不断上升，舱体不停剧烈摇晃。我和詹姆斯相互望去，他平静的眼里没有一丝不安，看到这儿我也感到安心不少。

在湍流的轰鸣声和飙升的热浪中，我失去了对时间的感知。突然，周围安静了下来，耳边所有声音都消失了，接着舱体传来一阵反冲，制动火箭开始降速，我们在一片寂静中向地球落去，我和詹姆斯一直看着对方的眼睛。

制动火箭开始修正降落轨道，我祈祷自动导航系统别出什么差错。舱体再次猛地晃动一下，我慢慢开始感觉到地球的重力，逃生舱的降落伞也已经开启，我最后对安全带进行了一番检查，我知道一切还没结束，从太空降落要比遭遇车祸或者从自行车上摔下要剧烈得多，人们说至少会像火车失事那样猛烈，但我感觉远不止如此。

我可以在舷窗外看到地球的蓝天白云，但突然，舱体传来一阵我从未感受过的剧烈撞击和巨响。

我两眼一黑晕了过去。

※

我恢复意识后感到一阵眩晕，仿佛面前有缓慢转动的扇叶遮挡住了视线，眼前的世界变得虚实难辨。我看到詹姆斯在一旁看着我，他的头盔已经脱下，正对我说着什么，但除了嗡嗡的耳鸣外，他说的话我一个字也听不见，身体也感到无法动弹。

我试着坐起身来，但失败了。我看到詹姆斯已经解开我的安全带，手搭在我脖子上检查着我的脉搏。我看到他松了一口气，我知道应该是没什么大碍。

我的听力慢慢恢复，詹姆斯正拿着无线电和大西洋联盟联系。我的身体也逐渐恢复知觉，感觉到舱体正在水面上漂动。这次我成功坐起身来，但依然感到十分虚弱。

詹姆斯对我说："不会有事的。"

我点了点头，但依然感到头晕目眩，像用一根牙签尝试着平衡保龄球。我是怎么了？

感觉又回到了"和平女神"号上。

我靠在身后的软垫墙上，身体像穿着一套铅质服装那样沉重。在太空待了将近一年后，我觉得自己才像个外星人，我的身体仿佛不属于地球，重力像是要将我拉进地心，让我永无起身之日。

我缓缓闭上眼睛，再次失去了意识。

✲

再次醒来后，我正躺在医院柔软的床上，周围摆着各种医疗仪器。我向窗外望去，映入眼帘的是大片的褐色沙漠，上面扎着一顶顶白色的帐篷。在太阳光下，它们看起来像浮在沙海上的一盏盏小灯。

詹姆斯正睡在角落的一个躺椅上，我没忍心叫醒他。

我的身体依然感到非常沉重，感觉是要陷进医院的床里。

我听到一阵敲门声，开门进来的是一个护士，看到我欣喜地说道："你醒啦！"

詹姆斯听到动静也缓缓睁开了眼睛，他看起来已经筋疲力尽。

我挣扎着坐起身来。

"嗯。"

"我再给你检查一下就好了。"护士说。

他粗略地为我检查着，一边说道："你可能不记得了，但你之前在隔离室待了一段时间，为你做了全面检查，你现在暂时就待在医院好好疗养吧，可以吗？"

"可以。"

"我去告诉医生你醒了，他会很高兴的。"

护士和詹姆斯点头示意了一下便离开了，房间里只剩下我们俩。

"怎么样了？"我问，"数据读取？"

"小菜一碟。"詹姆斯说。

他越来越会说谎了，我担心情况并不乐观。

"好吧，现在我们干吗？"

"现在，你先养好身子吧。"

❄

在医院的第一天，除了吃饭睡觉外，我唯一能做的事就是和詹姆斯聊天，他就坐在角落的椅子里，我们甚至在床边的折叠餐桌上玩了几盘卡牌游戏。

听起来有点儿奇怪，但我怀念在太空上的生活。虽然上面活动空间狭小，还时刻面临各种危险，但每当我回忆起那段时光，都感觉如沐春风，而且在上面的两个月里，我和詹姆斯一心想着的只有任务。可是回到地球后，我才意识到情况已经变得多么糟糕。

我在试图上厕所时着实狼狈了一番。我坐在床边，一手扶着詹姆斯准备站起来，我的双腿却无力支撑我的身体。若不是詹姆斯及时地扶住我的双手，我就会摔倒在地。在护士进来后我才勉强在他们两人的帮助下走到厕所门前，独自上完了厕所——对于这点我很感激，因为我知道这次丢人的经历仅仅是我漫长恢复路的开始。

❄

第二天，劳伦斯·福勒来医院看望我，自我上到国际空间站以来我就没有再见过他，我真的觉得他看起来像老了二十岁不止。看到我后他给了我一个大大的笑容，还是我熟悉的那个善良的面孔。

"能看到你真是太好了，艾玛。"

"我也是，拉里。我错过什么好戏了吗？"

他耸了耸肩，打趣地说："也没什么，只不过是一些恶劣天气。"

詹姆斯笑了，我也跟着笑起来，接着我问了自与地球取得联系后一直想问的问题，"我妹妹怎样了？"

"她没事儿，我们收到你的消息了。"

"她在哪儿？"

福勒低头说道："不太确定，我查查看。"

接着他竟然直接走出病房离开了。

一分钟后在他回来时，我整个人都要兴奋得跳起来了，因为麦迪逊跟在他身后走了进来，两手分别还牵着欧文和艾德琳，大卫也跟在后面。

麦迪逊轻轻地给了我一个拥抱，仿佛怕我像脆弱的瓷器娃娃一样碎掉。欧文和艾德琳也给了我一个拥抱，大卫也微笑对我点头示意，他还是一点也没有变。

"你们干吗都这样小心翼翼？我身上又没有传染病。"

麦迪逊同情地说道："医生说你在太空待得太久了，现在还很虚弱，你的骨头需要时间恢复，否则很容易骨折的。"

欧文和艾德琳的小脸蛋上挂满了担忧，可能是我现在这副脆弱的模样吓到他们了。对他们而言，我一直是超人般的存在，但现在看来失去重力就像是我失去了超能力。

我不知道该怎么回应麦迪逊，很庆幸这时詹姆斯开口了，"她只需要继续一些物理疗法和康复训练，然后马上就能出院了。"

说完詹姆斯和福勒一起向门口走去："你们好好聚一下吧。"

麦迪逊开始不断问我在太空上面发生了什么事情，我去了哪里，又看见了什么。透过窗户，我看到詹姆斯和福勒正在激动地说着什么，他已经开始计划下一个任务了吗？我知道我现在得安心休养，但我迫不及待地想去到外面和他们一起讨论。

"你有听到我说话吗？"麦迪逊问。

"当然。"我骗她说道。

"所以呢？"

"所以什么？"

"所以你和他是在一起了吗？"

我咬着嘴唇说："你说谁？"我完全知道她说谁，我感觉自己此时就像个七年级的小女孩一样在撒谎。

"噢，我不知道啊，我可能是说那个一直坐在你床边不肯离开你半步的人，那个他们说让你安全回到地球的男人。"

"说来话长。"

"什么意思？"

"意思是在太空上约会不太方便，我们能换个话题吗？"

麦迪逊双手交叉摆在胸前，翻译一下就是：不，我不想换个话题，但我会听你的，因为你现在是病人，而且你还是我的姐姐。

"其实，我们还是继续讨论这个话题吧。你知道他是谁吗？"

麦迪逊看起来有些困惑，她问："你说谁，詹姆斯吗？"

"对，他是个机器人专家，詹姆斯·辛克莱博士。他几年前上过新闻……他还坐过牢——"

"等等，他坐过牢？！犯了什么罪？"

"我就是想问你这个。"

"你不知道？他没告诉你吗？"

"不，他没告诉我。所以你没听过他的名字吗？"

麦迪逊无奈地说道："这名字听起来有一点点耳熟，但我什么也不知道。在疏散之前，我一直忙着照顾孩子放学后的生活。某个坐牢的科学家？不太是我会关注的新闻。"

"好吧，你说到了疏散这事，具体发生了什么事？我们现在在哪儿？你现在又住在哪儿？"

麦迪逊看了看大卫，他牵着孩子走出了病房。

"事情发生得太快了，艾玛。整个世界都陷入了混乱。一开始，美国建立了一些居住营地，其中一个就在死亡谷，另一个在亚利桑那州。他们开始从阿拉斯加州和密歇根州疏散人口，接着是缅因州和明尼苏达州，没过多久那些营地就挤满了人。大家都觉得如果去不到营地，只能被活活冻死。就在中国和日本宣布结盟后，事情变得更加糟糕了。"

"太平洋联盟？"

"对，他们往澳大利亚派了所谓的贸易代表，实际上是一支人类有史以来最大的海军舰队。他们将整片澳大利亚围堵住，开始将自己的人口疏散到澳大利亚境内，随后澳大利亚也加入了太平洋联盟，他们当时也已经是束手无策了。我敢肯定澳大利亚有和美国和欧洲接洽，但美国和欧洲当时都忙着处理自己的麻烦。"

"欧洲人口开始向南移动到地中海地区。在这里，也就是北非，战争在周一打响，在周四结束，之后美国和加拿大与欧洲各国结盟。"

"大西洋联盟？"

"没错。"

"所以这两个联盟就是地球仅存的力量了？"

"不是的，俄罗斯和印度合作将人口转移到了伊朗，他们称之为'里海条约'。当卫星全部瘫痪后，我们就很难了解世界各地的情况了，而且互联网也无法使用，但他们说中东地区正打得热火朝天。"

"有多少美国人活下来了？"

"我不知道，我觉得连政府都不一定知道。"

"那你现在住哪里？"

"就住这里，突尼斯，七号营地，吉比利外面。国土安全局的一队人马在半夜来到我们家，给我看了你发给我们的信息，我还给你——"

"我收到了。"

"你收到了？太好了，我很担心你没有收到。我当时很害怕，但如果你说我们必须这么做，那我知道你肯定是认真的。大卫一开始也不愿意离开，两个孩子也怕得不行，但我们那晚还是选择了离开。我们是最先到营地的一批人，我从后来赶到的人那里听到了无数恐怖的和令人心碎的故事。"

麦迪逊说到这里开始泪眼汪汪："艾玛，你救了我们一家人。我、欧文、艾德琳、大卫——要不是你，我们肯定已经死在外面了。我爱你，姐姐。"

※

麦迪逊是我住院以来最好的良药，能看到她就足够了。

物理治疗师每天会来三次。我先在床上进行锻炼，然后开始慢慢可以下床走路了。在医院四处走动的这段时间里，我对周围的状况有了大致的了解。这家医院是最近才用预制墙板建成的，尽管如此，医院一些地方还是显得破旧肮脏。其他病人看起来病得不轻，大多是身体创伤，我猜测是在疏散至突尼斯途中或者战争中受的伤。

我几乎总是感到筋疲力尽，可是当詹姆斯来看我时，我就感到精神焕发。我们会玩卡牌游戏，一起聊天，他还会为我读睡前故事，可是当我在半夜醒来发现他不在身边后，我又会感到一阵难过。

一天，我发现他在病床边等我醒来，我感觉是出什么事了。

他站起来，尴尬地笑笑，对我说道："听着，我得出一趟远门。很快回来，大概就几天吧。"

"哦？"听到他要离开，我突然感到非常紧张不安。我不应该这样，我也不想这样，我努力让自己平静地说道，"好的。"

"我要去找一个人。"詹姆斯转过身去，"有个承诺要兑现。"

我不知道该说什么好，他的生活中还有其他人的存在吗？我才意识到我对詹姆斯其实知之甚少。

"我帮得上忙吗？"

"不。"他快速地说，"这个事情我得一个人去做。"

●——／第三十六章／——●

詹姆斯

离开医院后，我驾车前往我弟弟一家居住的营地。我站在外面迟迟没有进去，我知道他们不想见到我。但是，我想见他们，至少确认他们平安无事。

根据规定，每个来到疏散营地的人都要工作。如果美国和它的盟国耗费资源将你疏散并在漫长的寒冬下保障你的衣食住行——那你就必须得出自己的一份力。某种角度来讲，眼前的这个新世界已经成为一个无阶级社会，每个人都必须要工作来养活自己。至少，在同一联盟下是如此。

我看到营区的大门应声打开，穿得一身厚实的人们走到太阳底下，低着头准备动身做自己的工作。在队伍中，我看到了弟弟，他正在和队伍旁一个高个子男人说话，他们看起来很开心。那就是亚历克斯，他总是能很快适应新环境，永远不会怨天尤人。我知道他在这里会过得很好，很庆幸能看到他平安无事。但我不能在这里久留，我还有一个非常重要的地方要去。

❄

当我向福勒提出请求时，他非常详细地询问了我各种细节，因为我要的那些资源在现在是很难得到的：一架能穿越大西洋而且能在任何地方降落的飞机，以及一队有能力进行雪下挖掘的人马。

尽管如此，福勒还是答应了我的请求。我知道他肯定要动用好几层关系，交换一些人情才能做到，现在这些东西才是这个世界上真正的货币。

空军货机就像个声音嘈杂刺耳、不断震动身形的巨大猛兽，这让我想到鲸鱼跃出水面时在空中的庞大身躯。在飞行途中我试着小憩一下，但根本做不到。我脑子里全都是艾玛，想着她此刻在做什么，不知道她今天绕医院走的圈数是增加还是减少了。艾玛现在正在做的事——在身体如此虚弱的情况下重新学习走路——对任何人来讲都不是一件容易的事，尤其是对她而言，因为她是个要强的人，但我也为她感到骄傲。如果是我，我不知道自己能否像她那般拿出那么大的勇气、平静和决心面对这一切。

指挥这次任务的空军上校走进货舱，向我指了指一旁的耳机，我戴上后他对我说道："即将抵达目的地，辛克莱博士。"

我朝窗外望去，大地已经结冰，目光所及之处皆是白茫茫一片，根本看不到尽头。虽然没有卫星为我们提供图像，但我本以为至少可以看到那栋屋顶。

但我错了，所有房屋都被覆盖在冰雪之下。

❄

飞机降落后，我们用声呐系统定位了目标房屋，接着海军陆战队的士兵开始了挖掘。白色的大地像鸡蛋壳那样碎裂开来，每个士兵嘴里呼出一团团白色的热气。

我们此时正位于旧金山城外，这里看起来已经像是俄罗斯的西伯利亚地区：四处冰雪覆盖，昏天暗地。一阵刺骨的寒风吹来，穿透我的皮大衣，刺痛着我的骨头，让我直打寒战。

士兵们越挖越深，不过并不是笔直向下的洞口，而是一条通向房子前门的隧道。庆幸的是，寒冰并没有压垮房屋，这让我看到了一丝希望。

当通道已经挖到门口时，士兵们示意我过去。我向下走去，看着他们铲掉仅存的一些冰后，接着一脚将门踹开来。

房子内部看起来简直是一座冰坟，我们戴着的头盔探照灯在黑暗中射出一道道亮白的光线，每件家具和吊灯都结上了冰，在灯光下闪闪发光。若不是冰冻如此致命，眼前这幅景象还真是美妙。

"待在原地别动。"我对他们喊道。

我走到厨房打开一扇通往地下室的木门，在灯光照射下，我小心翼翼地沿着楼梯向下走去，时刻留心着周围有没有什么陷阱。如果他要攻击我，现在可正是时候。

"奥斯卡？"我对着漆黑的地下室喊道。

无人回应。

他已经走了吗？还是死了？

我又往下走了一步，脚下的木质楼梯发出一阵刺耳的哀鸣。

沿着楼梯我一直走到了下面，即使我穿着厚实的皮大衣，下面还是寒气逼人，我知道我在这里待不了多久。

"奥斯卡？能听到吗？"

我等着任何回应。

"是我，詹姆斯。如果你能听到，马上出来。我们得赶紧走了。"

我听到角落传来一阵窸窣声，我用探灯朝那边照去，看到他后我紧绷的神经松了下来。他安然无恙，只是皮肤已经冻得如丝般光滑，留着一头棕色短发，身上穿着和我一样厚实的大衣，不过他看上去比我要年轻20岁，像个刚上大学的大学生。

"先生。"他轻轻地说，"我不知道该怎么办，你告诉我在这里等着，直到你来为止。"

"你做得很好。"

"我看到新闻说你去太空了。"

"嗯。"

"你终于平安无事地回来了，我一直在担心你。"

"你可以不用担心了，奥斯卡，一切马上就会好起来了。"

✳

回到突尼斯七号营地，福勒带我去了我的居住地，那是一个太阳能供电的白色圆顶两居室，内有小厨房、起居空间，甚至还有一个办公室角落。在这里，空间就是最宝贵的东西，一个住所更是千金难求。我一开始拒绝了这么奢侈的住处，但福勒一心坚持，他说艾玛出院后也会需要有人照顾她。这让我不禁好奇她出院后会去哪里住，我知道她应该会去和她妹妹住，但心里还是希望她能来这儿陪我。

在我回到住所的一小时后，福勒敲门进来。他的住所离我不远，我们一直以来都在这里见面，晚上也在这里工作（虽然我们在美国国家航空航天局总部就有相隔的办公间，但我和福勒总是会选择居家工作）。福勒第一次看到奥斯卡后，对着他打量起来，脸上露出一丝困惑。我好奇他是否知道他是谁。

"我再给你安排个三床的住所吧。"

"不用了。"

他眯着眼盯了我一会儿，然后点头说道："没事，我还是给你换个大一点的住所吧。"

我觉得他应该知道了。

✳

第二天一早，就在我准备出门时，门口传来一阵敲门声。我发现是佩德罗·阿尔瓦雷兹站在门口，虽然身上穿着厚大衣，头上还戴着帽子，他还是在寒风中不停地打战。

"佩德罗。"

"嗨，博士。"

"请进吧。"

他甩掉身上的雪然后走了进来，四处望了望，说："希望没有打扰到你。"

"才不会，我刚准备去工作，不过可以迟点再去。真高兴还能见到你。"

"我也是，博士。营地的人都传言说这里来了个聪明的科学家，他能拯救我们什么的。所以，你知道的，我就猜应该是你了，而且我找机会在大西洋网上查了一下，还真的在通讯录上找到了你。"

"很高兴你能过来，你离开埃奇菲尔德后发生什么事了？"

"他们在七号营地给我安排了个位置，大概是怕我起诉他们或者接受电视采访什么的。这段时间我一直在仓库工作，帮忙搭建住所。"他看着我的眼睛笑着说，"我是来和你道谢的，感谢你在埃奇菲尔德为我做的一切。你救了我的命，也救了我全家人的命，博士。"

"如果是你，你也会这么为我做的。"

佩德罗走后，我心里不禁感到一丝骄傲。自从贝塔事件后，我时常感到非常悲观，事情充满了太多的不确定性。我们面对的敌人可能规模庞大且冷血无情，这和埃奇菲尔德的暴乱十分相似，但好在佩德罗和我成功逃出生天。虽然人类这次获胜的概率微乎其微，但看到我曾经救过的人再次出现在我面前，我内心还是燃起了一丝希望的火光。

※

我和福勒在过去几天里讨论得出了几个结论。首先，我们会和里海条约以及太平洋联盟的国家共享信息，世界上仅存的三大超级力量决定应该共同联手对抗太空上的未知物体。我们面临的问题很简单：应该怎么做？我们知道人类正处于战争状态，但敌人是谁？我们该怎么做才能获胜？

我和福勒对数据进行了研究，试图对我们所知的信息进行整理。我们正在准备一次提议，马上我们就会拜访另外两大超级力量并向他们寻求帮助。

但有件事我得先知道，我之前有问过福勒，但他迟迟不肯告诉我。

"我想看看气候变化的时间轴数据。"

"那些数据已经没有新信息了。"他小声说道。

"有的，我需要知道是不是我造成了这一切——我在太空的决策加速了漫长的寒冬。这不会影响我的判断，我保证。"

福勒深深地叹了一口气，然后在电脑上打开了数据。

我仔细研究气候变化的时间轴，发现在我们攻击贝塔的那天，地球的气候出现了剧烈的变化——全球范围内的气温迎来了急速地下降。我这时才确定了那天气温骤降确实是我们造成的，而且是我一手造成的，是我加速了寒冬的步伐，是我的决策导致了这一切，数百万人甚至数十亿人的死亡都归罪于我。

我必须要弥补这一切，不然，我不知道以后该如何面对自己。

第三十七章

艾玛

我的身体日渐恢复，呼吸也日渐顺畅，已经可以独自起身，行走的时间也有所延长。医生说我的身体可能需要数年才能完全恢复，我希望自己不要下半辈子都得靠步行器走路。

虽然步履维艰，但我正在慢慢重新习惯地球上的生活。我觉得活着已经是人生一大幸事，更不用说和家人团聚，陪在詹姆斯的身边。

每天，我都会问詹姆斯任务进展如何，但他总是不愿谈及任务。我知道他最近经常和福勒见面，他们在制订新计划。我按捺不住想加入他们，无奈我的健康状况暂时还不允许。

"中途岛无人机舰队有传回什么消息吗？"我问。

"还没有。"

这支舰队中两架体积稍大的无人机配有小型轨道发射器，能够直接向地球发射迷你通信方块。但是我们为什么迟迟没有收到消息呢？难道它们真的一无所获？还是说它们也已经惨遭不幸？

"那'和平女神'号有消息了吗？"我担心地问道。

"也没有。"詹姆斯的声音很小。

"那有什么计划吗？"

"计划还不确定，我和福勒在考虑继续发射探测器。不过资源有限，我们需要了解足够的情况后再做打算。"

"比如说找到一个目标。"

"能找到最好了，希望中途岛舰队一切顺利吧。"

"那有 B 计划吗？"

"暂时也没有。"

❄

数周在转眼间过去，我的恢复速度已经陷入停滞。医生和物理治疗师一直在为我打气，但肌肉集群的恢复远没那么简单，恢复骨密度更是难上加难。

我试着不去担忧"和平女神"号队员们的安危，但根本就是徒劳的。我和詹姆斯谈论过，如果他们还活着的话，不知道他们此刻在忙什么呢？随着时间流逝，我们越来越少会想起或者谈及他们。他们像乘上了一艘小船，慢慢地向落日驶去，船在我们的视野中越来越小，等完全看不到后我们才恍然如梦。

独自一人在病房时我常感到焦躁不安。这里没有电视，大西洋网上的内容我也已经看遍（由当地政府临时架设的区域网络，资源有限）。

我得离开这里。

我要工作。

我要继续为大家发光发热。

我和詹姆斯多次提过这一要求，但结果总是一样：他认为当务之急是恢复身体，好好休养就是对他最大的帮助。听上去就好像按下某个写着"恢复"的按钮我就又能活蹦乱跳一样。我和他说也许工作有助于我的恢复，但讨论总是兜兜转转又回到原点，我们各执一词，不肯退让。谁能知道关心有时候未必会让对方开心呢？

詹姆斯经常和福勒在早上工作，到中午再来看我。今天他的身边跟着一个看起来二十出头的年轻人，他乳白色的皮肤和清澈的蓝眼睛让我想到了詹姆斯，甚至那种平淡温和、小心翼翼的说话语气也和他十分相似。而且，他的眼神看起来和詹姆斯一样温柔。

那个年轻人见到我后微微点头示意。

"艾玛。"詹姆斯向我介绍他，"这位是奥斯卡。"

"你好。"

"很高兴见到您，夫人。"

夫人？我看起来很老吗？是因为我在病床上躺了太久，看起来就像个年老色衰的女仆吗？看来我不能再躺下去了。

奥斯卡看上去倒是一点也不虚弱，他年轻健壮，平静的外表之下辐射出强烈的能量。他身上有一种平和，有些奇妙，又深深地吸引着我。

"他就是我几周前提到的那个人。"詹姆斯说，"那个我必须要去找的人。"

"噢，我想起来了。"

我非常好奇奥斯卡的身份。我第一直觉他是詹姆斯的儿子，照此说来，詹姆斯应该还有个妻子，或者曾经有过妻子，至少是有过爱人，甚至他现在依然心有所属。根据奥斯卡年龄大小来看，如果真是这样，那应该在詹姆斯非常年轻时他就出生了。

"他是你的……"我忍不住向他问道。

我故意留了一半没说，但詹姆斯和奥斯卡只是无动于衷地看着我，好像被寒冷冻住了一般。

"他是我的……"詹姆斯说到一半也停住了。

"助手。"奥斯卡开心地说道。他的声音听起来温和稚嫩，带点古灵精怪，非常符合他的年轻面孔，甚至可以说更加年轻。

"对。"詹姆斯缓缓说道，"奥斯卡是协助我研究的助手。"

"好吧，我同样是詹姆斯的研究助手，还有很多工作等着我们呢，得紧跟上他的步伐。"

奥斯卡转过去看向詹姆斯，后者说道："艾玛，你是我的工作伙伴，不是助手。"

"好吧，工作伙伴，我已经准备好重回工作了。"

"我们已经讨论过这件事了。"

"那正好不用说了。"我坐起身准备下床，拿起拐杖晃晃悠悠地站起身来，"我要走了，我不需要你的允许，不过倒是需要一下你的帮助。"

他无奈地摇了摇头，笑着对我说："你可真是难缠，你知道吗？"

"所以你是答应了吗？"

"既然这样了，那我就勉强答应吧。"

"勉强也行。"

✳

我缓慢地走出医院，迈出的每一步都像挣扎着走过一片泥潭，考验着我的毅力。地球重力现在对于我而言就是这样一种又黏又重的感觉，让我无处可躲。

医院外面的沙地上落满了雪花，这种棕白交错的色彩让我觉得非常美丽。在病房里，我几乎每天都可以看到窗外的落雪，但总是会慢慢消失。我好奇也许哪天落雪会不再融化，大雪会不停地下，直至将所有人永远掩埋。

我的梦想一直是在外星球建立人类殖民地，此时的七号营地看起来有些像脑海里的场景。眼前的世界让我感到新奇陌生，但我病得太重，无法投身到新世界的建设中去，这让我感到非常可惜。我的本性迫使我想为大家奉献力量，忙碌能为我带来快乐。

医院外寒风呼啸，但不是西伯利亚那种刺骨的冷，倒更像是冬天的纽约市。一阵寒风吹来，詹姆斯用手臂护住我的皮大衣，把我紧紧拥入怀里，我努力地撑着拐杖保持平衡。

外面没有铺路，只有一层硬沙。多数建筑是白色的拱形结构，顶部安装了黑色的太阳能电池板，看起来像一只只帝企鹅跑到了沙漠栖息，在雪花飞舞下沐浴着阳光。营地中心有几座用标准模块造的建筑，墙体用的是坚硬的塑料。这里有医院、美国中央司令部总部和政府行政大楼，还有一栋名为奥林匹斯的大型建筑，里面住着美国国家航空航天局、美国国家海洋和大气管理局以及仅存的几个科学组织的成员。

营地周围分布着大量工厂，外围地区更有大型仓库和温室。仓库里储备的粮食能供所有人吃上一段时间，当仓库粮食耗尽，温室里的农作物还能进行补充，但产量有限，如果太阳能输出不能及时恢复正常，我们都会慢慢饿死。

多数工厂会对温室的农作物进行加工，快速为人们生产出食物。其中一间工厂正在建造新的太空飞船，虽然任务细节还未制定好，但大家一刻也耽搁不了。时间紧迫，我们都希望尽快做好重返太空的准备。

一些军队车辆和高尔夫推车大小的电动车从我们身边驶过，扬起了一阵飞雪。眼前这幅画面有种说不出的古怪，看起来像是后启示录时代的某个边缘小镇。

詹姆斯的住所离医院两个街区，他问我要不要开电动车代步，我拒绝了。我想自己走路——想向他证明我可以。更重要的是，我想真切感受一下阳光。现在的太阳阴暗朦胧，和我记忆中的那颗恒星相差甚远，但它是人类唯一的太阳，是我们为之奋斗的目标。

在路上我两度累得停下，喘着大气，用拐杖撑着自己，等臀部的阵痛慢慢消退。我担心这样会让詹姆斯难堪，但我又了解他的为人，我知道他不会介意。他在一边搀扶着我，如果我的腿最终支撑不住，奥斯卡也做好了随时接住我的准备。

等到了詹姆斯的住所，我已经累到上气不接下气。打开房门，我感觉到前厅一股暖气飘来，维持着室内的温度。

里面的环境出人意料地舒适。屋内干净整洁，装潢赏心悦目，看上去像一间高档公寓。地板甚至用了仿木材质，踩在上面会发出嘎吱声。室内采用的是开放式设计，起居空间宽敞，邻近的厨房摆着一张餐桌，不过没有岛台。屋内三面墙上加装有辐射加热器，我在经过时能明显感觉到暖气。起居空间地上摆着几块厚毛毯、一张沙发和两张扶手椅。虽然没有窗户，但墙上几块轻薄大屏幕展示着屋外的景色，高清得让人真假难辨。

房子内有五间房，三间卧室，一个洗手间，还有一个看上去像是工作间，里面摆满了各种文件。

我很喜欢这个地方。它有家的感觉，我和詹姆斯住在这里一定会很开心。

詹姆斯将我扶到沙发旁坐下，我疲惫的身躯终于得到片刻休息。

"这里是福勒安排的，有三间卧室。"

"很完美，我很喜欢。"

"不止这样。"

我好奇地看着他。

"你妹妹他们原本住在附近的一间营房里，但我和福勒谈过了，可以让他们一家也搬到这样的屋子住，如果你愿意，也可以和他们一起住。"

他在赶我走吗？是不是不想我住这儿？难道是我怕我妨碍到他工作？我知道现在我确实不能很好自理，可能会拖累他的步伐。但我想住在这里，我想帮助他。

"如果你也这么想的话。"我小声地说道。

他犹豫了一会儿，说："我原本以为……你会想和他们住。"

"不是的。"

"那你想住哪儿？"

我鼓起勇气告诉他："我想住在这儿，我想帮助你，和你一起完成'和平女神'号上的任务。"

※

我的卧室还自带洗手间，从隐私方面看，这比医院要好多了。

第二天早上，当我在洗漱时，我听到外面传来什么动静，一股冷风飕飕地吹进屋内。我听到猛烈的响声，像房子被翻了个底朝天。我拿着毛巾走出卧室，看到眼前这幕愣住了。

餐桌和起居室的家具被推到了墙边，腾出的空间摆满了锻炼器材。詹姆斯将这里变成了健身房。

我知道他的目的只有一个。

他笑容满面地看着我，手里拿着锻炼工具，就像推销员在展厅为顾客展示最新款汽车。

"詹姆斯，这些东西太耗空间了。"

"当然不会。"他正高兴地装着一辆卧式自行车。

我知道自己争不过他。

等他出门去见福勒后，奥斯卡在家陪着我。这让感到有些意外。

"你不用去帮忙吗？"我问他。

"我之前去过了，詹姆斯希望我留在这里照顾你。"

"我可以照顾好自己的。"

"这个我知道，不过我最近一直在研究各种物理疗法技巧，你想学吗？我可以教你。"

✳

事实证明，奥斯卡确实对物理疗法颇有研究。他骨架虽小，但实际比看上去要强壮得多。他对我的鼓励和严格都恰到好处，总是能及时为我提供帮助。但他看上去好像一直不会疲惫，也许是我总是累得喘气的原因，我已经分不清这到底正不正常了。

"接下来呢？"我问。

"划船式，然后休息。"他领着我走到划船机面前，"你做得很好，夫人。"

"奥斯卡，你可以不用叫我夫人的。"

"没关系，注重礼貌是优良传统。"

看来是得继续这么叫了。

在我锻炼的时候，我喘着大气向他问道："你认识詹姆斯多久了？"

奥斯卡眼神恍惚，想了想说道："一辈子了。"

这更让我觉得奥斯卡就是詹姆斯的儿子，我一定得搞清楚。

"他是你父亲吗？"

奥斯卡沉默良久，就在我要接着问时他终于开口了。

"如果非得说谁是我的父亲，那就是他了。"

这是什么意思？

回地球途中我和詹姆斯说的话是认真的：回到地球后，我搜索了他，但大西洋网上关于他的信息只有草草几行，我也不可能在营地一个个逮住别人问这些事情。我知道奥斯卡也许能给我答案。

休息期间，我坐在餐桌旁擦着脸上的汗珠，奥斯卡在我身后的厨房准备着一些小吃。

"奥斯卡？"

"嗯，夫人？"

"詹姆斯出事的时候，你在场吗？"

"嗯。"

"你能告诉我发生了什么吗？"

"您不知道？"

"不知道。"

"我相信詹姆斯会更愿意亲自和您说的，夫人。"

"那你能透露一点儿吗？什么都可以。"

奥斯卡没有说话，只是拿起停表看了看。意思是该继续锻炼了。

我又坐上划船机，将怒火撒在锻炼上。我知道奥斯卡是为了守义气，也许他这样做是对的。但我依然生着闷气，为什么他们两个人都不肯让我知道这件事？

锻炼结束后，我喘着大气又赶紧问："他为什么会陷入麻烦？"

"说实话？"

"说实话。"

"他想救一个他爱的人。"

"这不算犯罪。"

"我同意。"

"那到底发生了什么？"

"他的做法太过极端，威胁要从世界上最具权势的人手中夺权，但他低估了他们的反应。"

✳

这两周以来，我们的生活十分固定：早餐后，詹姆斯出门工作，我和奥斯卡在家做康复训练，午餐，小憩，更多的康复训练，然后一起吃晚餐。

但今晚不太一样，麦迪逊、大卫、欧文和艾德琳从门外的寒风中匆忙走进来，手里拿着预热好的分配食物。我们自己的分配食物已经摆好上桌，正冒着热腾腾的香气。虽然营地分配的食物很普通，但对我们来讲已经是一顿豪华大餐，我们坐在一起大快朵颐。自从离开医院，我就没有见过妹妹他们。现在我的身体恢复了不少，有点儿忍不住想向他们炫耀一下。虽然我一开始不太乐意，但奥斯卡为我准备的康复训练的确颇有成效。

不过气氛没我想象的那么融洽。我想告诉麦迪逊和大卫每件事情，但发射任务还有"和平女神"号的遭遇都是最高机密，詹姆斯和我只能告诉大家任务非常成功，但还有很多工作要做。

出于对我的保护和自身的好奇，麦迪逊缠着詹姆斯问了许多问题。我在一旁静静地听着，渴望能听到我需要的答案。

"你是哪里人啊？"

"我在北卡罗来纳州的阿什维尔长大，斯坦福大学毕业。"

麦迪逊吃了一口土豆泥，问道："你呢？奥斯卡。"

"一样。"他轻轻地说道。

"你们俩怎么认识的？"这几个字飘在空中，像在他俩中间甩了一张账单，一时间不知道该由谁埋单。

"工作时认识的。"詹姆斯快速开口，"你们在营地住得还舒服吗？"

他在转移话题，这给他争取了一些时间。虽然大卫嘴上抱怨了一下住的环境，但他和麦迪逊看起来是真的开心。我也为他们感到高兴。

"詹姆斯，你和家里人联系了吗？"

"没有，不过我知道他们没事。"

在逃生舱里，他说他有个不愿意提及的弟弟。这是他回来后第一次提到他。

"那就好。"麦迪逊停了一会儿，用眼神示意了我一下继续说，"他们也住在七号营地吗？"

"没错。"

"你的父母呢？"

奥斯卡听到这句话后瞄了詹姆斯一眼。这是什么意思？

詹姆斯一边收拾餐桌上装甜点的塑料盘一边说："他们都去世了。"

"有兄弟姐妹吗？"麦迪逊又问。

我看得出来詹姆斯不想谈他弟弟的事，我立马在桌下轻踹了她一下。

麦迪逊歪着头一脸困惑地望着我。

"只有一个弟弟。"詹姆斯背对着我们在洗碗。

还好麦迪逊没有再继续追问。

等他们走后，我偷偷朝工作间里望去。我看到桌子上乱成一团，上面摆着无人机设计图纸、太阳系地图和小行星带详细信息等，墙上贴着一张纸条，上面用手写了六个名字：哈利、格里戈里、赵民、莉娜、田中泉、夏洛特——那些还留在太空的队员。詹姆斯夜以继日地工作就是为了他们，也是为了所有地球人。

"不好意思，麦迪逊有时候就是这么八卦。"

他没有抬起头："没关系，她只是想保护你。"

"需要我帮忙吗？"

"现在不用，谢谢了。迟点儿再说吧。"

"好吧。"

❊

第二天一早，我看到詹姆斯正在起居室，或者说是我的康复室等我。

"想出去走走吗？"他问。

"当然了。"

这实在罕见，不过我也乐意，也许是他认为新鲜空气对我的恢复有帮助。

走出门外，我一只手撑住拐杖，另一只手搀扶着他。此时正值清晨，营地才慢慢开始热闹起来。暗淡的太阳挂在天空，周围飘着点点雪花，它们像大火扑灭后飘散在空中的余烬。

"你恢复得挺快呀。"他说。

"还不够快。"

"似乎现在每一件事都很赶时间。"

他在 12A 营房附近停了下来，营房的形状让我想到了屋顶呈拱形的温室——像一根白色长条形的枪管一半陷进了沙里。只不过因为装满了太阳能电池，它的屋顶是黑色的。早餐时间就要结束，人们陆陆续续从营房走出来准备去工作，开始他们新一天的忙碌。

那不是麦迪逊或者福勒的住处，福勒一家人有另外的房子。

"你在找谁吗？"

"嗯。"

他继续看着不断走出来的人群，过了一会儿，他终于开口说道："看那儿，穿绿色大衣、戴蓝色针织帽的那个。"

那个男人跟詹姆斯差不多高，面孔和詹姆斯有几分相似。

"那就是你的弟弟？"

"对。"在一阵沉默后，詹姆斯继续说，"我每天早上都会来这里看他一眼。"

"为什么？"

"这是我能离他最近的地方了。"

"我不懂。"

"他恨我。"

"为什么？"

"因为我做的一些事。"

我了解詹姆斯心里有几条不能逾越的界限，它们像几堵高墙直耸入云，别人无法翻越，只有他自愿时才会放下戒备。他的弟弟就是那其中一堵高墙。

我好奇他为什么要告诉我这些？虽然这些事情一直困扰着他，但他却总是止步于此。

我才意识到七号营地里不止我在疗伤。詹姆斯内心有他自己的创伤，看不到也摸不着，但他和我一样深陷痛苦。

想到这儿我将他的手臂搂更紧了。

❊

一周后，当我正在自行车上做康复训练时，大门突然打开。詹姆斯提前回家了。我意识到出什么事了，马上停下脚边的动作。

"我们收到信号了。"他喘着粗气对我说道。

"信号？谁的信号？在哪里？'和平女神'号吗？"

"是中途岛无人机，它们又发现了未知物体，非常多的未知物体。"

第三十八章

詹姆斯

我和福勒对中途岛无人机传回的数据进行了分析，未知物体的规模令我们震惊。我们现在正式称它们为太阳能电池，而且正如我所料，数量远不止两个。

就在昨天，我们还收到了一块赫利俄斯无人机传回的迷你通信方块。上面的信息让我们更加明确了接下来的行动。

我们将福勒在美国国家航空航天局的办公室改成了作战室，因为我们已经找到了敌人，战争已经近在眼前。问题在于，如果要赢，我们需要全人类的共同奋战，首先面临的第一个巨大挑战就是要说服政客。

※

虽然，严寒末日以意想不到的速度席卷了全球，但也带来了一些我比较喜欢的变动，那就是我们不用再穿正装了。在美国规模庞大的疏散行动中，人们只来得及拿必需用品，而穿衣礼节和时尚都被冰雪深埋，也许永远无法再重见天日。

我穿上灰色休闲裤和黑色毛衣，擦亮了靴子，收拾了脸上的胡楂。这是我人生中最重要的一天，我要说服他们开展人类历史上最重要的科学探索。如果说服失败，命运也许将不再眷顾我们，人类这一族群可能将迎来灭亡。这无疑是我最重要的一次演讲，我控制不住紧张起来。

艾玛看出了我的不安。

"一定能成功的。"她语气坚定。

"政治家的事情可说不准，他们可能会拒绝。"

"他们会接受的。"

"但如果他们不愿意怎么办？艾玛，我们已经背水一战了，这是我们最后一张底牌，决定了我们的生死存亡。如果我们不亲自加入战斗，人类会在寒冬中痛苦地死去。"

她用手捧住我的脸，说道："船到桥头自然直，我们一步步来吧。"

艾玛是我坚强的后盾，我知道回到地球的这几周她并不好受。虽然身体已经有所好转，但她仍然觉得自己恢复得不够快。我知道，她已经尽力了。

"奥斯卡去吗？"她问。

"不。"

我不能带上他，这太冒险了。

我对艾玛说："他会在家照顾你。"

"我能照顾好自己，再说了，我还以为你会带上我。"

"康复现在是你人生中最重要的事。"

"康复远算不上我人生中最重要的东西。"

听到这里，我希望她能继续说下去，告诉我她人生中最重要的东西是什么。但就像我们之间多数的对话一样，一些话我们总是默默藏在心底。

※

会议的举办场所在一座体育馆里。虽然七号营地没有学校，但他们建了座体育馆供人们锻炼——也许是因为人们运动的身影和孩子们的欢声笑语能让大家回想起从前的正常，让大家感觉这一切是可以克服的。

体育馆内看台已经被撤掉，原本是篮球区的位置现在摆放着一块大屏幕，对面摆着一排排桌子。

我和福勒像在等待行刑队，站在大屏幕旁看着眼前一排排的桌子和耐心等候的人们。我觉得接下来的情况应该不会比行刑好到哪里去。

福勒先开始说话，他对任务进行了总结——包括"和平女神"号和"天炉星"号，发现的第二个未明物体，中途岛和赫利俄斯无人机舰队，以及我们和贝塔发生的事情等等。不过这些内容在会议前下发的简报文件里有，所以福勒只是简单快速地过了一遍。

终于他介绍到我。我看到观众中有些人已经认出我来，仿佛心里在想：噢，就是那个詹姆斯·辛克莱啊。

他们恶意的目光让我更加紧张，我像个不善言辞的小孩，却阴差阳错出现在全国辩论总决赛的舞台上，演讲和辩论实在不是我的强项。不过，特殊时期只能做出一些牺牲了。

我清了清嗓子，点开了幻灯片。

"正如福勒博士刚才所说，'和平女神'号的成员费了很大力气才收集到这些信息。这是全世界最大的秘密——也是人类文明有史以来最令人不安的消息，我们要为人类的未来做出抉择。接下来我展示的内容全部是事实。"

我切换至下一张幻灯片，屏幕上展示的是太阳系地图。我在地图上圈出两个白点，对地球、太阳和小行星带的位置也进行了标注。

"你们看到的这两个白点就是已知两个未知物体的位置。一直到昨天，这两个未知物体是我们发现的所有未知物体。但中途岛无人机舰队已经传回了最新数据，我马上会为大家展示。"

下一张幻灯片是一张最新的地图，原本只有两个白点的地方，现在出现了上百个小点，看上去像是撒满了面包屑，直直地排成一线，从小行星带开始一直通向太阳。

"中途岛无人机舰队目前已经发现193个未知物体，大小形状全部一致，速度变化曲线和方向也完全相同。"

听到这里，台下这群人像海浪拍打上岸一样泛起一波涟漪，他们脸上露出不同的表情，身体坐得笔直，眼睛直勾勾地盯着屏幕上的地图，不断地和身旁的人交头接耳。我终于成功引起了他们的注意。

第一排有个人朝我举手示意。大西洋联盟由50个国家组成，福勒在介绍联盟国家的组成和成员国的多样性时十分老练。从福勒的话里可以知道，联盟内多数的权力现已由军事实力强大、工业化完善的国家掌握，也就是美国、英国、德国、加拿大、意大利和法国这些真正的超级大国。

英国首相开始插话："辛克莱博士，能不能直奔正题？这到底意味着什么？"她语气平缓，姿态沉着冷静。

"首相夫人，这些数据只是我今天展示的一部分。我觉得当我全部展示完毕后，具体意味着什么也将一目了然。但我认为您应该先看完全部数据，届时将由您自己判断，我只是个科学家。"

我觉得自己这番话说得非常巧妙，感觉自己对政治有些上道了。首相夫人听到这席话似乎十分满意。

她点头说道："请继续吧。"

接下来的幻灯片展示的是一张从极端距离拍摄的颗粒状图像，上面是一群六边形的未知物体以蜂巢的方式组接在一起，像一块巨大的毯子遮住了太阳部分表面。

"这是由赫利俄斯无人机舰队所拍摄到的画面。赫利俄斯无人机的发现证实了我们的猜想，那些未知物体只不过是太阳能电池，在接下来的展示中我会继续用这个称呼。我们有理由相信，它们的目的是收割我们的太阳能。"

听到这里，人群中再次掀起一波浪潮，这次如海啸般剧烈。我听到有人倒吸一口冷气，嘴里向我喊着许多我无法解答的问题，聆听者们陷入了慌乱，他们感到困惑、害怕、恐惧。

福勒从椅子里站起来，走到我身边举起手，对大家大声安抚道："好了，女士们先生们，先让辛克莱博士说完吧，我们结束后会有时间讨论的。"

大家慢慢恢复平静，我继续说道："目前为止，有几件事情是可以肯定的。首先，这些太阳能电池的设计允许它们相互组接，这点你们从图上也可以看到。其次，它们正朝太阳前进。随着不断地靠近太阳，它们的加速度也在不断上升，由此可以判断它们是靠太阳供能，接收的太阳辐射越剧烈，推进能力也越强。再次，它们对我们怀有敌意。太阳能输出在地球周围区域的锐减并不均衡，地球区域尤其较低。这绝不可能是巧合，地球已经被恶意定为了攻击目标。地球接收到的太阳辐射呈几何指数下降，我相信，这是由抵达太阳位置的太阳能电池的数目和位置决定的。如中途岛无人机传回的初步数据所见，此时此刻，更多的太阳能电池正在或即将抵达太阳附近，目前发现的 193 个太阳能电池也可能仅是冰山一角。宇宙广阔无垠，我们能搜索的区域十分有限。"

坐在第一排的德国总理举起手来想提问，福勒站起来想阻止，但我对总理点头示意他继续。为了说服他们，必须要让这些国家领导人了解到全面的信息。毕竟我们的命运就掌握在他们手上了。

"如果像福勒博士所说，赫利俄斯只有三架无人机，那你们是怎么发现太阳附近那些太阳能电池的呢？你自己也说了，宇宙可是有那么大。"

"这是个好问题，正如我先前提到那样，我与'和平女神'号上的其他队员对太阳能电池和太阳系的异常提出了一些猜想，其中一条便是它们是造成地球严冬的元凶。基于此，我们计算出了它们为阻挡地球接收太阳辐射所需要遮挡的太阳区域。所以我们只需将无人机发射至那一地点，事实证明我们的确在那里发现了大量组接完成的太阳能电池。"

德国总理表情阴沉地点了点头，回答道："谢谢你，辛克莱博士，我知道了。"

"不客气。"我望着所有观众，上前迈了一步离开讲台，像一名检察官即将向陪审团做出最后的结案陈词。

"种种证据表明，太阳能电池和它们的制造者在太阳系是为了收割太阳能，问题是为什么？我相信答案已经很明显：能源。无论这些太阳能电池的制造者是何方神圣，它们的母星系能源有限。它们也许可以用各种方式产能，特别是将物质转换为能源——根据爱因斯坦的理论，质量和能量可以相互转换——但它们母星物质有限。当能源耗尽时，就不得不前往其他地方获取，这就是它们出现在我们的太阳系的目的。"

我转过身背对观众，让这些信息在他们脑子里慢慢沉淀。体育馆此时鸦雀无声，连一根针落在地上都可以听得一清二楚。

"很显然，"我继续说道，"它们知道我们的存在，而且视我们为威胁，是阻碍它们收割太阳能路上的绊脚石。它们已经对我们做出了回应，不仅仅降低了地球上的太阳能输入，试图冻死我们，更是采取了直接的攻击行动。我想要提醒大家的是，当我们侦测到首个太阳能电池时，探测器立马瘫痪，甚至遭到摧毁。当国际空间站收到数据后，空间站同样遭遇不幸——包括人类的每一颗卫星、望远镜和轨道内全部人类物体。我们可以得出结论，第一个太阳能电池和它的创造者试图藏匿自身的存在。当我们和其中一个太阳能电池试图建立对话，而它在得知我们非其同族后，它采取了进攻手段。最后，我们不得不进行了反击。更重要的是，也许正是由于那次对峙，地球的气候加剧了恶化，我相信这是它们对我们攻击的回应。整个谜团的最后一块拼图已经找到，形势清晰明了。那些太阳能电池会一直收割太阳能，直至人类从太阳系消失。"

加拿大总理举起手，我示意他可以提问。

"福勒博士说你们已经分离下一块未明物体的碎片，或者说太阳能电池。你能告诉我们那块碎片后来怎样了吗？对它的研究是否揭露了有用的信息？"

"好问题，我们的确成功从一块太阳能电池身上分离下了一小块碎片。

可惜的是，就在无人机准备将碎片带回'和平女神'号时，太阳能电池对我们的核攻击做出了反应，最后的爆炸范围远超过了我们的预期。在那之后，我便与'和平女神'号失去了联系，我不知道样本是否幸免于难，只能说地球暂未收到该样本，对此，我也不抱什么希望。而且，不论如何，我今天的请求是不会受到影响的。"

"谢谢你。"总理平静地说。

我继续切换幻灯片，这是倒数第二张了，上面是一张全球平均气温的表格。这么一张图已经足够揭示地球及其生物的最终命运。

"我们的星球会越来越冷，全球气温骤降在不断加速，造成这一切的元凶就是那些太阳能电池。它们知道我们尝试阻止过它们，我相信在不久的未来，地球温度的恶化会更加迅速。而且，太阳能电池和其创造者也许会在将来和人类进行更直接的对峙。"

现场陷入混乱，大家抢着要问各种问题，福勒再次出面安抚他们的情绪。等观众渐渐平息后，我才继续讲道："可以得出结论，我们敌人的目标是太阳能，即便是要毁灭人类，它们也不会停止脚步。它们会冻死我们，甚至必要的话，它们会直接来到地球终结人类。"

这些话掷地有声，每个人都瞪大了眼睛看着我。

我切换到最后一张幻灯片，上面是我们找到的全部太阳能电池的位置。

"但是，我们还有希望。"这几个字像鼓声一样在体育馆回响，"如果它们急需能源，那理应会最优化能源收集的效率。能源就是它们星球的货币，能源的采集和保存就是它们的产业。这样一来，发射数量如此庞大的未明物体——这些太阳能电池——来穿越无垠的宇宙是极其不合理的，它们甚至无法走出我们的太阳系。"

在场的一些人是科学家，我已经看出许多人知道这意味着什么了。

"你想表达什么？"美国总统直接开口，他声音粗哑，听起来甚至有些恐惧。

"我想说的是，我相信这些太阳能电池的发射地就在我们的太阳系内，而且是在太阳系的某个星球上制造的，我相信我们可以阻止它们。"

第三十九章

艾玛

在医院的例行检查中，医生为我做了一系列的检测。

我和奥斯卡在咨询室里等待结果。他不愿待在家里，不过说实话，我也希望有个人能陪我来。

对于检测结果，我非常紧张。我一方面希望詹姆斯这时能在场，因为他在我最脆弱的时候救了我的命。不管检测结果如何，我都希望詹姆斯能知道。因为，如果我们的关系往后发展到超出友谊，我希望他能明白我真实的身体状况。但我自己也需要时间接受现实。当我准备好后，我会亲口告诉他的。

咨询室的门打开，一位红发的英国医生大步走了进来。她叫娜塔莎·理查兹，是负责为我治疗的医生，我喜欢她，也信任她。

她亲切地对我笑着说："很高兴再次见到你，艾玛。"

"我也是。"

她从墙边拉来一张转椅，在我对面坐了下来，双手交叉放在腿上，两眼和我平视。

"我已经看过了你的检测数据，不得不说，你恢复得非常快。"

"太好了，那结果怎么样？"

她在平板上调出了检测结果，声音却没了刚才那份热情："嗯……你的肌肉群看起来好多了，其中一些有很明显的恢复。"

我感觉到事情绝非如此，为了避免她不好意思开口，我直截了当地问道："有什么坏消息吗？"

"坏消息，"她小心翼翼地说，"是你的骨密度恢复没有达到我们的预期。"

"好吧。"

"骨质疏松症的恢复极度困难，一旦骨密度下降，就没那么容易再恢复到原始水平了。"

"所以这是什么意思？"

"艾玛，我今天就是想让你降低一下自己的期望值。你经历了那么多的事情，能活下来已经很不容易了，我也知道你和奥斯卡非常努力地在做康复训练。"

"那我的期望值应该降到多低？"

"实话实说吧，我觉得你下半辈子也许只能靠步行器走路了，你身体的骨密度水平可能永远无法完全恢复。你最近的疲惫感和身体的疼痛、抽筋等，也许会伴随你一生，不过也可能会随着时间的推移稍微改善。"

这些话犹如一记重拳朝我胸口打来，我感觉自己像一个无辜者而被法官判了死刑。这不公平。我难道再也不能自由地行走奔跑了吗？我明明已经这么努力了，我无法接受这就是我这辈子的命运。

理查兹医生知道我很失望，她靠过来握住我的手说："艾玛，其实没有听起来那么糟糕。我向你保证，也许暂时看起来很绝望，但你会慢慢适应身体的极限，我们每个人都一样。我知道你心里不好受，我看过你上国际空间站前的健康检测，当时的你非常健康，我也知道你为了太空项目付出了很多。我相信你这次同样会付出十倍的努力尝试恢复，但我想说不要抱太大的期望了，特别是不要逼迫自己。在你没有达到自己期望的时候，我希望你千万不要感到失望。学会管理你的期望值是现在最重要的事。"

✳

我和奥斯卡一路上沉默不语。我又想到了"和平女神"号上的其他成员们，他们为了救我的命牺牲了自己，我经常忍不住思念他们，我告诉自己应该对活着心存感激，感激还能呼吸到地球的空气。我欠他们一条命，我希望有一天能报答他们，而我欠詹姆斯的可能比欠他们的多得多。

经过詹姆斯弟弟一家人的营房时，我想到了一个主意。我听够了坏消息，是时候来一些好消息了。

詹姆斯回到家后筋疲力尽，我从来没见过他这样疲惫，甚至比之前在太空上那种看不到尽头的高压日子更甚。

"怎么了吗？"

他倒在沙发上摇摇头。

"永无止境的问题，永无休止的争论。我已经用上了这辈子学到的全部科学知识为他们做解释，就是为了告诉他们现在情况的复杂性。实在太痛苦了。"

"他们应该只是想谨慎些，毕竟这事关我们所有人的命运。"

"也有可能只是为了他们自己。"

"应该说也是为了他们自己。"

"我真的不知道事情能不能顺利进行下去。"

"你觉得能成功吗？"

"我认为有两种可能性。第一种，他们会批准这次任务，那样我们才有机会存活，不然人类最后可能仅会剩下几千人口。又或者他们觉得任务成功率不大，然后将矛头转向自己人。"

"什么意思？"

"就现在而言，大西洋联盟是地球仅存三大势力中唯一全面了解事情真相的，考虑到地球上的资源和宜居空间十分有限，他们可能会率先动手。"

"动手做什么？"

"结束这场看似已经完结的战争。我猜他们会首先攻下里海条约，接着和太平洋联盟和平建交，然后完全占据里海条约的领土。当然，前提是太平洋联盟没有预见到自己的厄运或是没有率先向我们宣战。"

我倒吸一口凉气。詹姆斯一如既往地把错综复杂的情况考虑清楚了，甚至比任何人都想得更为长远。

"我们现在怎么办？"

"现在？什么也做不了，只能等着了。"

也许任务是这样。

但我自己还有些事情要做。

※

吃过晚餐后，我回到房间穿上厚大衣和高脚靴，戴上皮手套和护耳帽，围上围巾。就在我准备出门时被詹姆斯抓了个正着。

"你要去哪里？"

"去看看麦迪逊。"我假装平静地对他撒谎。

他皱着眉头问："现在？"

"嗯。"

"现在外面可冷得要死。"

"外面就从未暖和过。"

他面露疑色打量着我。

我耸了耸肩："我只是想出去透透气，很快就回来。"

"医生今天怎么说的？"

"她说我恢复得挺好的。"这一点倒是真的，不算说谎。

我看得出来他内心有些矛盾，但还是没有多想。

"好吧。"他转向厨房，对正在洗碗的奥斯卡说，"奥斯卡，你去陪着艾玛吧。"

"好的。"奥斯卡温和地回答道。

"不用了，我没事。"

"不行，你有事。"

"詹姆斯——"

"艾玛，你的骨头现在还非常脆弱。如果你没站稳摔倒在地，可能会摔断你身上好几根骨头。而且现在外面夜黑风高，你一个人出去风险太大了。"

我知道他说的有道理，只好让步。

※

奥斯卡没问我们要去哪里。他看起来完全不惧寒风，更不介意我蹒跚缓慢的步伐。

营地在夜晚看起来很漂亮，拱形的白色住房在漆黑中反着白光，像毛毛虫在夜晚半埋在沙里，身上发着冷光。沿着道路看去，LED 街灯熠熠发光，灯下的飞雪飘忽不定，似乎总是会随时消融殆尽，但小雪不停地下，不断提醒着我们严冬远未结束，危险正在悄然临近。

来到福勒门前，我拍干净身上的雪花，然后敲了敲门。福勒很快打开了门，他看起来和詹姆斯一样憔悴。

"艾玛，"他有些惊讶，"快进来吧。"

我和奥斯卡进到屋内，他一言不发地帮我脱下外套和围巾，并挂了起来。我跟着福勒进到房屋里面，这里的空间看起来只比我们的住处稍大一点。一个和福勒年纪相仿的女性看见我后从餐桌旁站起来，她身边还坐着两个看起来正读大学年龄的孩子。

"劳伦斯，你没和我说今晚有客人来啊？"

福勒张口不知道该怎么回应，我赶紧开口说道："不好意思，夫人，我是临时起意想来的。"

"我可真是没想到呢。"福勒把他的妻子介绍给我，"艾玛，这位是我的妻子，玛丽安。"

"很高兴认识你，玛丽安。"

"你好，吃饭了吗？"

"吃过了，其实我只是来问劳伦斯一些事情，不会耽误很长时间的。"

福勒好奇地看着我，领着我去了起居室的办公间里。和詹姆斯的工作间一样，里面非常拥挤，不过看起来更加整洁。奥斯卡也走了进来，我想不出用什么理由让他留在外面，只好让他不要告诉詹姆斯今晚所有的事情。

"有什么事吗，艾玛？"福勒拿起椅子坐在一旁。

"詹姆斯的家人就住在这里，其中一个营房里。"

"我知道。"

"你知道？"

"一开始詹姆斯加入这次任务的唯一要求就是保证他们的安全。和你一样，他让我们将他唯一的亲人转移到宜居地。"

"你知道詹姆斯和他的弟弟之间的事情吗？"

"只略知一二，詹姆斯在发射前找过他一次，不过当时他不在家。但我知道他嫂子并不待见他，连门都不让他进。"

"为什么？"

"不知道。"

"我想请你帮我个忙。"

"你尽管说，只要可以我都会帮。"

"我知道詹姆斯想和他的弟弟说话，我想帮帮他。我注意到今天有搬家工人去了我们隔壁的那间住所。"

福勒盯着我看了一会儿，说："对，我和詹姆斯从体育馆回来后，原本住在那里的将军就搬走了，他担心……会出现什么意外。总之，那间住所马上就会空出来了。"

"你能安排詹姆斯的弟弟一家人住到那里吗？"

福勒考虑了一会儿，说："嗯，应该可以。"

"多快可以办好？"

"不用多久，明天一早我就可以知道能不能了。"

❋

第二天早晨，在我锻炼到一半时，我收到了来信。信里内容简短直接，看到后我终于松了一口气。

住所转移已批准。

❋

从福勒住处回来的路上，我让奥斯卡发誓保密今晚我和福勒的见面。他没有多问什么，便爽快地答应了。我感觉自己这样做似乎是背叛了詹姆斯，但我必须这么做——为他着想。我在七号营地的康复训练一直是身体上的，但他的创伤是心理上的，藏在他们兄弟之间。詹姆斯救过我的命，无微不至地照顾我。这次该轮到我帮他了，我想给他个惊喜。

但我还有一件事要做。

起初在医院登录进大西洋网时，我以为它只是某个刚建立的信息查询网站，政府只有在有时间的时候才会上传数据。但我错了，大西洋网最基本的功能是查询营地里居住人员的信息，包括工作安排、职责和一些政府认为重要的新闻，当然还包括一些强制性的条令。我庆幸上面还可以查询姓名地址，这能极大地帮助走失家庭成员的团聚。

大西洋网上有四个姓辛克莱的男人，只有一个住在詹姆斯带我去的那块营房。亚历克斯·辛克莱，妻子是阿比盖尔，儿子杰克，女儿萨拉，他们住在54号房。

我急忙洗了个澡，换好了衣服，走到起居室后看到奥斯卡正坐在沙发上看平板。

"奥斯卡，我得再出去一趟。"

"没问题。"

"这次你也不能和任何人说。"

"好。"

※

我从来没有走进过这些营房，里面的情景和我想象的不太一样。

里面的整体氛围和疗养院类似，中间是一条长长的走廊，人们坐在房间外头，多数是无法工作的小孩或者老人。小孩子在走廊里打闹、说话或是在平板上看一些大西洋网的免费视频。

有传言说营地会建学校，但我对此不抱太大希望，生存才是现在的第一要事。每一个有劳动能力的人都被加入到维持营地的日常运转和美国国家航空航天局的下一个计划里。如果我身体无恙，肯定也会加入进来。

54号房间房门紧锁。那是一扇厚实的白门，由合成材料建成，敲上去像玻璃纤维的声音。

房门应声打开，出现在我面前的是一位金发女人，她脸上挂着重重的黑眼圈，好像已经很久没睡过好觉了。我用拐杖撑着自己，奥斯卡站在一旁。我不知道该怎么开口。

"有什么需要帮助吗？"她语气有些戒备。

"你好，我的名字叫艾玛·马修斯。"

"我叫艾比·辛克莱，有什么事吗？"

"我是詹姆斯的一位朋友。"

她的表情立马变得不悦，说："詹姆斯？"

"是的。"

"你想干吗？"

好吧，我没想到她这么不待见詹姆斯。

"我想和你谈谈。"

"关于詹姆斯？"

这几个字像捕兽夹那样摆在我面前，她盯着我，希望我再上前一步踏进她的陷阱里，但我没那么傻。

"我想和你谈谈将你们一家转移到外面住所的事。"

她眯起眼睛打量着我。终于，她敞开房门，无声地邀请我进去坐坐。

当我进去后我才明白为什么人们称呼这里为房间，而不是住所。辛克莱一家住在 50 平方米左右的空间里，墙边摆着两张床，中间有一张桌子，还有一间封闭的厕所和公共休息空间。他们的儿子，杰克，看起来只有七八岁的样子，刚上小学。女儿看起来不到两岁。两个小孩坐在桌子旁玩着平板，杰克正在帮萨拉点着什么东西。他们看起来很可爱，但一想到他们和无数的孩子一样，现在的生活仅剩这么一点乐趣，我就感到非常难过。

"杰克，"艾比喊道，"带你妹妹去客厅继续学习，不准玩游戏或者看视频。"

他们去了 3 米外的椅子旁，那里应该就是客厅了吧。

艾比示意我坐下，奥斯卡则平静地站在门边，很显然有些不知所措。艾比怒视着奥斯卡，仿佛她知道他是谁，而且对他恨之入骨。

我尽可能友好地问道："大西洋网上面还有学校课程？"

"有共享课程。"她简略回答。

"好用吗？"

"聊胜于无。"

看来闲聊只能到这儿了。

"我们现在都是勉强度日，"我平静地继续说道，"所以家人这时候才显得更加重要。"

"这取决于你的家人怎样对你，不是吗？"

看起来情况不妙。

"确实是这样，"我继续说下去，"重要的是当你为家人付出的时候，也要让他们知道，这样他们才明白你有多在乎他们。"

"你想说什么？"

"我想说，你们之所以能在这里是因为詹姆斯。"

她陷入了沉默。

"让我猜一下，"我说，"某天政府的人去你们的家里，说你们即将被转移到地球上仅存的宜居地之一，免受战争的困扰，能安安全全地住在这里，你没有问过为什么吗？"

"我不知道。"她摇了摇头。

"那你想知道吗？"

"你来这里就是为了告诉我是怎么回事，是吗？"

"那只是一部分原因，剩下的，我需要你保密——为了你自身的安全。因为我即将和你说的东西是政府机密信息，我本来不可以告诉任何人的。"

这番话让她好奇起来，她转头对两个孩子说道："孩子们，戴上你们的耳机，快点！"

我双手交叉放在桌子上，郑重地说："詹姆斯对我来说非常重要，我不知道你们之间或者他们兄弟之间发生了什么事，我也不知道他为什么进了监狱。但我非常了解他，我知道他是一个好人。"

艾比看着我，面无反应。

"接下来的事情我们还没有告诉大众：漫长的寒冬并不是自然现象，地球气温骤降是因为太空上有外星物体正在恶意阻挡地球的太阳能输入。詹姆斯被招募到美国国家航空航天局的一次任务中，对那些物体进行调查。他的专业领域是机械制造，他在太空上建造无人机对那些未明物体进行调查，我也是那次任务的一员。"我停了停继续说道，"就在昨天，任务负责人告诉我詹姆斯加入计划的唯一请求，就是让你们一家能转移到安全地带。"

艾比低头看着自己的手，仿佛在那些褶皱里她能找到想要的答案。

"如果亚历克斯当时知道这事情，"她摇了摇头，"他也许根本就不会来了，那我们可能都活不久了。"

"詹姆斯也是个倔强的人，"我靠近她，"所以这时候家人才应该抱团取暖，让理智战胜过往的怨恨，既往不咎。我们都需要家人，我也知道他非常在乎你们。"

艾比看了看周围狭小的空间，问道："你说过有新的住所？"

"对，就在我和詹姆斯还有奥斯卡住的隔壁。"

她听到奥斯卡的名字冷笑了一下。她看向他，看来他们的确认识。

"我怎么感觉事情没那么简单。"她说。

"你想多了，我知道詹姆斯一心想为你们好，但如果是他提出转移你们的请求，你们知道后也许就不会答应了。所以我替他来和你说这件事，你们自己决定，里面没有任何猫腻。只要你们准备好就可以动身搬过去，上面已经批准了。"

"谢谢你。"她小声地说道。

"但我有一个请求，不是强迫你们，只是一个请求。"

"是什么？"

"你们找个机会来看看詹姆斯。如果亚历克斯不愿意，那就你自己或者带着孩子们一起来。就这么一个请求。"

●———／第四十章／————●

詹姆斯

在我们给大西洋联盟的国会讲解了目前形势后，已经整整两天没有传来任何消息，我有些担心事情可能不妙。我觉得自己像是一名刚刚打完官司的律师，我的客户明明无罪，却可能面临死刑的结果——他的命运被彻底交到了那些完全不懂案情的人手中，他们可能会做出任何感性甚至自私的判决。一想到这里我就非常不安。

我和福勒在美国国家航空航天局总部的办公室里，讨论着任务的相关细节。一名海军陆战队中尉敲门进来。他是福勒的助手。

"先生们，执行委员会找你们。"

大西洋联盟内重要大国的领导人齐聚在行政大楼的局势研究室里。他们坐在会议室的长桌旁，美国总统最先开口说话。

"先生们，你们的任务允许执行。"

听到这里，我终于松了一口气，整个人心情都畅快不少。

但好景不长。

"有两个前提条件，"在总统粗哑的声音下，每个字都如此刺耳，像一台电锯在嘎吱作响，"首先，在我们回收并翻新至少两百枚核弹头之前，发射任务不可以进行。"

"为什么要翻新？"我很不解。

"用于太空作战。我相信你们都很清楚原因，但我还是多说一句：我们认为这次任务会招致敌人的武力反击，我们必须做好自卫准备。"

我不敢相信耳边的话。

"这可能会耗费数年的时间啊！"我几乎是对总统喊道。

"也许吧。"总统冷冰冰地看着我，"但我听说你在机械方面颇有造诣，也许你可以做帮忙回收和重新设计的工作。"

福勒给了我一个眼神，意思是接下来交给他。

"那第二个条件呢？"福勒问。

"在你们通知里海条约和太平洋联盟之前，我们需要做好准备。"

"准备什么？"福勒依然非常平静。

"战争。"

我再也忍不住了，质问道："这是什么意思？！"

"辛克莱博士，意思就是我们需要在边界驻扎军队，确保不会遭到入侵。加强我们在其他联盟的间谍网络，随时做好反击的准备。"

"这和我们努力的一切背道而驰啊！建立军队反而会消耗核武器翻新和任务需要的资源，而且这也会让其他国家进入戒备状态，加剧紧张局势。你知道我们大西洋联盟里也有他们的间谍，一旦军队开始行动，他们也会马上知道并做出类似的反应。"

总统直勾勾地盯着我说："就是以上两个条件，先生们。"

我知道这已经是板上钉钉，没有任何回旋的余地。

❆

在福勒的办公室里，我焦急地来回踱步。

"这简直是在搞笑，就算他们边境的军事力量，我们也不可能挡得住里海条约或是太平洋联盟的进攻，更别提太空上的情况了。进攻才是我们唯一的生存机会。"

福勒靠在椅子上沉思着，接着非常小声地说道："我们只能做到这里了，詹姆斯。这是政治，那些感性、恐惧、愤怒的政客，他们时常会做出很糟糕的决策。我们只能听从命令了。"

❆

到家后我已经心力交瘁，开门后屋内的暖气迎面而来，我听到艾玛在里面和一个女人讲话。

"医生说我的骨密度无法完全恢复，现在已经到头了。"

"你告诉詹姆斯了吗？"

"还没有。"

我不想窥探她的隐私，但我认出了那个正在和艾玛讲话的声音。我感到不可思议。

我的好奇心占据了上风。

我推门进来，看到我的侄子杰克，他正坐在我们临时将客厅改造的康复中心里，身边还坐着个小女孩。我从来没有亲眼见过她，但我知道她就是我的侄女，萨拉。他们两人正玩着手中的平板，完全没有注意到我的存在。在结束漫长疲惫的一天后，能回到家看到这幅景象真的让我感到很舒心。

艾玛看到我后站了起来，艾比也转过身朝我望来。我本以为她会摆出厌恶的表情，但此时她只是平静地看着我。

我慢慢走过去，不知道该说什么好。艾玛救了我。

"詹姆斯，艾比带孩子过来坐坐，她想让你看看他们。"

这时两个孩子才意识到我的存在，杰克扔下平板朝我跑来。

"詹姆斯伯伯！"

他开心地朝我跑来，我紧紧地抱住他的小身板，这是我这么久以来最开心的一刻，我好奇艾比和亚历克斯有没有告诉他们我这么久以来去哪里了。不管怎样，杰克似乎还是非常喜欢我。

萨拉好奇地慢慢走来，看着他的哥哥，我也一把将萨拉抱住。

"她叫萨拉，现在还不太会说话，不过她已经会跑了。"

我摇着她的小手，一本正经地对她说："很高兴认识你，女士。不要担心哦，不用着急学会讲话，先练好跑步再说。"

她的脸上绽开一个羞涩的微笑，可爱的小脸蛋上泛起了红晕。我在她身上看到了艾比的影子。

我忍不住站起来四处寻找我弟弟，但无论是厕所还是办公间都没有他的身影。他没来。

我们接下来交谈了一个小时。我很想告诉他们关于首次接触任务的情况。我承认我想吹牛炫耀，让他们觉得我很重要或者很酷、很有意思。又或许只是为了澄清自己不是罪犯，是一个好人。

杰克问我在营地里的工作是什么，我只是告诉他我在为政府干活。艾玛顺势说我正忙着拯救人类，而且之前已经拯救过人类一次了。艾比好像已经知道了这些事情，看起来并没有很惊讶。倒是杰克的反应满足了我的虚荣心。

在他们离开前，艾比让杰克和萨拉去客厅边等着。

她对我低声说道："我有问亚历克斯要不要来，但他拒绝了。"

我不知道该说什么好。

"我很高兴孩子们能和你聚聚，"艾比的话听上去有些矛盾，"我和亚历克斯暂时打算告诉他们你的事情。等他们长大点了，再和他们说。那时候再让他们自己判断决定吧。"

我点了点头。

"今天我来是觉得你可能想见见孩子们。"

"嗯，我是很想见他们。"

"我不应该拦着他们见你的。"

我陷入了沉默，知道艾比还有什么话想说。

"还有就是……我们已经被调配到你们隔壁的住所了。"

"真的吗？"我非常惊讶。

"应该会……"她慢慢吞吞地说，"比原来住的地方要好得多。"

"嗯。"她想表达什么呢？我突然反应过来，继续说道，"别担心，如果亚历克斯不愿意见我，我不会强迫他。他和你们在一起的时候，我也不会上前接近你们。"

艾比缓缓点了点头，脸上的压力慢慢褪去。我知道她已经想说这些话很久了。

我话锋一转："艾比，谢谢你今天带孩子过来，以后也随时欢迎。"

第四十一章

艾玛

住在突尼斯七号营地最诡异的事情，便是这里没有季节变化。我知道世界上许多地方季节不分明，但现在这种情况完全不同。几乎每天都像是世界末日，阴沉的天空飘着永不停息的小雪。每周气温都不断下降，阳光也慢慢变得暗淡，仿佛哪一天就会突然消失。人们在夜里待在拥挤的营房或者舒适的住所里取暖，白天则在昏暗的阳光下出门工作。雪花随风飘荡，像萤火虫漫无目的地飞翔。生活也千篇一律——工作，睡觉，周而复始。空气中弥漫着一种紧迫感，大家都觉得时间所剩无几了。

詹姆斯是营地里最努力工作的人。在过去一个月，他废寝忘食地设计飞船图纸。经过一番讨论，詹姆斯和团队摈弃了"阿拉莫"和"凡尔登"两个名字，并最终将飞船命名为"斯巴达"。我不明白他们为什么对命名这件事如此在意，但他们认为这很重要。我以前听说过斯巴达，只是不清楚背后的具体故事，好像和一小队古希腊战士抵御波斯人入侵有关，是年代久远的事情了。詹姆斯觉得好名字能带来好彩头，如果真是这样，那我一定会支持，毕竟我们已经山穷水尽了。

飞船建造厂门口有重兵把守，我从来没有亲自去过，所以当詹姆斯邀请我去参观时我兴奋不已。

我们乘上一辆自动驾驶的电动车，我和詹姆斯坐在前排，奥斯卡在后排，看上去像是后启示录时代奇怪的一家子出门游玩一样。

营地的面貌日新月异，越来越多的人加入军队，每天接受训练和锻炼。也许是政府收到了情报，知道一场战争一触即发。或许是他们准备挑起战争，又或者大西洋联盟的领导人认为，太空上那些太阳能电池和它们的制造者马上就要入侵地球和人类展开一场大战。我每天都能见到穿着军装的士兵走过，他们无疑为营地带来了沉重的毁灭感，昏暗的阳光更是完美渲染了末世气氛。

在前方，我看到工厂被高高的铁链栅栏重重包围。

一名安保人员核实了我们的身份后放行了我们。主建筑体积巨大，像一间硕大的仓库，足足有 300 多米宽，仿佛看不到尽头。工人们正热火朝天地建造着新飞船的各个部件。

我看着头顶的天花板问詹姆斯："这座建筑还有掩护的作用？"

"对，附近还有几座外形完全相同但空无一物的诱饵建筑。我们甚至每天派人去假装工作，就是为了防止受到攻击。而且密闭空间能延长我们在严寒下的工作时间。"

他指向建筑更里面说："我们还在忙其他的东西，"他一脸神秘，"最高机密。"

"你成功激起了我的兴趣。"

詹姆斯拿起平板向我展示，上面的图像看起来像一座蚁巢，无数的通道蜿蜒着向下延伸，最后呈螺旋状通向底下一个巨大空间。

"地堡？"

"我们打算叫它'堡垒'，这里的地理位置非常完美，地下水位非常深，附近还有含水层。"

从图像上看不出堡垒的具体规模，但我看到了一丝希望。如果寒冬永远延续下去，这会是我们的救命稻草吗？

"有多大？"

看到我眼睛里闪着希望，他的语气开始变得谨慎："短期内只能容纳两百人，等地面天气变得非常糟糕，我们打算让老弱病残等弱势群体率先转移，"他顿了顿接着说道，"如果地面天气变得非常糟糕的话。"我们都知道情况已经不容乐观。

"下面会有水资源？"

"嗯，还有能源。"

我有些没想到。

"地热能，最大的难题在于将井挖到足够深的位置，这样才能获得足够的地热能。但我们已经想到办法了，'我们'指的是一队德国和斯堪的纳维亚的科学家，他们真的很厉害。"

詹姆斯现在很兴奋。

"在 200 米深的位置温度大约是 8℃，在 5 千米深的位置，温度则可以达到 170℃。"

"你们能钻到那么深？"

他露出自豪的表情，说："还可以更深。"他在平板上给我展示了堡垒的全貌。通过缩放，我看到地下通道、居住空间和含水层非常接近地面。一些线条从小型开放空间直接延伸至地心，像一根根鱼线从船上垂下。

"我们计划挖到地下 1 万米，那里的温度高达 374℃。水压可以达到 22 兆帕，巨量的能源可以轻易支撑起地堡。"

"真厉害。"我嘀咕着。

我们快走到建筑的中心了，隧道的入口就在前面，是一个角度平缓的下行斜坡，形状像一条河流之下的高速公路隧道，我们像走进了大地之下某个野兽的巨口之中。

詹姆斯放慢脚步走在我旁边，我走路的速度依然不如往日，也远达不到我的期望速度。医生说得没错，我永远也没办法恢复到从前的状态了，但我已经接受现实了，生活使然。

地下通道的入口处设有轨道系统，我们坐上了一辆小电动车，詹姆斯负责驾驶。随着我们向下驶去，温度也慢慢下降，地上的光亮逐渐消失，只剩下一片漆黑中电车 LED 灯还在亮着。

前方隐约出现一个洞穴，行驶到跟前我才意识到它的大小：至少 6 米高，30 米宽，60 米深。

詹姆斯像柴郡猫一般对我咧嘴笑着说道："欢迎来到堡垒，马修斯长官。"

"太震撼了。"

他装出可怜巴巴的样子看着洞穴说："我本来想在这里种植作物的，在地下建一个自给自足的人类栖息地。但我们没有足够的时间和资源。而且空间十分有限，只能全部用于居住。"

我四处张望，好奇地下的生活会是怎样一幅景象。永远见不到太阳，永远回不到地面，永远呼吸不到新鲜空气，和大自然完全斩断联系。有点儿像国际空间站的生活——一个与世隔绝的新世界。

回到地面后，我们看到了建造飞船用的白色部件。

"这些就是'斯巴达'号的部件，人类有史以来最大的太空飞船，而且将全副武装：核弹、攻击无人机、轨道炮，应有尽有。"他出神地看着飞船部件，"但我只希望它能带我和队员平安回家。"

我停下脚步看着他，他难道真的打算将我留在地球，自己舍命去完成这次任务？不可能，我绝对不会让这样的事情发生。我们必须并肩作战，誓死一搏，我无论如何都不会选择放弃，永远不会。

❄

那天晚上艾比和两个孩子过来了。杰克和萨拉看起来已经习惯七号营地的新生活，麦迪逊一家也一起过来了。奥斯卡当然也在，这应该是我们最接近家庭大团聚的时刻了。

用完晚餐后，詹姆斯为大家准备了一个惊喜：一只机械狗。它会犬吠和一些小把戏，它一开口，大家都惊奇不已。几个小孩子对它爱不释手，都在试探它有什么新奇的功能。营地里没有宠物，人们都忙于逃命，很多宠物只能被抛弃在身后。连人类都未必能吃饱的情况下，宠物只会加重营地的资源负担。

虽然地球不断降温，但艾比对我们的态度渐渐回暖，我们成了好朋友，她对詹姆斯也从冷淡转变为友好，我感到很欣慰。

不过大家都注意到亚历克斯并不在场，我开始怀疑也许亚历克斯以后也不会来了。虽然詹姆斯对此一直没有说什么，但我知道他心里一定还没有释怀。毕竟亚历克斯是他仅剩的最亲近的家人了。

等所有人离开后，我们整理干净住处，也是第一次觉得虽然房子凌乱了点，但有生气就好。我们三人将房子保持得井井有条——除了詹姆斯的办公间，不过关上门后也勉强过关。房子里都是孩子们玩耍过后留下的痕迹，我甚至有些不忍心整理干净这一切。

清理完毕后，詹姆斯和我坐在餐桌旁各自看着平板，奥斯卡正在大西洋网上看学习视频，是一个关于挖矿的节目，我一开始还不知道为什么，但我现在知道了：他是在研究如何帮忙建造地下堡垒，或者在下面发生意外时能帮上忙。他似乎只看学习视频，而且除了帮助我做康复训练和协助詹姆斯研究外，我没有看到他有任何兴趣爱好或是家人朋友。

我有些事情想和詹姆斯说，虽然一直以来我都藏在心里，但今天看到斯巴达飞船的建造和听到他说的话后，我知道我得马上告诉他了。

我指了一下起居空间，大半个地板都摆满了我的锻炼器材。

"我们基本可以搬走它们了。"

他看起来有些不解。

"能给孩子们空出很多玩耍的空间，外面很冷，尽量不要让他们在室外玩耍。"

"那些是你锻炼的东西。"

"所以很拥挤。"

他看了看锻炼器材，接着说："到时候再说吧，现在最重要的事情就是让你尽快康复。"

我紧咬着嘴唇不知如何开口。

"如果我告诉你我的康复已经结束了呢？"

他放下平板，问道："什么意思？"

"我是说，现在这样就是我能恢复的最大限度了。我以后的人生就这样了，撑着个拐杖，甩不掉的疲惫感，还有易碎的骨头。"

"这不代表你就应该停止锻炼。"

"没错，但我也可以去某个营房的康复中心锻炼，我相信肯定有人会用得上这些设备的，我很感激你能把它们搬到这里，特别是在我之前还行走比较困难的时候，它们真的帮了我很大的忙。"

他只点了点头，但沉默不语。

我的手掌心正冒着冷汗，不知道他会说什么。

"你对我可能没办法再恢复到从前，有什么看法吗？"

他好奇地打量着我，好像不太懂我什么意思。

"这个……"他说，"你是怎么想的？"

"我先问的。"我紧张地挤出个微笑。

"好吧，我之前就知道你的康复过程会异常艰难，也知道你可能没法完全恢复到之前的状态。我知道这和你之前的生活完全不同，但说实话，现在每个人的生活都完全改变了。我们必须重新判断我们的能力，试着去适应新的现实。某种意义上来讲，我们每个人都在经历你这个阶段，全人类都在重新学习走路。"

"这对你如何看我有什么关系吗？"

他又面露困惑。我突然感到害怕，难道是我完全想多了我们之间的关系了吗？

门口传来一阵敲门声，詹姆斯迅速站起身来准备去开门，可能是庆幸终于能摆脱这个话题了。但我很想知道他的答案。

我需要这个答案。

是福勒的声音，我听得出来是很重要的事。我拐杖也没有拿，直接起身尽力往门口赶去，但等我赶到门口福勒已经走了。

詹姆斯的神情看起来兴奋和一丝害怕。

"会议时间定了，我和福勒要去给里海条约看些东西。"

"什么意思？"

"我们打算寻求他们的帮助。"

"你觉得他们会同意？"

"不知道，我只希望他们不要对我们宣战，或者把我们挟持为人质就好。"

第四十二章

詹姆斯

我们现在将里海条约的成员国和领土统称为卡斯比亚。和他们会谈的准备阶段有些仓促，我本以为时间会更加充裕。在和卡斯比亚取得联系后，我们希望能在三周后举行会谈。但他们表示要么现在来，要么永远别来。也许他们认为强迫我们以他们的时间安排行事，会对他们更加有利。

有一件事我可以肯定：他们有点儿被害妄想症。他们只允许我、福勒和另外六名科学专家前往——也就是做展示的最低人员要求。不能有军方人员和外交官，也不提供安全细节。意思非常明确：他们只接受事实真相，而且对我们心存疑虑。大西洋联盟不断升级的军事戒备确实不利于建立友好互信的关系。

卡斯比亚或许认为我们也即将和太平洋联盟分享信息，所以他们想抢先一步。

在夜里，两辆直升机护送我们出发。它们属于秘密任务专用机，静音效果让我惊叹。

在"和平女神"号上，我对自己的专业能力颇为自信，才敢在太空上发号施令。但今时不同往日，复杂的政治不是我的专业领域，我对即将见到的人也知之甚少。

卡斯比亚和大西洋联盟一样由数十个国家组成。大西洋联盟里有五六个国家掌握着实权（大西洋联盟执行委员会的领导者）。在卡斯比亚，只有两个国家手握多数权力：俄罗斯和印度。我对它们内部结构的了解仅限于此。要么是大西洋联盟同样对此一知半解，要么是他们觉得那些信息并不重要，无须与我分享。

除此之外，我对卡斯比亚的了解也仅限于地理位置分布。它们现在的领土位于原伊朗东南部，首都卡斯比格拉位于卢特沙漠，那里是地球上最炎热干燥的地区之一。卢特沙漠位于一个内陆盆地中，周围群山环绕，像镶嵌在地球表面的一只碗。在漫长的寒冬到来前，那里最高气温可以达到70℃。

我们进入卢特沙漠地区后，下面的景色只剩下岩石和一望无际的沙地以及盐田。无边无际的沙丘像棕色的海洋，一直蔓延至远方的地平线，几座近乎 300 米的沙丘高耸在空中，像在沙海上泛起了点点涟漪。

除了一些让我联想到美国西南部的地形外，还有一些我从未见过的奇景。我指着那些看上去像散落在沙漠的沉船残骸，通过对讲机问福勒："那些是什么东西？"

"雅丹。"

"你叫我什么？"

福勒大笑道："那些是雅丹地貌，是基岩经过数年的风蚀作用形成的。"

"你怎么知道这么多？"

"多看书。"

我笑了。福勒真是个难得的朋友，我希望卡斯比亚人千万不要杀了我们。

卢特地区用波斯语翻译过来就是"空旷平原"，但现在可一点也不空旷，一座在阳光下闪闪发光的城市出现在我们眼前。

大西洋联盟的七号营地看起来像游牧民族的便携房屋，但卡斯比格拉看上去就像是要长居于此。沙漠上一座座摩天大楼拔地而起，周围是高墙层层围绕。高空中盘旋着数架直升机，很可能是为了迎接我们，又或者是展示他们的军事实力。我们应该早已进入他们的雷达范围，而且他们很可能将控制基地隐藏在了广阔的沙漠之下。

他们只派了几位中层外交官上前迎接，没有举办正式的迎接仪式。在相互自我介绍后，他们将我们护送到停机坪附近的一座大楼。安保人员对我们进行了全面搜身，然后才予以放行。他们为我们端上了一些水和咖啡，并询问我们是否需要使用卫生间（当然要）。

最后，我们被带去一间会堂，里面的观众规模远超过我们之前在体育馆的展示。

整个过程没有相互介绍或者开场白，他们只是告诉我们"想说什么就说什么"。

展示结束后，接踵而来的问题与之前在体育馆大同小异。听众中有许多卡斯比亚的专家，他们的问题更加详尽。福勒认识其中几人，他们是福勒在俄罗斯联邦航天局和印度空间研究组织的朋友。这有助于这次会谈的成功。我们通过平板共享信息——因为没有时间提前传输——他们只能百忙之中抽空来研究这些资料。

一名俄罗斯科学家通过翻译问了个问题："辛克莱博士，你觉得我们的敌人是谁？在你提出的这次任务中，你想在太空上找到什么？"站在他的立场，兴许我也会存在疑惑。

"我们的理论，"我谨慎地说，"是我们的太阳系内有某个实体或者装置在制造这些太阳能电池。"

"哪里？"

"通过目前发现的太阳能电池位置和移动方向，只可能是一个地方：小行星带。"

"因为它们需要原材料来制造那些太阳能电池。"

"我们是那样认为的。小行星带是太阳系内最容易获取原材料的来源，地理位置也十分合适，就在火星后面。我们称这一理论中的制造装置为收割者，我们猜测它来到我们的太阳系后附着在小行星上，制造太阳能电池并发送到太阳附近，组接成一块太阳能电池阵列，以此来收割太阳能。"

整间屋子陷入了沉默。

俄罗斯总统说了一口流利的英文朝我提问。

"如你所说，小行星带里可能有成千甚至数百万个太阳能电池，即使你知道收割者的大致位置，但这还不是无异于大海捞针吗？"

"这的确是个好问题，也是这次任务不得不承担的风险。但我们有足够的数据来建立模型，来研究我们敌人的行为模式。"

"我们相信太阳能电池板单纯只是非常简单的机器，从它们对我们的反应来看，其复杂程度基本无异于一架专用无人机。我们认为它们的防御和通信能力有限，唯一目的就是去到太阳附近收割能源。如此一来，对收割者而言，最优化能源的经济性是它的首要考虑因素。收割并存储能源的效率应该是它们完成任务的唯一衡量指标。而且它们似乎正密切监视着人类。对它们而言，我们就是主要敌人和完成任务的阻碍，对此它们也做出了反击——包括摧毁国际空间站并干扰'和平女神'号与'天炉星'号的发射。"

"无论如何，根据这一假设，我们可以推测出收割者的位置所在。小行星带超过一半的质量基本都在其中四个小行星上，它们分别是谷神星、灶神星、智神星和健神星，其中最大的一颗便是谷神星。谷神星占据了小行星带接近三分之一的质量，而且它正好位于太阳能电池的移动路径上。我们有理由相信收割者就在谷神星上。"

"不可能，"一位身形矮胖、眉毛浓密，戴着一副厚厚眼镜的俄罗斯科学家低声反驳，"我们可以用地面望远镜观测到谷神星，它每 9 小时自转一周。上面什么也没有，辛克莱博士。"

"只是我们还没发现而已。我们认为，任何先进到能覆盖我们太阳的实体，都可以轻易地在谷神星上掩盖自身的痕迹。收割者就在那里，我们可以肯定。"

※

展示结束后，他们让我们在会议室里等候。在等了一小时后，我开始怀疑自己是不是真的被挟持为人质了。那可真是有够戏剧性的。

我对福勒说："这次会议的准备过程很难吗？"

"很难，他们一开始是拒绝的。"

"那你是怎么又说服他们了？"

"我有一些关系。"

他打开笔记本播放了一段视频。

"这是'和平女神'号逃生舱里的一个隐藏加密文件，是你的船员上传来帮助你的。"

我一眼认出视频里的场景就是"和平女神"号，我能认出舱内的白色软垫墙，还有背景里我再熟悉不过的声音：格里戈里。他飘到镜头前，直勾勾地盯着摄像头，仿佛他当时能看到我一样。他开始说起俄语，画面下方出现翻译字幕。

致我在俄罗斯联邦航天局的同胞和同事，我们在"和平女神"号的任务一切顺利。但任务即将进入一个危险的阶段，我有可能无法再返回地球。

我和船上的所有队员，一致决定选择詹姆斯·辛克莱回到地球。原因非常简单：他是个天才，是最有希望解决这一切的人。我现在使用美国国家航空航天局加密手段将这段信息上传存储，在詹姆斯回到地球后会自行解锁。我只有一个要求：请给予詹姆斯任何他需要的帮助。他是个值得信赖的人，我选择将我的家人和每个人的生命都交付给他。

我再次对我的队员感激不尽，即使在数百万千米之外，他们也能在我最需要的时刻给予我支持。

❉

我本以为他们会干脆利落地给我们一个答复。但出乎意料的是，他们仅仅是派了一位外交官告诉我们可以离开了。

在我们回到七号营地后，我甚至来不及洗个澡或是见见艾玛和奥斯卡，睡觉更是别想了。刚下直升机，一队士兵就直接将我护送到另一架大型飞机上。太平洋联盟想立刻和我们沟通，毫无疑问，我们和卡斯比亚的会议加速了这一进程。太平洋联盟不愿意被蒙在鼓里。

我希望卡斯比亚能同意我们的请求，人类的命运将会如何马上就要揭晓了。这三大势力要么强强联合、共同抗击——要么在这颗即将枯萎的星球上开启最后一场世界内战。

❉

在飞往澳大利亚的路上我稍微休息了一会儿。等我醒来后，看到福勒正低头看着电脑。

我揉了揉眼睛，想让自己保持清醒。

"你在忙什么？"

他打了个哈欠，"我们等下的展示。看看能不能改进一下。"

我从他那拿过电脑。

"交给我吧，你去睡会儿。"

❄

卡斯比亚带我们去城市的正门，乘着飞机俯瞰他们闪闪发光的首都，又在专人护送下去代表最高权力的会堂。他们想让我们见识那宏伟亮丽的沙漠之城，用领先的科技能力给我们带来震慑感。

但太平洋联盟则相反，他们藏锋敛锐，将我们降落在澳大利亚西海岸的一艘中国航空母舰上。在甲板上，他们又让我们乘上另外三架直升机，甚至遮挡住了机上的玻璃。

当我们第二次降落时，我们被要求在座位上等半个小时。等他们终于打开机门的时候，我看到头顶是巨大的顶篷，形成一个隧道，通向一座建筑的外门。

看来他们是真的不想我们知道这是在哪里。

一个穿着西装的亚洲男人在建筑外等着我们，他一脸苦笑。

"辛克莱博士，我是中村空，你在回到地球前我们交谈过。"

"嗯，我记得。很高兴能亲自见到你。"

他眯着眼睛对我说："为了你自己着想，希望这次的会议能少一些欺骗吧。"

❄

太平洋联盟的观众简直比卡斯比亚更加难缠。他们问的问题要更多，心里也更加多疑，还要求具体数据来支撑我们的每一个结论，但我们也给不出答案，因为目前展示的东西还有很多属于假设。这次会议总共耗时七小时，我们每个人都备受煎熬。

在会议终于结束后，他们带我们穿过地下隧道去了一家旅馆，更像是带有公共浴室和小卧室的宿舍，不过环境非常干净舒适。

"我们什么时候能回家？"福勒向中村问道。

他笑着说："合适的时候。"

✳

太平洋联盟整整扣留了我们三天。我不免有些担心，虽然福勒不说，但我知道他也非常焦急。不管是谁下的指令，我们知道他们可能正在观察我们，对我们说的每句话进行记录然后反复分析。那我们就顺水推舟，讨论起我们的展示和整件事情的重要性。

但有一个疑惑的问题我一直没有开口：我们是失败了吗？外面的战争难道已经打响了吗？

第四十三章

艾玛

詹姆斯离开的那天，我让奥斯卡帮我将房子里的锻炼器材搬去了康复中心。没办法，我的恢复已经结束，是时候把这些器材让给真正需要的人了。我知道詹姆斯不会同意我这么做，所以趁这次机会也省去了不少麻烦。我知道他最终会理解的，而且这也能让我在等他回来的间隙中忙活一阵。

不仅如此，我和他之间还有个争执不下的事情：这次任务。这也是我搬走这些器材的另一个原因，因为我也不打算在这里住上太久。

乘直升机只需要几个小时就可以抵达卡斯比亚，詹姆斯今晚就会回来。我打算和他摊牌，让他执行这次任务时也带上我。我害怕他会拒绝，但我必须要这么做。

中午时分，麦迪逊过来了。只有她一个人，欧文和艾德琳在体育馆玩耍。

我当时正在打扫厨房。在我思绪混乱或者紧张的时候，打扫厨房就是我的特效药。

我们坐在沙发上，清空锻炼器材后的房子显得有些空旷冷清。

"你把锻炼器材都搬走了？"

"嗯，以后也用不到了。"

她不解地看着我。

"我的恢复程度已经到头了。"

她看着我一旁的拐杖问我："我知道了，詹姆斯呢？"

"开会去了。"

"不在营地吗？"

"嗯。"

她看到厨房角落躺着的清洁工具，它们暴露了我的紧张。

"你很担心他吗？"

"有一点。"

"为什么？"看到我不回应，她追问道，"到底发生什么事了？"

我需要坦白，我需要和某人敞开心扉来袒露真实的想法。奥斯卡是个很好的人，但却不是合适的人。我应该告诉我的妹妹。

"麦迪逊，如果我告诉你，你必须要向我保证不会告诉任何人。我是认真的，大卫或者孩子们都不行。"

她将身子转过来靠在沙发上，说："我保证，你说吧。"

"美国国家航空航天局很快就会发射新一轮太空任务。"

"为什么？"她非常惊讶。

"这个我不能告诉你。"

"詹姆斯也会去？"

"这次任务由詹姆斯领导。"

"所以你也想去。"

麦迪逊总是能快速地看到问题的核心。

"对。"

"但是他不想你去。"

"我还不知道，但我觉得他不会同意。"

"那你知道为什么吗？"

我咬紧着嘴唇，心里想着这不是我想要的对话，我想要的是让某个人一起帮我说服詹姆斯。

"因为他太顽固了。"

麦迪逊摆出一副表情，仿佛在无声地说着：我们可都知道不是这个原因。

"因为他在乎我？"我有些无奈。

"艾玛，我觉得事情可不止这么简单。我见过他看着你的眼神，我相信你也见过。"

听到这里我完全不知道该怎么回答。

"奥斯卡！"我对着房间喊道。

他从詹姆斯的办公间出来。詹姆斯走之前给他留了一些任务。

"嗯，艾玛，什么事？"

"你可以帮我去仓库取一下我们这周分配的食物吗？"

"没问题，还有什么需要我拿的吗？"

"就这些，谢谢。"

等奥斯卡出门后，我才对麦迪逊说道："我们还没有……正式讨论过这些事情。"

"也许你该和他谈谈，也许你的烦恼不在于这次任务，而是你们俩到底是什么关系。"

"也许吧。"

"这种事情可没有什么也许不也许的。艾玛，我知道我不是你和詹姆斯那样的科学家或者天才，但我不傻，你是我在这个世界上最了解的人，甚至超过了大卫。你从来没有像在乎詹姆斯那样在乎过谁，如果你不告诉他你的真实想法，你一定会后悔一辈子的。"

❋

我不是唯一需要倾诉的人。

詹姆斯的弟弟上的是早班，等他出门后，我去隔壁找了艾比。

和麦迪逊一样，艾比现在用大西洋网进行居家办公。营地里的每个人都在工作，无论什么工作，也无论是出门还是居家。体育馆里开设了日托服务（他们称之为学校，但不提供课程），好让家长们可以安心进行全职工作。人们也没得选，全职父母已经成为过去式，这就是为了在严冬中存活的其中一个代价。

艾比开门后显得非常抱歉。

"对不起啊，我得在一个小时内完成工作，审查完这些文件。"

"没事，你先忙吧。什么时候有空了可以来我这边坐坐吗？不着急。"

"好啊，没出什么事吧？"

"没事，只是我……想问你一些事情。"

二十分钟后，我回到家里，坐在沙发上用平板看着一些文件。门口传来敲门声，我想起身开门，但奥斯卡抢先我一步。

"你好，艾比。"奥斯卡一边开门一边说道。

"你好，奥斯卡。"艾比小声地说道。她看见我后松了一口气，"嗨，现在还方便吗？"

"当然了，快进来吧。"

和麦迪逊一样，我和艾比坐在沙发上。同样地，我也让她对我接下来说的事情一定保密。她同意后我才说道："詹姆斯要出任务了。"

"哪种任务？"艾比问。

"可能回不来的那种。"

艾比转过头去，在消化这一信息："我懂了。"

"我不知道任务什么时候开始，我猜可能几个月内吧。"

"我有什么能帮上忙的吗？"

"有。"

"你想让我和亚历克斯谈谈。"

"嗯，詹姆斯从来没有和我说过他和亚历克斯之间的事情，也没有告诉过我他之前出了什么事。但我想让他在出任务前知道，地球上还有家人在支持他，等他回来。不管詹姆斯以前做了什么，自漫长的寒冬到来后，他都尽了做兄弟的义务。他是我们现在还能安全坐在这里的原因，是我们都活着的唯一原因。这次他可能打算为了我们牺牲自己。"

艾比站起身用手搓着裤子，好像想擦干手上冒出的冷汗。

"这个事情挺难的，艾玛。我尽力想想办法吧。"

✳

当天晚上詹姆斯并没有回来，第二天也同样没有出现。

我和奥斯卡去了奥林匹斯大楼。我急匆匆地走进一间又一间的办公室，问着所有人知不知道出了什么事情。我觉得自己此时像一名邮递员，手上拿着一个不知道该给谁的包裹。

没有人知道发生了什么，或者说没有人愿意告诉我。

要是有卫星电话就好了。

❄

那天晚上，我彻夜未眠，内心焦急又担心。要是卡斯比亚挟持了詹姆斯和福勒怎么办？！或许是他们把詹姆斯的直升机打下来了？！又或许是已经向我们宣战了？！

第二天，我再也忍不住了，开始打扫起房子以缓解我的焦虑感。奥斯卡好奇地打量着我。我觉得再擦下去，厨房水槽和水龙头的不锈钢都要被我擦掉一层了。

"詹姆斯很厉害的，"奥斯卡非常平静，"他一定能回来的。"

看来奥斯卡也开始担心了，只不过他是通过安慰我来表达他的担忧。我很感激他在这里陪着我，虽然他的身份依然是个谜。

这时门口传来敲门声，我立马精神起来。我几乎是撑着拐杖一扭一晃地跑着去开门，希望能听到詹姆斯带来好消息。但就在开门前我突然意识到，詹姆斯是不会敲门的，他会直接进来。

反而是带着坏消息的传信人……他们才会敲门。

紧张之余，我小心翼翼地打开了门。完全没有料到站在门口的人竟然是他！

是亚历克斯。

"我能进来吗？"他问。

"当然。"

亚历克斯进屋后冷漠地看着奥斯卡。

"你好，先生。"他的语气和亚历克斯的敌意形成了鲜明的对比。

亚历克斯和我坐在沙发上。

"艾比和我说詹姆斯要走了，而且可能会回不来了。"

"没错。"

"而且，艾比说，多亏了詹姆斯，我们才能在这里。"

我点头。

"我想知道现在是怎么一回事，我想知道他做了什么，又陷入了什么危险。你可以告诉我吗？"

在接下来一小时里，我一五一十地将所有事情告诉了亚历克斯——从他将我从国际空间站上拯救下来开始。他只是静静地听着，若有所思。我可以在他身上看到詹姆斯的影子，他们两兄弟的思想都非常深邃。

讲完后，他起身对我说道："谢谢你。"

我撑起拐杖："你会来看看他吗？"

"不知道，我需要点时间想想。"

❄

那天晚上又是个不眠夜。我意识到如果自己不能和他一起执行任务，日子就会像现在这样令人焦躁不安，没日没夜地担心着他的安危。我更加坚定了自己的内心：我一定要和他一起去。

就在我坐在餐桌旁看平板时，有人突然推门而入。我连忙站起来转身望去，当看到站在门口的人是谁时，我的心都融化了。

是詹姆斯。他身后正飘着茫茫雪花。

他面容憔悴，但好在平安无事。

我抓起拐杖朝他快速走去。见到我后他跑向我，我们二人紧紧相拥。

"他们说——"他先开口。

"别管他们说什么了，"我在他耳边说，"你能安全回家真的太好了。"

等我松开他后，他有些好奇地打量着我。

"我真的担心死你了。"我说。

他笑着说："看来我以后得经常出去。"

我想都没想就靠进他的怀里。他突然朝我亲了过来，然后我们拥吻在一起。我始料未及，但心里累积已久的情绪在那一瞬间得到了释放。我感觉双腿开始发软，我不确定是否是因为它们本来就虚弱无力，但此时感觉像是直直落入了一口深井里。

他在我耳边轻声问道："奥斯卡呢？"

"他去取我们的食物了。"

听到这里他再次亲上来，动作更加激烈，呼吸也更加急促。他紧紧地抱着我，双手轻抚着我的后背。我们慢慢朝我的房间退去，关上了门，然后做了我渴望已久的事情。

第四十四章

詹姆斯

世界格局变了，大西洋联盟、卡斯比亚和太平洋联盟三大势力结盟了。

我的世界也彻底改变了。

艾玛就是我的世界。我们就像两颗相互围绕旋转的行星，彼此之间产生距离的力量突然消失，，两颗行星相撞在一起，无法分离。我不知道我们接下来会面临什么，但这是我人生中第一次如此憧憬未来。

在我们这两颗行星相撞后，艾玛枕在我的肩上，我们一起躺在床上。

"任务还顺利吗？"她温柔地问道。

"小事一桩。"

"骗人。"

"只要结果好就行了。"

"他们答应帮助我们了？"

"看起来是的。"

"我们什么时候可以发射？"

"我不确定。之前做计划的时候，我们不知道可用的资源还有多少，也不知道大西洋联盟是会孤军奋战还是和另外两大势力并肩作战，更不知道他们的太空资源储备情况。"

"那他们和你分享这些了吗？"

"还没有，但我和福勒已经同每个联盟的太空项目和军队的负责人谈过话了。我们协商建立的三方工作小组，应该在下周结束前就可以知道更具体的情况了。要我猜测，我们再过几个月就可以发射了，最多三到四个月。这也是我们的最大期限，人类的时间不多了。"

她从床上坐起来，咬着嘴唇看着我。我看得出来她有些担心。

"怎么了？"

"没什么。"她嘀咕道。

我知道她肯定有什么事想和我说，但不管是什么，她认为现在并不是说出来的好时机。

✻

我和艾玛起床后，没有去讨论接下来的安排，或是我们现在是什么关系。我们心照不宣地将我卧室里的生活用品搬去了她的房间，再按她的安排整理完毕——我的房间乱得像个猪圈，她的房间则干净整洁得像家具展览。

实际上，整栋房子除了我的卧室和办公间外都一尘不染——甚至比我们搬进来那天还要干净，干净到我感觉自己是住在美国疾控中心的生物防护实验室。看得出来她最近在打扫，非常频繁地打扫。

"空出来的卧室你打算怎么办？"她问。

"我不确定。"

她笑着说："我有个好主意。"

我好奇地等她开口。

"无人机工作室。"

"就像在'和平女神'号上那样？"

"这次不会没有重力了。"

"完美。"

✻

那天晚上我们所有人聚在一起用餐：福勒一家人、麦迪逊一家人、艾比和两个孩子。虽然房子狭小拥挤，但气氛无可比拟。

我和艾玛坐在一起，等用餐结束后，我用一只手搂住她，她也靠在我的怀里。我们之前从来没有在大家面前这样亲密过。

麦迪逊瞟了艾玛一眼，眼神微妙，那是属于姐妹间的小秘密。虽然我是个很棒的科学家，调查能力也十分优秀，但面对这样的谜团，我也无能为力。

杰克和萨拉还有艾德琳和欧文玩到了一起，他们四人很快成了要好的朋友。福勒的孩子稍微大些，他们多数时间在看平板，而其他小朋友则在房子里四处跑动，和那只机械狗玩耍，他们还给它取了个名字：马可（我想是因为它听到马可后会回应波罗二字，孩子们觉得这样很有意思）。

眼前的景象让我想起了以前在父母家过圣诞节。我父亲有一个兄弟和两个姐妹，他们每年都会一起过圣诞。家里人欢聚一堂，热闹又温馨，有时候还会相互拌嘴。我也很喜欢现在这样，但有无法忽视一个例外：亚历克斯。我和他的隔阂似乎有些大，我们之间就像隔着一座长长的桥，桥下水深流急，随时都可能将桥冲垮。

❄

晚上，我和艾玛躺在床上看书。

她靠过来，对着我说道："我有些事情想告诉你。"

她的语气就像电影里那样，准备和男孩提出分手或者说自己怀孕了，又或者藏着什么惊天大秘密。她这样说让我有点儿紧张，我马上告诉自己做好心理准备。我希望她能和我坦诚相待，这样我才能帮助她。

我放下平板："好啊。"话语脱口而出，犹如剑劈开空气那般随意。

"我要参加任务。"

"什么任务？"

"这次任务。"

"去谷神星，找收割者？"

"对，就是这个任务。"

"艾玛——"

"打住，别说了。我知道你不想让我去，我知道你担心你我的健康。但我同样会担心你，你不在的日子会让我痛不欲生，真的是痛不欲生！我不能几个月都见不到你，总是担心你会受伤或者任务出了什么差错。

244

我不能在这里干等着，思念成疾。我要和你一起去，我一定要和你一起去。"

我的大脑像计算机飞速用不同组合去尝试破解密码那样——想着怎样找到正确的回答，让她留在地球。收割者的任务确实希望渺茫，比首次接触任务更加困难，也更加耗时。这是一次可能有去无回的任务，我不能带上我心爱的女人。

我决定保持理智。

"艾玛，你已经损失非常多的骨密度了，再上太空实在太危险。"

"如果我们中的任何一个出现意外，我的骨密度就没有意义了，"她深吸一口气，"可以听我先说完吗，不要敷衍。"

"好。"

"地球上的我已经破碎不堪，永远也没办法回到以前，我身体的力量永远也无法恢复到以前的水平。地球上的我是脆弱的，但太空上的我是完整的，充满能量，而且我能助你一臂之力。如果你注定要死在上面，那我也选择同样的归宿。让我去，詹姆斯，我一定会去的。"

她赢了。而且在我心里，我其实也希望她能在我身边。

我缓缓点头，她抱着我。事情已成定局，这也许是我们最后一次回到太空了。

第四十五章

艾玛

第二天一早，我做了件许久未做的事情：穿好衣服准备去工作。我很怀念带着使命感醒来的感觉，很满足。

屋外，暗淡的阳光从地平线照过来，曚昽的天空雪花纷飞。天气越来越糟了，而且恶化的速度在一天天加剧。

一到奥林匹斯大楼，我和詹姆斯先去拜访了福勒。他只问了我一个问题——和上国际空间站前问的一样——"你真的考虑清楚了吗？"

我的答案和当初一样肯定。

✳

参与这次任务的船员要从三个联盟中挑选，这是卡斯比亚提出的要求。其中大西洋联盟的成员就在七号营地里，我们到达的时候他们正在工作，忙得不可开交。

詹姆斯在宽敞的团队室里向我逐一介绍了参与这次任务的队员，海因里希是"斯巴达"一号的德裔驾驶员，特伦斯是一名英裔医生，还有眼前这位体态轻盈的女人，她叫佐伊，是飞船的工程师。詹姆斯打开摄像机，开始录制发送给另外两个国家船员的视频，告诉他们我将负责无人机的建造和修复工作，而且我还是这次任务的候补指挥官。

这段视频将通过无人机送往另外两个联盟。全球通信网络的计划已经制订了好几次，但都被否定了，联盟之间始终无法达成共识。发射卫星可能会被破坏——就像之前在地球轨道运转的卫星那样，地面线路或者通信塔也可能会受天气的影响。任何方案都要耗费大量时间和资源——这两者正是我们所缺乏的。所以，目前三个联盟之间只能通过高速无人机传递信息，而且可能暂时都不会有更好的方案。

我不禁注意到詹姆斯对我们的新船员充满戒心，我大概是地球上唯一知道其中缘由的人了。他现在想着的并不是任务前方的艰难，而是那些我们留在身后的队友。

回到工作间后他关上了门，整理起无人机设计图纸。

"我们这次设计的无人机与之前'和平女神'号上发射的攻击无人机类似，不过当然会进行一些升级。"

"这是肯定的。"

"我们可以过一遍图纸，然后开始考虑建造无人机原型。"

他挠了挠头，问我："你想在这里工作还是回家工作？"

"无所谓，你觉得呢？"我耸了耸肩。

"我都行，但我得先告诉你，我现在每天几乎所有的时间都在设计飞船和操作系统。"

"那在家工作能省掉路上的通勤时间。"

"我也是这么想的，而且我在家工作能更加专注。"

"那以后就在家工作吧。"

"好。"

我指了指关着的门说道："他们看起来都是些很棒的人。"

"的确。"

"我知道你在想什么，詹姆斯。"

他望着我。

"在经历'和平女神'号上的一切后，我知道你很难对新的船员敞开心扉。"

"你在国际空间站事故后对我们也是这样的感觉吗？"

"嗯。"

"那还能好起来吗？"

"就交给时间吧。"

第四十六章

詹姆斯

在最初的几天，我后悔答应艾玛让她参加任务，我担心她会出什么意外。

但几周后，我庆幸自己当初答应了她。现在我肩上的责任重大，我需要有人在后方支援，做我的坚强后盾。我知道艾玛绝不可能放弃，她愿意为我承担一切。她就是我的力量源泉。

我们夜以继日地准备着飞船和无人机。我多数时间都在奥林匹斯大楼，而艾玛则待在家里工作。就像轮班，我在办公间和家里两头工作。

气温越来越低，每天早上太阳都会更加暗淡。越下越大的飞雪快要完全盖住了地面，行车道像一条条在冰天雪地中凿出的峡谷，两旁的人行道则像狭长的水沟。

虽然时间紧任务重，可无论怎样快马加鞭，完工似乎还是遥遥无期。

我希望能为大家多争取一点时间。

但我又害怕任务开始那天的到来，害怕离开七号营地，离开这个和艾玛一起工作、生活的地方。我们晚上同床共枕，白天在太阳下促膝长谈。这里有我们快乐的回忆。

从任务到童年再到家庭，我们无所不谈。但有两个话题我们从不触及：一个是未来，因为我们不知道还有无未来可言；另一个是过去，也就是我进监狱的原因。她一直在试探我的反应，我知道她想了解这一切。因为，两人在一起意味着互相敞开心扉，并接受一切。

因此，她虽然担心我会打退堂鼓，却还是主动向我坦白了她的健康状况。我知道不能辜负她想让我敞开心扉的好意，但我太害怕我的过去会改变我们现在的关系。

家庭聚会已经成了家常便饭。每周日晚，福勒一家、麦迪逊一家，还有艾比和两个孩子都会过来一起吃饭，唯一缺席的就是亚历克斯，我知道他加入的概率已经微乎其微。

周六下午，奥斯卡听到敲门声后去开门，我听见门口传来亚历克斯的声音，我简直不敢相信自己的耳朵。艾玛警觉地看着我。

我们同时从餐桌旁站起来。

"我是来见詹姆斯的。"亚历克斯说。

他走进屋里，我们对视了很久。我一直在等他开口，心里思考着他过来的目的。

"我觉得我们可以谈谈。"他听起来有些谨慎。

艾玛在我身后说道："我和奥斯卡出去办点事。"

"不用了，"我半转过去对她说，"我们可以出去走走。"

"在这样的天气下出去？你疯了吗？！"

有点儿道理。

"那不走路了，我们坐个车。"

看到亚历克斯嘴角扬起一丝微笑后我放松了不少。过了这么久，在我面前他终于不再像块冰冷的石头了。

我将车辆的目的地设置到堡垒区域。它安静地在破旧、拥挤的道路上行驶。

"艾玛跟我说你又要执行新任务了。"

"是的。"

"她说会很危险。"

"也许吧。"

他朝我看来，仿佛是想让我看着他的眼睛说实话。

"很可能吧。"我看着他说。

"我就是想在你走之前花点时间陪陪你。"

我只点了点头。部分原因是我不知道该说什么，但更多原因是我内心五味杂陈，我感谢艾玛把事情告诉了他。就像一个脚受重伤的人习惯了一瘸一拐的生活一样，我选择无视痛苦或是用工作麻痹自己，因为我知道它永远无法康复。但有那么一瞬间，亚历克斯的话让我重新感受到了力量，让我破碎的灵魂再次变得完整，也让我内心长久的痛楚减轻了，仿佛那只重伤的脚突然装上了夹板，虽然仍未痊愈，也无人保证会愈合。

我和亚历克斯都不是多愁善感的人。所以当气氛有些变得情绪化时，我连忙转移了话题。

"想不想去个很酷的地方？"我问。

"什么地方？"

"一个地堡。"

第四十七章

艾玛

一段时间以来，我觉得自己的世界正在不断缩小。我平时起居和办公都在住所，抓紧每分每秒准备任务。若是停下手边的工作，我就会产生负罪感。休息时间就像对自己的纵容，甚至感觉是背叛了那些指望我的人。

我们不再利用周日和亲朋好友聚餐，转而全心投入一件事情：任务。我们一定要活下去。

詹姆斯也受到了影响。他压力倍增，经常疲惫不堪，生活里也只剩下三件事情：吃饭、睡觉、工作。他每周只放下工作一个小时，在周六的工作结束后和亚历克斯打牌或者聊天。虽然不知道他们之间发生了什么，但我知道詹姆斯很珍惜和他一起度过的时光。我们都知道，时间在当下是很奢侈的财富，我们即将耗尽它。

但时间不是唯一从我们指尖溜走的东西，地球最后的宜居地也面临着危机。居住地在慢慢消逝，寒冰一点点地吞噬着我们。人类像被困在一座小岛上，只能眼睁睁地看着海平面不断上涨，直至快要淹没脚下的土地。如果等不到转机，我们最终的命运就只能是深沉海底。

在严冬到来之前，这里只是突尼斯的一片沙漠。虽然现在仍然是沙漠，但一眼望去却成了另一幅景象：目光所及之处皆被冰雪覆盖，飘落的雪花犹如沙丘那般随风翻滚，像黄沙那样四处飞扬。

每天清晨，我会在太阳初升时站在屋外，希望能看到远方地平线上耀眼的光芒，祈祷太阳能电池离开或是出现故障，让命运饶我们一命。

可每天，我只能见到云层后阴暗的阳光在飘落的雪花中若隐若现。我们正逐渐远离太阳这座灯塔，慢慢漂向阴暗未知的水域，无法找到回头的道路。七号营地现在就弥漫着这样的氛围，不是因为缺少阳光或是维生素D，也不是因为孩子们无法外出玩耍或者大人们不能走路去工作，而是人们普遍觉得，太阳即将消失，我们的死亡倒计时已经启动。

一台铲雪机轰隆驶过，将落雪铲到一起，看起来像是冰篱笆一般，堆积在道路一旁。斗式铲车停到住所旁边，慢慢升起铲斗。穿着大衣，戴着厚帽子和护目镜的工人们拿着吹雪机清理着住所顶端的太阳能电池，吹下一团团白色落雪，让它们继续吸收那残存的微弱阳光。营地供热、供电、做饭的能源总量每周都在下降。

昨天晚上，詹姆斯给我们的床加了一条毯子。我们每晚都舒适地依偎在一起，但无论我们抱得多紧，盖了多少条毯子，依然能感觉到脸边的寒气，每一次的呼吸也刺痛着我的肺部。我已经适应在寒冷中入睡，但除此之外，我不知道能否适应其他的改变，不仅仅是寒冷，更是寒冷从我们这里夺走的东西：我们的自由、补给还有未来。

表面上看，人们很容易会认为是政府夺走了它们，例如天黑后的宵禁，以及食物的短缺。有人会责怪政府，抱怨着要制造暴乱推翻它。但我想每个人的内心也清楚，这样做无济于事。分配的食物不会增加，阳光也不会变强，即使严冬没把我们冻死，如果失去了政府，我们也等于是在自断生路。

我时常会想，即使我们成功击败了那些收割太阳能源的电池——这一切还会有意义吗？想想地球厚冰之下埋着的那些东西，植物和动物大概都早已被冻死。即使太阳能输出恢复正常，地球上的其他生命还能复苏吗？一切会不会最终都是徒劳的？每当我想到这些，我会选择忽视它们。但也正是在那些瞬间，我明白了希望的本质。希望未必是起始，它也可以是一切的终点。它是每个人取之不尽用之不竭的内在力量，是会打破我们最黑暗的念头的脆弱微光，它也许会被黑暗吞噬，但永远能在至暗时刻重新燃起。希望就像太阳，其回归之时便是生命能量的复苏之时。

❄

我没有告诉麦迪逊执行任务的事情，我本想拖得越久越好，但现在要藏不住了，发射只剩几天了。

越来越多的家庭都搬进了营房，那里平均供暖能力更好，而且人群聚集的热量有助于保暖，空出住所的供能也集中转移到了营房。作为放弃独立圆顶住所的奖励，食物分配也略有增加。若不是为了无人机实验室，我们三人也会搬出住所。

我第一次去这些建筑拜访艾比的时候，想到的是疗养院。但现在这些营房更像是监狱，房门不能关闭，为了让新鲜空气尽可能流通。住户在房间内目光呆滞地望着外面。在经过其中一间房间时我看到有人在下国际象棋，电量耗尽后的平板堆积在一旁（充电口已经关闭，如果被抓到在非工作时间充电使用平板会被减少食物分配）。

虽然人群密集，但是里面特别安静。房间里的气味非常陌生，有股密闭空间下循环使用后的一种类似麝香或陈年空气的味道，居民和这种气味一同被困在这里，除了外面寸草不生的冰冻世界外无处可去。

一些成年人依然穿着厚大衣，他们像囚犯那样排队行进，在昏天暗地下步履艰难地出发去工作。他们这样做是为了活命，因为只有工作满一天才能得到足够一天的食物量。

　　麦迪逊的房门没有关闭，我站在门边往里望去，艾德琳正在读书，欧文在摆玩具士兵，准备让它们前往"战场"。孩子们看起来都瘦了不少，像两根豆秸。他们一起躺在沙发上，神情非常疲惫。

　　我慢慢往屋里走去，麦迪逊正站在桌旁，用搓衣板洗着衣服，然后泡在水盆里。刚才见到两个孩子时我就吓了一跳，但见到麦迪逊后我更是难过到心碎。她面黄肌瘦，下巴线条锐利，双眼不自然地凹陷，头发稀疏，两只麻秆般瘦弱的双臂在搓衣板上努力地推着衣服。

　　我还没来得及藏起脸上的悲伤，她就转头看到了我。我们互相看着对方，她看上去像快要崩溃一般，但依然努力挤出了一个微笑。她将保暖内衣丢进水盆，绕过桌子来到我面前，伸出枯枝般的双手抱住了我。我紧紧回抱住麦迪逊，手指摩挲着她的后背，她的肋骨像桌上的水盆边缘那样突出。我感觉她此刻是那样脆弱，像一件无价却即将破碎的宝贝。

　　她松开了我，转头去喊欧文和艾德琳。孩子们朝我挥手然后跑过来抱住了我，他们没有麦迪逊那样瘦，这让我稍微松了一口气。我不能忍受看到他们和麦迪逊一样食不果腹。

　　她关上了门，之后坐在沙发上，让孩子们去他们一起睡的床上玩耍。

　　"你怎么来了？"

　　"就是想在工作前来看看。"

　　她心不在焉地点了点头，眼神飘忽，好像整整两天没有睡过觉一样。她指着小厨房说："你想不想来点……"

　　我猜她想说咖啡，但咖啡哪里都没有了——除了政府大楼，那里重兵把守，宝贵的食物只能按需分配。也许她是想说"吃的东西"，但很显然这些东西也没有了——而且他们自己都不够吃。我连忙说道："不用了，谢谢。"

　　她的眼神飘向地板。

　　"麦迪逊，你有拿到食物分配吗？"

　　"拿到了，但还是不够。"她四处张望，好像听到了什么，"他们是根据年龄分配的，你知道吗？"她顿了顿，"为什么要这样？"

"我……"

"难道不应该根据身高吗？"

"有道理。"

她激动地点着头说道："是会有两个年龄相同的孩子，但其中的一人更高，那很显然个子更高的孩子就需要更多的卡路里，这是很简单的道理啊，不是吗？"她看着我，在等我开口。

"对。"

"我们开会讨论过这件事情，"她又起身走到门口，好像忘记已经关上了门，"大西洋联盟说他们没办法挨个给每人量身高，他们只知道年龄，还觉得家长会对孩子的身高说谎。而且他们说孩子的身高是会变的，说得好像我们不知道一样。"她无奈地摊开手，"他们当然会长高啊，但现在已经没有人在长个子了，我可以肯定。但有些人还是——"她声音降了下去，有些谨慎地说，"有些人还是需要更多的食物。"

"我会和詹姆斯说说的。"

"别，"她立马说道，"不用麻烦他了……如果被区别对待……别人会对我们指指点点的，现在遍地流言。"

她又陷入了沉默，呆呆地看着地板。孩子们在安静地玩耍，我们可以听到门外行人的脚步声。

"我就是想来告诉你，我马上要和詹姆斯去执行任务了。"

她抬起头看着我，仿佛刚刚才意识到我在这里。有那么一瞬间，我在她眼里看见了一道光，我亲密挚爱的妹妹正看着我。她的笑容不是高兴也不是悲伤——而是一种坚定和骄傲。

"太好了，我很庆幸是你们。我们不能坐以待毙，一定要全力以赴，"她用冰凉的骨节分明的双手握住我，"但请你们一定要安全回来。"

❋

我在起居室里坐立难安，无视身体的疼痛，一瘸一拐地踱来踱去。詹姆斯回家后，立马察觉到了我的不安。

"怎么了？"

"我今天去看麦迪逊了。"

"她……"

"她一直吃不饱。"

詹姆斯深深地叹了一口气，将背包扔在沙发上。奥斯卡见状静悄悄地溜进房间关上了门。

"我们可以给他们增加食物配给。"

"她不会接受的，她说那样会带来不必要的麻烦。"

詹姆斯眉头紧皱，问道："什么麻烦？"

"我不知道她是什么意思，但我知道那些营房里的人现在都在同一条船上。你最近有去看过他们的状况吗？"

"没有，我最近很忙。"

"他们像是住在监狱里。"

他靠过来抱住我说："对不起，我之前并不知道。"

我靠在他肩上问他："我们可以把他们转移到堡垒里吗？"

"只有病人才可以。"

"他们就是生病了。"我本能地说道。

他看着我，眼里的同情和爱意融化了我内心的坚冰："我们坐车出去转转吧。"

他拿上背包，叫上了奥斯卡。虽然由于工作的原因詹姆斯不用宵禁，但晚上出门依然非常危险，外面风雪交加，能见度非常低。即使是一个小车祸，都有可能带来致命的后果。多一个人就多一分安全。

在自动驾驶车上，我问詹姆斯："食物的剩余情况有多糟？"

"很糟。"

"我们难道会在冷死前先饿死吗？"

他心不在焉地摇着头，说："我不知道，气温和粮食之间是存在关联的。没有阳光就没办法种植农作物，营地也没有多余的能源使用生长灯——"

"那热能供能呢——你们为堡垒挖的那口井？"

"我们一直没有挖到预期深度，虽然能为堡垒供能，但依然不够温室用，如果能挖得更深那就可能可以。风力发电和水力发电也行，但那需要

254

消耗资源以及时间，这两者我们目前都没有。没人能想到形势恶化的速度如此之快。"

"还能有多快？说实话，你想想太阳的大小，再想想那些太阳能电池的数量，它们的规模要多么的庞大才能遮挡阳光。"

"你在假设它们离太阳非常接近，但我们还不能确定。"

"赫利俄斯舰队传回的图像——"

"显示了太阳周围的太阳能电池，我知道。但如果它们正朝地球飞来呢？我们不知道它们是否还在太阳附近，只知道它们挡在地球和太阳中间。而它们越接近地球，遮挡太阳所需要的数量就越少。毕竟，连月球都可以遮挡住大部分的阳光，更何况月球直径只有三千多千米。"

"就像日食。"

"没错。"

我们在车上沉默许久，看着白色的车头灯在漆黑的夜色中射出一道道光束，光线所之处都飘满了雪花。

"但是，就算你是对的，就算我们成功阻止了新的太阳能电池的制造，但旧的太阳能电池还在外面，寒冬还是不会结束啊。"

"这个我们应该也有办法，我想带你去看些东西。"

即使已经很晚了，詹姆斯第一次带我去参观的堡垒和"斯巴达"一号的工厂现在还是挤满了军方的车辆。他们还新增了一个安全检查点，后面是一座大型仓库，仓库顶上的大灯没有打开，工人们仅仅靠着作业灯在四处忙活。即使灯光昏暗，我也能看出来他们在造什么：核弹。

"我以为全部的核武器都会装载在斯巴达舰队上。"

"不是全部，我们的直升机燃料有限，虽然没办法再进行提炼，但我们打算用仅存的燃料去抢救食物库存，然后回收美俄两国的核弹。"

"计划是什么？用核武器供能吗？"

"它们经过翻新后可以在太空进行远距离作战。"

"你们是打算用核武器攻击太阳能电池。"我突然明白了。

"是的，在我们发射后，探测器会对这些太阳能电池进行定位。它们肯定在地球和太阳中间某个位置，一旦确定方位，我们就会发射核弹。"

我摇了摇头，说："但是它们的数量还是太多了。"

"确实，可如果我们对它们的运行机制设想的没错的话，也许可以暂时吓退它们。"

"这只能给我们争取一点点时间。"

"总好过没有。"

詹姆斯走到工厂里面的一个隧道口，我们登上了一辆小电动车，无声地向下驶入地堡，气温也越来越低。

我之前看到的岩洞此时被一堵高耸的金属墙封闭着，墙上有一组双扇门，门上用大写字母写着"CITADEL[1]"几个大字。

双扇门后面的气闸提供了暖气，通过一扇做了标记的门后，我们被领进一个小厅，里面通往餐厅和浴室以及公共休息室。詹姆斯对桌子后面坐着的一个士兵点点头，然后领着我进入公共休息室。如果说，早上我在营房经历的一切使我震惊，那眼前堡垒里的场景则更让我心如刀割。我估计至少有一百张狭窄的医院病床摆放在一起，床铺之间由一张张白色布帘做间隔。离我最近的一张床上躺着一个和欧文年龄相仿的小男孩，比麦迪逊还要骨瘦嶙峋，他双眼紧闭，身上盖着白色被单，双腿干瘦到被单上几乎都见不到起伏。一条静脉注射管线插在他瘦小的手臂上，我不知道他得的是什么病，但我猜是营养不良。

另一个男人躺在隔壁的病床上，痛苦地呻吟着，脸上缠着一圈圈绷带，绷带间还渗着鲜血。他身上穿着工作服，我认得他——他是清理垃圾——捡垃圾的。我猜他们后来让他去工厂或者仓库工作，才导致他受的伤。一位看起来不知道是护士还是医生的人正俯身检查着他的眼睛。

隔壁床还坐着一位妇女，她正在桌灯下读一本平装书。她看起来没有生病，但她的小腹隆起，用手轻轻抚摸着肚子，可能是希望能摸到宝宝的动静。当她抬头看到我并挤出微笑时，我依然可以在她眼神里看到害怕。

詹姆斯转过来小声和我说："我应该可以让麦迪逊一家人转移到这里……但要抓紧时间，这些病床很快就不够了——"

"不用了，这些人更需要帮助。"

---

[1] 英语：堡垒。

第四十八章

詹姆斯

发射前两天，我和艾玛举办了一场家庭晚宴，这是数月来的第一次。福勒、麦迪逊一家，还有亚历克斯一家，所有人都到了。大家其乐融融，仿佛回到了从前阳光明媚的日子，但我们都知道这只是假象。

大家也一眼看得出目前谁对政府更加重要，当然是参与发射任务的人员。虽然我和艾玛以及福勒夫妇看起来都身心交瘁，但我们吃得很好。而亚历克斯、艾比、麦迪逊和大卫则看起来食不果腹、面色苍白。他们的动作和谈话都精神萎靡，仿佛连集中精力都非常困难。

一些事情只有亲身经历过后才能理解。全面战争——这就是今晚出现在我脑子里的词。我之前见过这个词，一般指的是第二次世界大战。但直到现在，我才真正明白它的含义。这就是全面战争，不仅无数战场上的人将会丢掉性命，战争的魔爪还会伸向所有你深爱的人，夺走他们的生命，给所有活着的人留下不可磨灭的伤疤。

我们想方设法为今晚加了餐，大西洋联盟大概知道这是我和艾玛在地球的最后一餐，甚至是我们最后的齐聚。所以大家都吃得不紧不慢，我想艾比、亚历克斯、麦迪逊和大卫也非常珍惜这最后的时光。孩子们则如往常一样狼吞虎咽，看谁能第一个吃完然后去一旁玩耍。杰克第一个吃完，其他人也紧随其后，离开餐桌去起居室玩耍。我希望他们可以出门，甚至是去康复中心玩，但那里空间太大，供暖会耗费更多的能量。

大人们则都尽量保持乐观，虽然也知道这是徒劳。我们都知道，这也许是我们最后一次见面，因此都希望利用这短暂宝贵的时间好好看看我们。福勒和妻子离开后，屋内的男女分开，分别坐在餐桌两侧。艾玛、麦迪逊和艾比坐在餐桌一头，我和大卫、亚历克斯坐在另一头。

"你们有多少飞船？"大卫问。

这些属于机密信息，我知道大卫和艾利克斯不会告诉别人，甚至这些信息都不再重要，但还是没有必要冒这个风险。

"挺多的，有特别多备用飞船。"

我们听到有谁哭了起来，是孩子们为玩具起了争执。艾比刚站起身，大卫示意她坐下，接着走过去，严厉地说道："还回去，那不是你的玩具。"

亚历克斯平静地向我："你会害怕吗？"

"会。"

我和亚历克斯之间的关系已经有所改善，但还是没有回到从前那般总是互相打趣也相互支持的好兄弟状态。他虽然依旧对我有所戒备，但现在他在乎我。这有点儿像心理学上的旁观者角色，害怕自己在乎的人会伤害自己，所以刻意保持距离，但又无法完全脱离。我现在明白了，我对这次任务的新成员来说也是这样的感觉。

"奥斯卡也去吗？"

"嗯。"我避开他的眼睛回答道。

"你是怎么和他们说的？"

"说他是我的助手，我需要他在飞船上的机器实验室协助我工作。这理由让负责人员选拔的委员会没办法拒绝。"

"艾比说艾玛也会去。"

我望着桌子对面的艾玛，她正开心地与艾比以及麦迪逊讲着笑话。

"所以我才担心。"

我们接下来没有再说什么，只是看着孩子们无忧无虑地玩耍。他们就是希望的灯塔——是事情会好转的证明。孩子比我们想象中更能适应，所以人类才能繁衍生息，不断发展。我告诉自己，他们以后会忘记这些事的，如果我们这次能撑过去，我希望他们能忘记。至于大人，我不知道我们以后能否走出来。但孩子才是人类的未来。

❋

晚饭后，我和艾玛躺在床上盯着天花板，累得无心看书。过了一会儿，她靠过来在我额头上吻了一下，轻轻地说了声晚安，然后让我关灯。

微弱的床头灯在一旁亮着。在这发射的前夜，我不禁开始怀疑自己，怀疑我们的飞船，怀疑任务，怀疑我做过的每个重要的决定。

"我能问你一些事情吗？"

她转过身来："当然。"

"你有考虑过待在地球上吗？"

她坐起身来说道："我们已经讨论过这件事，我必须要去。"

"如果任务……我是说如果我们失败了，你留在地球上还能活得更久一点，能陪陪家人。"

"我加入这次任务不仅是为了自己，更是为了我们的未来，为了我死在空间站的队友。他们是被害死的，我本应该保护好他们，但我失败了。我从来没说过这件事，但当我在面对太阳能电池时，在回地球的途中，甚至是回来后的每一天，我都一直觉得很内疚。"

"消灭它们并不会减轻你的内疚感。"

"也许吧，但我一定要尝试，不仅是为了国际空间站，还是为了'和平女神'号上的其他成员们，我想念他们。地球上有我们的家人，太空上也有我们的家人。还有那些在空间站失去的家人……我已经失去太多，没办法放下了。这次你必须要带我去。"

我叹了一口气，知道她铁了心要去。但至少我努力尝试了。

她打开床头灯。

"嘿，如果我们错了怎么办？"

"什么意思？"

"我们假设的是小行星上面有个收割者在源源不断地制造太阳能电池，来收割我们的太阳能。但是有没有可能其实是另一种截然不同的东西呢？如果谷神星上没有收割者怎么办？！如果反而是一艘母舰呢？！如果等着我们的是上百艘准备和我们开战的飞船呢？！又或许外面其实什么也没有呢？！太阳能电池可能就像蝗虫一样，从一个星系飞到另一个星系，然后花上数百万甚至数十亿年汲取能量，之后带回到某个能量储藏库，最后再去别的星系收割。"

她的这些问题其实已经困扰我数周，在我现在已经开始怀疑自己的情况下，我又忍不住思考起来。我不知道我们的猜测正确与否，我想安慰她说我们能随机应变，但她可没那么傻。如果收割者不存在，它不在谷神星上——而是在木星的某个卫星，土星或者天王星上——我们也没办法去那么远，任务会就此失败。

我把自己告诉美国国家航空航天局还有同盟的话又告诉一遍艾玛："谷神星是最合理的推测，它离太阳较近，但又足够远到我们无法近距离监控。肯定不会错了。"

我希望自己没错，因为这个赌注将决定全人类的命运。

❄

发射前的准备让所有人手忙脚乱。我们一遍又一遍地反复检查，这次绝对不能出现任何差错。如果发射失败，我们没法重新开始。这次任务直接决定着我们的生死。去谷神星将是人类历史上最远的载人航天飞行，乘坐的也是历史上最大、最先进的飞行器。

三方联盟选择我作为任务的领导者，我猜是因为我有对付过太阳能电池的经验，但我不能独自揽下所有功劳，"和平女神"号的其他成员也帮了很大忙，是他们在视频中的坚定让卡斯比亚和太平洋联盟对我报以信任。对我而言，这份信任我必须要报答。

❄

在美国国家航空航天局总部，艾玛、奥斯卡和我坐在前排，随行的还有海因里希、特伦斯和佐伊。虽然另外的那些人我并不认识，但看着他们一个个升空我还是感到非常紧张。太空舱分离后飘在近地轨道，并未遭到攻击。

眼前这一切对我而言宛若旧日重现。我当时坐在佛罗里达州美国国家航空航天局一间类似的会堂内，太空舱在太空等待着对接，做好了被撞击的准备。现在这间屋子要冷得多，世界也不同往日。我希望这次的结果能有所不同。

我努力不去想被留在太空的"和平女神"号成员们，我开始理解艾玛在空间站事件后的感受。失去工作伙伴的伤痛永远也无法治愈，这种感觉残留在心里会时不时发出刺痛。

发射快过半时，他们敦促我们做好准备。我们穿上航天服，然后登上了一架直升机朝海边飞去。在飞机里我不断眺望，好一会儿才看到发射台。"斯巴达"一号立在那里，它是我们最后的希望。等下发射的是飞船的主体，比其他部件要大上许多，对外星实体而言也是个更加显眼的目标。

进到飞船里，我和艾玛、奥斯卡三人被分配到不同的区域，理由是如果飞船损坏或是遭到攻击，至少不会全军覆没并损害到任务。但是，我想和艾玛在一起，在这艘巨大飞船升空时握紧她的手。可现在我只能孤身一人，戴着头盔，听着耳机里的倒计时。舷窗外能看到冰雪覆盖的大地和蔚蓝的海水。

耳边传来轰隆声，周围的一切开始颤抖。任务中心不停地说话，像我脑子里的声音在不断汇报着一切。

艾玛的声音通过耳机传来。

"詹姆斯？"

"我在这里。"

"我们上面见。"

❋

到达近地轨道后我解开安全带，脱下头盔，越过一间间的太空舱。

按照计划我们应该原地待命，但我忍不住想见艾玛，而且很显然，她也一样。她已经先我一步赶到主控室，越过连接通道朝我望来。

"一切顺利。"她非常开心地说道。

我也对她回以笑容。

但我的笑容之下藏着前所未有的担忧。看到艾玛穿着航天服飘在前方，让我想起第一次见到她时，她失去意识又浑身冰凉，接近死亡的场景。太空生活对她的身体造成了很大伤害，差点夺走了她的生命。她无法再承受过久的太空生活。为了艾玛和地球上的所有人，我必须要一次成功。

❋

让我没想到的是，外星实体对这次发射无动于衷。舰队中共有九艘飞船飘在近地轨道，等待着指令。

发射24小时后，飞船给太空舱下达了对接指令。等舰队对接完毕，我们开始朝谷神星进发。

※

任务开始一周后，"斯巴达"一号发射了第一批无人机舰队。它们的任务非常简单：侦察。主要是为了找到中途岛无人机并和它们会合，我需要知道它们有什么新发现。

我躺在睡眠站里，意识在清醒与沉睡中间游走。突然我听到飞船警报声响起，通信器里传来奥斯卡的声音。

"先生，请立刻来主控室。"

我立马坐起身离开了睡眠站，撞见了艾玛正从无人机实验室出来，可是她本来应该也在休息的，她得学会休息。我打算等警报结束后和她谈谈这件事。

"出什么事了？"我一赶到主控室就问道。

"有一架无人机发现了情况。"奥斯卡平静地说。

"什么情况？"艾玛问。

"一艘飞船。"

第四十九章

艾玛

无人机是在极端距离拍摄到的飞船，画面非常模糊，但就算那艘船化成灰我也认得出。那就是"和平女神"号。

我和詹姆斯待在主控室，盯着屏幕上的图像。奥斯卡一言不发，没有打扰我们，只是让我们消化眼前的信息。认识奥斯卡这么久，我很少见他流露出什么感情。我觉得能让他动情的事情非常少，他对人的理解还停留在非常浅显的层面，但他非常了解我和詹姆斯——他知道那艘船和船上的成员对我们的意义。他知道我们不仅是想要，更是需要得到一个答案。

我绞尽脑汁思考着"和平女神"号在那个位置做什么，它离贝塔当时的位置非常遥远，它是怎么来到距离地球这么近的位置的？我猜测它很可能是飘到这里来的。

海因里希，"斯巴达"一号的德裔驾驶员，飘到了主控室。

"不可能。"他看到"和平女神"号的图像后立马说出口。

大家对这个谜团非常好奇，剩下的队员也纷纷停下手边工作来到主控室。

"改变航线。"詹姆斯盯着屏幕说。

海因里希摇了摇头，说："回收'和平女神'号不是我们的任务，会浪费燃料和时间。"

"你听到我的命令了。"詹姆斯平缓地说道，话里没有任何挑衅或是进攻的意味，但眼睛依然盯着屏幕。

我以为他们会争吵起来，海因里希会拒绝执行詹姆斯的命令，并试图说服他不要浪费燃料和时间，但他们肯定知道说得再多也是徒劳，便没有和詹姆斯争论，而是改变了飞行航线。我们发射通信无人机告知斯巴达舰队的其他飞船不要改变航线，继续按任务计划前往谷神星。

在实验室，我飘到詹姆斯一旁抱住他。看到"和平女神"号的图像让我心里涌起了无限的情感，我知道他也一样。我们飘在空中抱着对方，许久不愿意松手。

"他们可能还活着。"我小声地说。

"他们的食物应该早就吃完了。"

"有没有可能……他们定量分配食物或者用其他方法活了下来？"

"我们不能抱太多希望，艾玛。"

"我知道，但我就是忍不住。"

"我也是。"

❋

我怀念我地球上的朋友和地球重力。但最怀念的，还数我和詹姆斯、奥斯卡的住所，特别是我和詹姆斯读书和交谈时共枕的床，虽然寒冷让人难以忍受。

在太空上，我们每晚不得不分开睡，詹姆斯在太空像变了个人，我感觉和他之间的距离越来越远。在地球时，他白天专心工作，晚上才能陪我休息。我觉得这是他后天学来的技能，在家里他能切断自己和工作的联系，变得更开心，更无忧无虑。但在这里他做不到，他两眼只专注于任务，无时无刻不在工作和思考，像一台高速运转且无法关闭的引擎，我很担心他把自己逼得太紧。自从看到"和平女神"号的图像，他就对其他队员施加了非常大的压力。我的压力则在于需要尽快完成高速无人机的建造，然后与"和平女神"号取得联系。

我正在实验室对无人机控制板做最后的修改，詹姆斯飘了进来。

"怎么样了？"

"快完成了。"

"好，我们得抓紧时间。"

从他的话中，我看得出他和我一样，祈祷着"和平女神"号上的队员们还活着，我们还来得及挽救他们的生命。如果可以，我们也必须这么做来回报他们的救命之恩。他们做出的牺牲甚至换来了全人类的希望，更重要的是，他们是我们的朋友，更是我们的家人。

在高速无人机发射时，每个人都来到了主控室，幸运的话，无人机几天后便能与"和平女神"号取得联系，并在一周内返回。

✻

根据任务协定需要，我每天晚上会录制一段视频——记录当天所有的数据和工作，并在接触收割者前将通信方块发送回地球。如果我们任务失败的话，我们希望那些数据未来能起到作用。

但是数据只是数据，并不能讲述全部来龙去脉。为了了解任务细节，必须得知道船上的人在想什么——他们做出不同决策背后的原因，数据中没有提及的细节，甚至是他们觉得无关紧要的事情，因为有时候，转机就在那些看似无关紧要的琐碎上。

为任务协定录制完毕视频后，我总是会给麦迪逊再录制一段信息，这些视频可能是麦迪逊最后能见到我的地方了。

✻

我和詹姆斯在实验室里讨论着攻击无人机的设计，通信器里传来奥斯卡的声音。

"先生，我们已经找到中途岛舰队了。"

我们迅速赶到主控室，急切地想知道传回的信息。

奥斯卡和往常一样面无表情，我没办法从他脸上读出任何消息。

詹姆斯在主控室的终端上操作一番，在屏幕上调出传回的数据。数据比我想象中要多得多。

他在主屏幕上打开地图，我震惊地看着它们的飞行路线。它们已经完全超出了我们为它们设定的路线，这怎么可能？难道是某人——或者某物——修改了它们的程序？

"所有人来主控室一趟。"詹姆斯对着通信器说。

与"和平女神"号的气泡室一样，"斯巴达"一号的主控室中间有一张多功能终端会议桌。等人到齐后，大家系好安全绳，詹姆斯开口说道："我们刚刚收到了中途岛舰队传回的数据。"

几个成员安静地看着屏幕，惊得合不拢下巴，不知道谁小声说了句："天哪。"

从目前收集到的数据来看，外面总共有 24137 个太阳能电池，全部在往太阳方向飞行，矢量和谷神星源头一致。

看着黑白屏幕上展示的规模，我感到无比真实的威胁。看来詹姆斯又一次猜对了：谷神星上藏着什么东西。

我们要搞清楚中途岛舰队发生了什么事，但我突然想到一些可怕的可能性：这些数据会不会是假的？我们的敌人会不会已经拦截了无人机，让我们一步步走进它们的陷阱？

❅

我和詹姆斯经过计算，预测联系"和平女神"号的无人机马上就会返回。我们在主控室等待着它，身上系着安全绳，手里在忙活工作，至少试着工作或者看起来像在工作，其他队员也来到主控室做好了准备。

已经超过无人机预定抵达时间，但迟迟没有任何消息，大家也一言不发，我忍不住担心起来。

又过了三小时，主屏幕才弹出一则消息：

通信已启动

我以为是文字数据，但屏幕上传来了一张分辨率极低的灰度图，可那是我这辈子见过最美丽的图像，"和平女神"号的队员们飘在气泡室对着镜头挥手，格里戈里和莉娜看起来很镇定，田中泉和夏洛特非常担心，哈利脸上则挂着个大大的微笑。

在仔细研究图像后我非常难过，他们看起来憔悴枯瘦，我知道他们的食物根本不够。

照片旁还有一段话：

> 致"斯巴达"一号的船员，
>
> 恭喜你们找到未知物体之旅的彩蛋。

我忍不住笑了起来，知道这肯定是哈利写的。

> 我们知道你们的任务不是营救我们，而是为了结束漫长的寒冬。别让我们打乱你们的计划，也不要浪费资源来救我们。告诉我们你们的需求，我们会尽力提供帮助。
>
> ——"和平女神"号

现在我确定是哈利写的了。

海因里希率先开口："我们要改变航线吗？"

"嗯，"詹姆斯说，"我们要和他们会合，设定好航线，让无人机带着坐标发射回'和平女神'号。"

❄

第一批高速无人机已经抵达谷神星，在进行一次远距离探测飞行后返回，但是它们一无所获，谷神星只是一块飘在小行星带的贫瘠石头。

266

这让我们陷入了慌乱。我们认为收割者是用了某种方式隐藏自己，也许是通过全息投影制造了空无一物的假象。但调查无人机理应检测到一些异象才对，看来我们是低估敌人的实力了。

詹姆斯坚持认为肯定是哪里出了差错，我们用通信模块对无人机下达诊断指令，但系统显示一切正常。

我们收到中途岛舰队数据后的自信荡然无存，唯一确定的是"和平女神"号还在外面。我们马上能和他们会合，并探明他们发生了什么事。

❋

第二架前往谷神星的高速调查无人机已经返回并传输了数据，依然一无所获，谷神星上什么也没找到。

所有人来到主控室等待无人机返回，当数据出现在屏幕上时，每个人都转头望向詹姆斯。他就像刚刚在牌桌上抽了一张牌，但故意隐藏起了内心的想法。

他的声音非常冷淡，仿佛他已经意料到这样的结果。

"做一次数据诊断，这次我要看全方位的遥测影像。"

❋

我们仔细研究了第二架无人机传回的遥测影像，并发现了一个异常：在无人机抵达谷神星的两天前检测到了一股能量激增。也许只是偶然性故障，但这激起了我们的好奇，或者说希望。我们猜测谷神星上有东西拦截了无人机并篡改了数据，我们决定再发射一次。

第三架无人机带回来的数据和前两次一样。

接着我们进行了诊断，发现这次又有同样的异常，但位置不同。这次能量激增的位置离谷神星要近得多。

外面是有一艘母舰或者收割者吗？难道是它篡改了无人机数据来隐藏自己？还是说只是无人机自身设计缺陷导致了异常？

❋

我们终于接近到能与"和平女神"号建立通信无人机链。我想起了

"天炉星"号，不禁开始害怕同样的厄运会发生在"和平女神"号或者"斯巴达"一号上。但我立马打消了这个念头，我相信詹姆斯会有计划的，他永远能想到办法。

我们在主控室看着屏幕上与"和平女神"号建立实时通信的倒计时。

00：00：04

00：00：03

00：00：02

00：00：01

建立连接

詹姆斯焦急地在平板上敲着信息，但"和平女神"号率先一步。

"和平女神"号：马可

詹姆斯露出一个微笑，我也忍不住大笑起来。肯定是哈利在打字。

"斯巴达"一号：波罗！我们收到，"和平女神"号。状态？

"和平女神"号：正常。

詹姆斯看着我，我知道他在想什么：他们不愿意说实话。他们大概已经猜到我们的任务目的，而且不想扰乱计划。

"斯巴达"一号：哈利，我需要了解你们的真实情况，我们不能把你们丢在外面，我知道你们的补给已经告急，你们怎么做到坚持了这么久的？

"和平女神"号：飞船在贝塔的爆炸中受损严重。格里戈里修复了引擎，我们还损失了一些反应堆燃料。但我们搜索到了"天炉星"号的残骸并用机械臂取回了一些补给和燃料。

"斯巴达"一号：聪明。还有呢？引擎状况？环境状况？

"和平女神"号：我们遇到了一些问题，但都是小问题。自从贝塔事件后，我们一直在专注追踪中途岛舰队，给它们下达新指令并为它们补给供能。

"斯巴达"一号：难怪它们的飞行距离那么远，传回的数据也让我们感到震惊。你们一直在为它们供能？

"和平女神"号：对，它们消耗了很多能源。

"斯巴达"一号：请稍等，"和平女神"号。

詹姆斯解开安全绳飘到屏幕前，面向"斯巴达"一号的船员说道："他们的牺牲换来了我和艾玛回到地球的机会，他们这样做也是为了你们，也是为了他们的家人和地球上数十亿的人类，他们来到太空的目的也是如此。和我们一样，他们觉得自己的性命不及任务重要，但我们绝不会抛弃他们。在深入探讨怎样实施救援前，我想问问在座的各位是否有人反对拯救这些勇士？"

詹姆斯说的话非常机智，我真的觉得"和平女神"号上的时间让他了解到了什么是人性，特别是团体动力学。

大家低头看着平板，盯着自己的手或者桌子，没人愿意开口。

终于，海因里希说道："我同意。但我有一个非常简单的问题：要付出多大的代价？又该怎么帮助他们？我支持救援，前提是不会影响我们的首要任务。"他示意屏幕，继续说道，"而且很显然你的前队员也会同意这一点，他们想让我们继续任务。"

主控室的其他队员都点头赞成。

"詹姆斯，你觉得我们该怎么做？"我问他。我想让其他队员知道我和他还没有想到任何办法，现在正是团队商讨决定的好时机。

"我们有几个选项，有些消耗更大，有些风险更大。"

"我们可以和他们对接并转移他们到'斯巴达'一号。"我说。

大家陷入了沉默。

海因里希没有看我，直接说道："我认为那是个风险极大的选项。"

"我也同意。"詹姆斯继续，"和飞船对接并转移他们的成功率非常低，也并不理想，那样会加速我们的资源消耗，'斯巴达'一号也容纳不下那么多人。虽然'和平女神'号上的队员非常优秀，但让他们进入我们的飞船会阻碍整个任务的进行。我们承担不起那样的责任。"

特伦斯，我们的英裔船医也举手说道："另一个问题在于，他们可能受伤了。我们只看到了他们的图片，虽然看起来没事，但他们可能藏着贝塔事件后受的伤，更不用说长时间待在太空对身体的伤害。"他说完快速扫了我一眼。我知道这的确有可能。

"我的意思是，"他继续说，"他们可能需要尽快接受治疗。"

"你的意思是，"海因里希有些不耐烦，反问道，"你支持把他们转移到这里接受治疗？还是想说不应该让他们来这里，因为那样会消耗我们的资源和影响任务的重心？"

"我也不知道。"特伦斯的头摇得像在两只手中来回抛动的一颗球。

海因里希盯着他说："不知道是什么意思？你怎么能发言后又说不知道？"

"我当然知道我在说什么。"特伦斯生气地表示，"我只是不确定那意味什么或者我们该怎么做。我只是想说他们可能急需医疗帮助。"

詹姆斯伸出手打断道："好了别说了，我们不能把他们接到这里，太冒险了。即使转移成功，船上的资源也有限。"

詹姆斯看着特伦斯说道："关于医疗帮助，这点是可以肯定的。实际上，我们的医疗资源不比他们多，他们的药物和补给也基本和我们相同。如果他们能用自己的补给进行治疗，他们应该已经这么做了。我们最多只能提供一些他们已经用完的资源，如果他们需要医疗帮助，那他们只能回地球了。"

"这样的话，"海因里希谨慎地说，"他们为什么还不回地球？'和平女神'号也有逃生舱，我们知道他们没有用这个来送你和艾玛回地球，他们为什么不弃船回家？"

"他们已经告诉我们答案了，"詹姆斯回答，"他们觉得继续追踪无人机舰队的动向比回家更重要，比自己的性命更重要。但现在工作已经完成，他们给我们指明了道路。我猜测他们逃生舱的燃料已经用在了无人机上，所以现在只能困在这里。"

海因里希望着我们的意裔女工程师佐伊，问道："我们能转移燃料给他们吗？"

"理论上可以，但实际上不太可能。时间紧迫，燃料也不够。这将是一项艰巨的任务，得花费……呃，我也不确定——至少好几天来想出一个方案，也许还要一周甚至更久来实施。"佐伊有些不确定。

"有一个非常简单的方法，"詹姆斯说。

大家望向他。

"我们可以给我们的逃生舱装上补给和多余的医疗资源，让'和平女神'号和它们会合，然后乘坐我们的逃生舱回地球。"

太空是个安静的地方，"斯巴达"一号上更是经常如此。但我从来没有见过现在这样如此安静的情景，我本能地知道我此时不该第一个说话。我支持詹姆斯的计划，这是个好计划，也非常简单。我们在接下来的三十分钟里就可以执行，"和平女神"号的成员也能得到拯救，更不会拖累我们去谷神星的进度。实际上，发射逃生舱后飞船的重量会更轻，飞行速度也会加快。逃生舱有足够的燃料从谷神星返回地球，即使消耗大量燃料与"和平女神"号会合，他们依然能返回地球。

问题在于，这样一来我们"斯巴达"一号的所有成员会被困在太空。飞船的燃料并不足以让我们抵达谷神星再返回地球。如果这么做，便是以我们的牺牲换来他们的获救。

第五十章

詹姆斯

我说完计划后，现场陷入了死一般的寂静。我看着队员们的表情，想在他们脸上找到蛛丝马迹，猜测他们的想法。有时候，我们会受到考验，揭露我们真实的为人。

我很了解艾玛，她一定会支持我。"和平女神"号的队员们为了我和她的安全，牺牲了他们自己才换来了我们的今天。对我们两个人而言，这是个不容置疑的决定。

我知道奥斯卡也会支持我，不管什么情况，他都会站在我这边，即使是牺牲他自己。如果我们能活着回去，我打算在任务结束后解决一下这件事。

对于其他队员，说实话我也不知道他们的想法如何。他们没有开口讨论，而是开始逐一点着头，对我的计划表示无声赞成。

"这是个好计划。"海因里希说。

"我可以负责挑选医疗资源。"特伦斯继续说，"两个逃生舱的补给应该是平均分配吧？"

"我们应该和他们协调一下，选一个会合坐标。"佐伊也开口道，"我们得知道他们回到地球具体需要多少燃料。"

✳

如我所料，"和平女神"号不同意我们的计划，坚持说自己没有任何麻烦。最后，我发送了一条信息告诉他们，我们会发射出逃生舱，他们要么无视，要么乘坐上去。在良久的沉默后，屏幕上传来简短的几个字。

"和平女神"号：谢谢你们，"斯巴达"一号全体船员，谢谢。

272

他们不再遮遮掩掩，而是说出了他们的医疗资源需求。我庆幸他们没有受严重的伤，多数是一些旧伤，和艾玛在空间站被摧毁后受到的伤类似，都是一些已经愈合的骨伤和贝塔造成的外伤。虽然骨密度严重受损，但除此之外没有其他大碍。他们能活下来。

至于我们……走一步算一步吧。

"斯巴达"一号的队员们聚集在主控室，看着逃生舱发射。大家都一言不发，但是我能感觉到一种由集体牺牲产生的纽带已经在我们中间形成，这毋庸置疑。逃生舱向漆黑的宇宙飞去，身后喷射出白色的气痕，像打响了最终之战的枪声，它们就是我们战斗的证明。如果之前我对"斯巴达"一号队员的决心和毅力有任何存疑，那现在都已经消失不见。我们一起踏上了一条无法回头的道路。

❄

十架调查无人机都已经返回，毫无所获。仿佛在不厌其烦地告诉我们，谷神星上除了石头和尘埃什么也没有。我对每架无人机的数据都进行了诊断，下载了所有的遥测影像。每架无人机都传回了一个技术性故障，发生在不同的时间、谷神星附近不同的地点——这让我很困惑。如果有什么东西干扰了无人机，那故障发生时的地点或者距离应该相近才对，数据也应该更加一致。如果是敌方无人机在干扰我们的无人机，那至少故障地点的范围也不会相差太大。但目前来看，这些地点太过分散。

我察觉到有队员开始对任务产生怀疑，像地平线上的风暴，虽然雷声暂时还很遥远，却是提醒着我它的存在。但风暴没有影响到我，我可以肯定有什么东西在那里等着我们。

"斯巴达"一号继续以最大速度向无垠的宇宙驶去，船上搭载的三枚核弹头随时可以发射。我觉得自己就像亚哈在猎捕白鲸，入魔般地寻找着我的目标。

在乘上"和平女神"号之初，我的生活空无一物，既不认识艾玛，和艾利克斯也形同陌路。没有家人，没有朋友，只有奥斯卡。但现在不同，我找到了战斗的意义，活着的意义。

太空生活彻底改变了我。在首次离开地球时，我只是个被世界放逐的科学家。我觉得自己不属于这里，而是是个反叛者。但现在的我是领导者，能明白并理解周围的人，在过去，我是做不到的。我曾以自己理解世界的方式艰难前行，相信世界会跟上我的步伐。但实际上，好的领导能力在于理解你所领导的人，为别人做出最佳的选择，更重要的是，在他们没有意识到什么才是最好的选择时，要说服他们。正是当人们犹豫不决，心存疑虑且处境艰难时，领导力才开始发挥着它重要的作用。

每天早上，船员们都会来到主控室，我的两边分别坐着艾玛和奥斯卡，其他人也围桌而坐，分享着自己的最新进展。此时飞船的运转已达最大功率，我们的大脑也是。但有个心照不宣的问题我们还没讨论。

我首先开口说道："你们也知道，我们目前还在前往谷神星的航线上，也没有命令斯巴达舰队的其他船只更改航线。虽然调查无人机一无所获，但这并不能说明什么。我们的敌人有可能非常先进，先进到能影响我们的无人机并藏匿自身。但同时，我们也应该对其中一种可能性进行讨论，也就是谷神星上确实什么也没有。我们要做好两手准备。"

海因里希在发言前看了看大家的表情。

"这也可能是个陷阱。"

他总是能抓住重点，这点我挺喜欢他的。

"对。"我继续说，"那个外星实体，或者叫它收割者什么都好，可能正在其他地方制造太阳能电池——太阳系更深处，或是小行星带的另一颗小行星上，先把太阳能电池送往谷神星然后再朝太阳发射，造成它们是在谷神星上制造的假象，而在谷神星上等我们的有可能是规模庞大的武器或者攻击无人机。"

海因里希继续说："我们的舰队可以兵分多路，让飞船分别前往小行星带里其他的小行星和矮行星。"

"我也考虑过这样做，"我表示，"但这样有一个风险，那就是分头行动会削弱我们的整体力量。我们不知道等着我们的会是什么，我们只有一次机会，必须靠所有飞船压倒性的力量一举进攻。"

"你确定是谷神星吗？"艾玛问。

"不确定，但谷神星是最合乎逻辑的地点。"

"为什么？"艾玛的声音有些小。

"能源。"

每个人都在等着我继续说。

"我已经建立起一整套这个外星实体运转的规则，它的所有举动都是为了能源。所有事情中最明显的事实在于，它们没有直接用这些能源来消灭我们——虽然它们大概率可以。而是选择了最大限度地降低能源消耗。我觉得它们的目的纯粹是为了收割能量，而选择冰冻地球只是因为这是消灭我们最节约能源的方式。"

"我们可以看到那些太阳能电池的矢量，它们的轨迹全部可以回溯到谷神星。虽然理论上收割者也可以在其他地方制造它们，但要在别处制造再运送到谷神星来掩人耳目，这么做的话会浪费能量，非常多的能量，那还不如直接用那些能量将我们消灭。"

"那你觉得等待着我们的到底是什么？"海因里希问。

"到底会是什么我也不知道，但我知道肯定是一场恶战。"

第五十一章

艾玛

斯巴达的船员们不断让我刮目相看，不仅是因为他们技术水平出色，更是因为他们全心全意，满腔热血。我没有想到的是，他们没有反驳詹姆斯的计划，而是和我一样选择相信他的直觉。

我们决定继续前往谷神星，我们也将与斯巴达舰队的其余船只在那里会合，对这颗矮行星进行猛烈的攻击，希望起到出其不意的效果。距离抵达还剩十小时。

我们发射了一枚高速通信方块返回地球，里面装着给美国国家航空航天局的最新汇报和计划。

每位船员都清楚地知道马上就要抵达谷神星了。我们像被一群动物驱赶着一般冲向悬崖，无法停下脚步或是脱身，被围困其中，只能随着它们的脚步一同向悬崖逼近。

我知道詹姆斯肯定也有同样的感受。他强制要求所有人睡上六小时，特伦斯不允许我们吃安眠药，因为随时可能发生紧急情况，我们不能睡得太沉。

只有一件事能帮助我入睡。

我拉开睡眠站的窗帘，看到詹姆斯正站在门口。

"睡不着吗？"他小声地说。

"睡不着。"

"我陪陪你？"

❉

在接下来的几小时里，我和詹姆斯抱在一起无所不谈，我们像两个生命快要走到尽头的人，不再掩饰任何秘密，淡然地吐露出心里所有的想法。对我而言，感觉像是一切走到了尽头，在这之后的一切都将改变。

但有一个话题詹姆斯始终闭口不谈：他进监狱的原因。这种感觉就像是我们在一片开阔的田野无忧无虑地嬉戏，但中间却有个深不见底的黑洞。我们知道黑洞的存在，也都不愿意靠近它。如此一来，我们便能继续逍遥自在，自得其乐，当下的美好也不会被破坏。所以，我没问究竟发生了什么，只是在心里质问自己，这个秘密会不会改变自己对他的看法。但我不知道答案，除非这个秘密……是难以想象的坏，是完全不符合詹姆斯为人的事情。

最牢固的友谊纽带是在烈火中铸造而成。我和詹姆斯一起度过的时光充满了挑战，肉体上，心灵上，有时候甚至是情感上都异常痛苦，但他一直不离不弃，为我提供依靠的臂膀。我庆幸他陪着自己，这就是我想要的归宿。

❉

在飞船抵达谷神星三十分钟前，斯巴达舰队的九艘飞船相互靠近，用通信模块建立了实时通信。

虽然之前发射的调查无人机表面覆盖了真岩石外层，伪装成了小行星，但我怀疑外星实体还是检测到了它们。如果是这样，那它肯定正在等着我们。

全部队员都来到主控室，系好安全绳，做好战斗的准备。每个人都面露紧张，除了奥斯卡，他一如既往地沉着冷静，我不由得羡慕起他。我的心像是要蹦出体外，手掌心也冒着冷汗。人类的历史即将迎来转变——就在这里，就在今天。

远处墙上的屏幕画面被分成七个部分，每个部分都有一个闪烁的光标，显示着与其他船只的通信窗口。最大的窗口画面对着太空，远处就是谷神星，漆黑宇宙中的一个灰色小点。随着飞船的接近，它慢慢变大，画面逐渐明亮清晰，像火车隧道尽头逐渐显现明朗的曙光。

几分钟之内，它就从橡皮擦的大小增大到了拳头的大小。谷神星是一个灰色星球，和我们的月球类似，上面也布满了大小不一的陨石坑。随着飞船逐渐接近，可以看到谷神星表面闪烁着点点白光。美国国家航空航天局在2015年就首次观测到了这些白色异常。据科学家们的猜测，它们最有可能是表面的冰或者盐。

飞船的战斗程序经过精心编写，每艘飞船的导航和其余系统的使用也已经演习过无数遍。

我感觉到飞船推进器开始点火。

"舰队队形散开，"海因里希说，"开始接近目标。"

美国国家航空航天局给"斯巴达"一号的计算机系统命名为列奥尼达，取名字来自某位古代战士。不过列奥尼达太拗口，特别是在激烈的作战中显得多余，所以我们便简称它列奥。

"列奥，"詹姆斯说，"向全舰队发送消息：狩猎愉快，各位。"

他又转过去对海因里希说道："发射一枚通信方块告知地球我们的接触时间。"

过了一会儿，海因里希回答道："通信方块已发射。"

谷神星在屏幕上越来越大，它从画面中心缓缓移动到底部。

我呼吸急促，紧张不已，还注意到主控室里每个人也都坐立不安，除了詹姆斯和奥斯卡。他们紧紧盯着大屏幕，只有在用平板检查系统和舰队后面的无人机状态时才会将视线移开。

每个联盟都建造了三艘飞船，其中斯巴达舰队的九艘飞船中有八艘几乎完全一样——它们都是战船，飞船由上到下全副武装，包括核弹头和四枚轨道炮，两枚在前两枚在后。

第九艘飞船，也就是我们的飞船，略有不同。该飞船由大西洋联盟打造，其他飞船的主舱载有核弹头，我们的则载有无人机实验室。"斯巴达"一号的设计初衷是任务的指挥大脑，可即便如此，我们也搭载着三枚核弹头，还有十架攻击无人机为我们护航。它们外层覆盖着岩石，武器系统暂未启动。

在"和平女神"号时，我们首先尝试的是与它们对话。但这次我们选择直接进攻。

等抵达谷神星，飞船将会分散排列。八艘战舰将间隔均等围绕谷神星排列，形成包围网，围堵网内所有试图逃离的东西，以确保任务成功的同时，绝不放过任何漏网之鱼。

战舰一旦排列完毕，就会对这颗矮行星进行扫描，发射特殊的燃烧弹来照亮整个谷神星表面。视觉接触非常重要。

"斯巴达"一号暂时留守后方，但不会距离太远。我们会在战舰完成三秒后加入包围圈，虽然听起来很短，但在实战中，战舰排列顺序非常重要。等我们加入队形后，谷神星表面应该已经被彻底点亮，届时我们便能看得一清二楚，最后再为舰队和无人机下达指令。

"女士们，先生们，"詹姆斯说，"认识你们是我的荣幸。"

十秒钟后，我们第一次看到了谷神星上等待着我们的东西。

第五十二章

詹姆斯

谷神星在燃烧弹的照耀下下闪着白色光芒，光亮刺眼得甚至让我无法直视。我眯起眼盯着屏幕，一秒也不敢移开，害怕自己接下来看漏什么东西。

随着白光褪去，"斯巴达"一号飞到了谷神星的背阳面。在阳光下，这颗矮行星的边缘就像导火线燃烧一样通亮。谷神星的背光面在舰队发射到其表面的照明弹下一览无余，灰色的岩石表面看起来比月球还要粗糙。而就在中心区域，我见到了那只我一直在猎捕的"白鲸"，那个残忍又无情，害死我数十亿同胞的邪恶装置。远远望去，我们在它面前仿佛只是蝼蚁。

那只"生物"（如果它有生命的话），体形巨大得超乎我们想象。共有十二只手臂从中心部位四散伸出，像一只蜘蛛在岩石表面伸展手脚。每只手臂都有小手指在两侧突出，看上去像肢体的绒毛。我从未见过如此震撼的场景。

一只巨型机械蜘蛛正攀附在谷神星表面。

看着眼前的一切我才敢肯定：这就是收割者。它使用机械手臂收集需要的原料并输送到中心的制造厂，接着制造太阳能电池并将它们朝太阳发射。如组装生产线那般，它制造并弹射出一块块太阳能电池，最后组接成太阳能阵列。

谷神星表面有许多凹槽，像有人用冰激凌勺在岩石表面划下了一道道线条。我猜测这些凹槽就是收割者隐藏手臂的地方，其正通过手臂不断开凿着原材料并提炼制造出太阳能电池。它肯定能沿着谷神星表面四处爬行。

八艘战舰发出一道道白光，核武器正朝收割者飞去。

"舰队正集中火力攻击中心部位。"海因里希大声说道。

"不行！"我急忙喊道，"列奥，给舰队下达新指令：攻击它的手臂。所有船只注意躲避。"

系统哔了一声，确认自己没有听错后才将指令传达至其他船只。

"斯巴达"一号迅速转向一边，规避动作晃得所有队员死死抓住桌子以保持身体平衡。

"列奥，"我的语气比我想象中要冷静，"让攻击无人机开始行动，等它们抵达位置后我再设定攻击目标。"

列奥又响了一声，屏幕上弹出了攻击无人机抵达倒计时。

在谷神星表面，收割者将手臂抬出深沟，然后旋转，用手臂下方面向我们。每只手臂都有成百上千个大小不一的洞，就像章鱼的吸盘一样。我猜测这些开口是用来吸收材料，因为我看到里面开始朝九艘飞船喷射出大小不等的碎块。它正在朝我们扔掷石头。

"列奥，舰队指令：轨道炮！"我见状喊道，"瞄准手臂和中心部位的连接点，肢解它们。"

话音刚落，飞船又开始晃动起来。

我本以为太空战会是无声或者接近无声，理论上是这样，但实际上并非如此——至少当飞船被击中时是有声音的。碎石像一颗颗大号铅弹朝我们飞来，声音震耳欲聋。小块碎石先击中我们，大块碎石紧跟其后，甚至有击毁我们的可能。

"头盔！"我对所有人喊道。

每个人急忙戴上航天服头盔，除了奥斯卡。

艾玛转头看向我，通过头盔面罩，我看到她的双眼里充满了恐惧。我也从来没有这样害怕过。但一看到艾玛，我便慢慢冷静了下来。我来这里是为了拯救人类，但在这一秒，她才是我当下必须拯救的人。

屏幕里闪出一道剧烈的白光，核弹头已经引爆。但时间太快，收割者肯定是用动能武器拦截了核弹。不过，核弹爆炸产生的等离子体云团应该也足够肢解收割者了。

"武器控制系统已断线。"海因里希对着通信器说。

"奥斯卡，快过去看看！"我大声喊着。

如果无法使用武器，我们就彻底完了。

奥斯卡转过身去，抓住舱门把手，将自己奋力一推，像超人一样穿过飞船的各个模块。

"列奥，命令舰队发射全部核弹。"

又有新一轮的碎石击中了我们，飞船不停地震动，我感觉安全绳都快被扯断了。飞船看起来遭到的打击不小，引擎已经失灵，飞船受损严重，甚至可能击中了飞船要害。

"逃生舱！"我对通信器吼道，但我立马就意识到我们已经没有逃生舱了。我摇着头告诉自己要冷静，"撤回指令，你们快返回各自的太空舱，关闭舱门并脱离飞船。所有人，马上！"

船员们急忙离开主控室，回到自己工作的太空舱，它们可以和飞船主体进行分离，与我和艾玛之前回地球乘坐的太空舱类似，虽然无法提供动力，但只要他们离开飞船主体，生存概率就更大一些，因为我肯定收割者的下一轮攻击目标就是我们。

屏幕上不断传来其余船只的报告，滚动着大量数据，还有船体损伤报告和武器部署使用情况。

可突然，屏幕停了下来。

屏幕右上方弹出一个窗口，上面是舰队里每艘船只的状况。根据读数显示，"斯巴达"二号已经离线变成灰色，随后的每艘战舰也一样，一直到"斯巴达"八号。所有飞船都失去了连接，系统已经瘫痪甚至是机毁人亡。

我意识到主控室里还有个人。

艾玛。

"快离开飞船。"我小声地对她说。

她摇摇头，眼泪就要夺眶而出。

"我哪里也不去。"

不断有碎石击中飞船，我们随着船身不断摇晃。我和艾玛试图稳定住自己，身上的安全绳固定在主会议桌旁，扯着我们来回甩动。船体的震动像某种弦乐器，深深地低鸣仿佛昭示着我们命运的终点。

我很惊讶主控室居然承受住了收割者的攻击。

但我知道等下一波攻击到来，我们可能就没那么好运了。

屏幕上弹出几段文字：

工程舱已分离。

驾驶舱已分离。

货物舱已分离。

医疗舱已分离。

船员舱已分离。

"艾玛，"我对着通信器说，"拜托了。"

她没有说话，只是慢慢朝我飘来。

"让我们一起结束这一切。"

屏幕上依然闪着核爆产生的白光，我看不清楚是否对收割者造成了伤害，但我知道，肯定还会有更多的碎石和刚才发射的物体朝我们袭来。

屏幕弹出一条新信息：

武器系统已恢复。

奥斯卡成功了。

"列奥，将轨道炮瞄准最后的手臂连接部位，每只手臂两轮火力，然后将三枚核弹全部用来拦截进攻。将它们设定离船体 160 千米的位置引爆，让它们保持相同间隔，使等离子最大限度地分解来袭物体。"

在飞船一阵晃动下轨道炮随即发射，三枚核弹也紧随其后。

但还是太迟了。又一波碎石击中飞船，接着屏幕上弹出了我最害怕看到的消息。

主控室减压中

我和艾玛被主控室的一个漏洞猛吸了过去，各种物体从身边快速飞过。接着一切陷入了寂静，身边无数的碎片像是悬在太空里的垃圾，慢慢悠悠地飘着。我挣扎着喘着大气，头盔里沉重的呼吸声是我此时唯一能听到的声音。

我向下看去，安全绳还未断裂。是它救了我一命。

好在屏幕完好无损。主控室的设备都是独立存在，而且加装了防护层，所有的太空舱都可以抵御核辐射的影响。但现在主控室被了划个口子，我不知道当三枚核弹引爆后，我们是否还能存活下来。

幸运的是，船体的裂口在飞船后方——远离谷神星那面。飞船肯定是被别的舱体碎片击中，这样我们不会直接暴露在核爆之下。

通过屏幕上其中的一个摄像头，我看到了被摧毁的太空舱：武器控制舱。舱体已经化为碎片，虽然没见到奥斯卡的遗体，但我知道他应该已经遇难，就在那片残骸之中。

可就在这时，残骸中出现一些动静，我内心又燃起一丝希望：奥斯卡难道还活着？！

但那不是奥斯卡的身影，而是一种长条形，身体呈金属质感的物体，上面连着短短的手臂，看起来像一只太空蜈蚣。我之前怎么没想到呢？收割者发射的那些东西——并非全部是谷神星的原材料，其中还有一些肯定是手臂里的巡视器和智能炸弹。它们会在残骸中搜寻幸存者，并将所有活着的人一一杀死。这难道就是我的命运了吗？甚至是艾玛的命运？

我知道我们被困在这里哪儿也去不了。

屏幕画面又传来一道白光。我没有解开安全绳，而是向艾玛飘去并紧紧握住她的手。我们咬紧牙关做好了最坏的打算，我的右眼留下了一滴眼泪，不是因为自己，而是因为奥斯卡。他是我最好的朋友，不管他在武器控制舱被摧毁后是否存活，也都将会被核爆产生的等离子体冲击分解。

主控室后方的破洞外传进一束光亮。

我闭上眼睛，但依然抵挡不住白昼般的光亮，虽然我双眼紧闭，但光亮依然穿透了我的眼皮。等再次睁开时，我的视线已经变得模糊昏花。

斯巴达舰队已不复存在，"斯巴达"一号也已支离破碎，只有我和艾玛所在的主控室还有能源。失去了武器，我们只剩伪装成小行星的攻击无人机舰队。我一直让它们待命就是为了这一刻，希望它们能结束这一切。

无人机无法传输数据，无法扫描，无法锁定目标，只能接受斯巴达舰队通信模块上的指令。主控室有三个通信模块，我内心祈祷它们还能工作，希望无人机还能接收到指令。

"列奥，给无人机舰队发送信息：它们的目标是谷神星上的巨大物体，集中火力进攻中心部位。"

通信器哔的一声让我知道列奥还没阵亡，它开始传输指令。

屏幕上弹出状态更新窗口，黑色的背景下印着一段白色文本：

无人机已确认指令。

攻击行星剩余时间：

8：57

这是我人生中最漫长的 9 分钟。

我眼前还有点儿模糊，但我依稀能看到谷神星在大战后的面貌，它的轨道空间飘满了碎片残骸，里面是斯巴达舰队的残骸和毁灭它们的动能武器，都失去动力飘在太空。我还见到零星的闪光，那肯定是主控室的减压造成的氧气流失、电力系统短路，或者未使用火药的燃烧。

等我仔细看向谷神星表面时，视线也慢慢恢复了正常。

蜘蛛状的收割者已经被完全肢解，每只手臂都被炸断，看着像扭曲的铝箔碎片，躺在地上，支离破碎。还有一些已经完全粉碎，像银色的碎纸片散落在谷神星的岩石表面。收割者的中心部位一动不动，那是一个非反射的黑色圆顶状物体，看上去就像个水晶球，里面仿佛预示着我们的未来，可谁也无法窥探。不管这个物体是什么，它想要毁灭我们人类。虽然它还没完全死去，但已经让它尝了苦头，不过我们也遭受了不小的打击。

屏幕上的倒计时还在继续：

8：42

屏幕亮起一个蓝色警报框：

新信息。

我以为是哪艘飞船存活了下来，或者至少说哪个太空舱，也许是其他飞船的主控室。

但我的希望随即破灭，取而代之的是无尽的困扰。

屏幕上的信息来源不是任何一艘斯巴达飞船，甚至完全没有名字。列奥也无法分辨信息来源。

我突然意识到这条信息的源头是哪儿了。

是来自现场唯一还活着的东西。

里面的内容非常简单。

你好。

第五十三章

艾玛

我看向詹姆斯，他看着那条信息惊讶得像座雕塑般一动不动。

接着屏幕上又出现一段话：

> 你成功引起了我的注意，我们得谈谈。

紧接着屏幕弹出一个对话框。

> 收到通信握手请求，音频传输。
> 是否接受？

收割者想和我们交流？用音频模式？讲英语？

"这怎么可能？！"我小声对詹姆斯说。

"不知道。"他听起来也不太确定，"收割者以前肯定研究过我们。"

他拿起与航天服相连的平板，按下了接受按钮。

我瞥了一眼攻击无人机的倒计时，还剩不到 8 分钟。

但让我没想到的是，收割者的声音听起来非常中性而且平静，甚至有些阴沉，就像一个人类的声音，既不像任何我听过的人声，也不像电脑的声音，但我知道这肯定是电脑合成的。收割者似乎用了复杂的算法制造了这一声音，语气和音量都非常亲和，也更能博得我们信任。

"谢谢你接我电话。"

我睁大眼睛盯着詹姆斯。它刚刚是讲了个笑话吗？

詹姆斯的声音则非常低沉生硬："你想要什么？"

眼前这一幕让我感到不真实，这是真正意义上的首次接触——人类和外星智慧实体的交流。

　　"我相信眼下的答案已经非常明显。你们的太阳能。"

　　"你明显是想灭绝我们，你汲取太阳能的位置不是太阳背面，而是靠近地球轨道这面，你让太阳能阵列遮挡地球的太阳能输入，导致我们的世界陷入了冰冻。"

　　"并不是针对你们，只是为了最大化建立该节点的效率，操作上必须这样做。"

　　"节点？"

　　"詹姆斯，你无疑已经洞悉了事情的全部真相。"

　　它知道詹姆斯？怎么可能？

　　"我们先退一步说，"詹姆斯的声音非常冷静，"你知道我的名字，但我不知道你的名字。我想知道，你怎么知道我的名字的。"

　　"我展示给你看吧。"

　　屏幕弹出一个对话框：

　　收到通信握手请求，音频和视频传输。是否接受？

　　詹姆斯按下了接受。

　　画面里是一个男人，他坐在一张扶手椅上，那是一张簇绒皮椅，看起来已经破旧不堪，仿佛男人花了无数的时间在房间里阅读书籍，汲取知识，提高智慧。他看起来深不可测，头脑睿智，头发花白稀疏，留着白色的胡子，像一个衣着整齐的圣诞老人。房间里立着一排排书架，上面摆满了旧书。男人一旁的窗户外是一片覆着雪的院子，一盏黄色的街灯照亮了远处铺着鹅卵石的窄街。

　　就在我带着疑惑瞥了一眼詹姆斯后，才意识到在双向视频通话下，它也能看到我。

　　"艾玛，如果我播放的画面让你感到不安，我向你道歉。我选择这个模样是因为它看起来最合适。"

　　它也知道我的名字。

"我们继续吧。"詹姆斯说。

"好。首先，名字。我知道你的名字，你也想知道我的名字，但问题在于，我没有名字，只有一个代号。"

"是什么？"

"这个代号对你而言没有意义。你叫我收割者，这是个很恰当的名字。但实际上，我只不过是一个收集者。"

"收集星球能量。"

"没错。"

外星实体沉默了一会儿，接着说道："就叫我'艺术'吧。"

我意识它做的一切都有目的，包括这个看似随机选择的名字："艺术"。这是个唤醒美感的名字，是人类热爱的东西。艺术是复杂的，也常常被误解，只有经过时间长河的沉淀才逐渐被欣赏。它和我们对话有一个原因：它对我们有所求，不然，我们早已经死无葬身之地。

"你怎么知道我们的名字的？"詹姆斯问。

屏幕上的画面转到太空的碎片场，"斯巴达"一号的其中一枚太空舱正飘在漆黑的太空中，残破又碎裂。那是武器舱，这段视频肯定是由收割者那蜈蚣状的巡视器拍摄。

巡视器落在舱体残骸上，沿着表面四处爬行。它朝一个参差不齐的洞口探去，洞口里面有个紧紧抓着舱壁的人。

是奥斯卡。

巡视器从侧面一跃，推动自己进入到舱内朝奥斯卡飞去。它的每只小手有三个指头，抓住奥斯卡将他转过身来。奥斯卡在舱内呆滞无神地看着外面。他的眼睛怎么可能完好无损？！

接着，在极大的震惊和恐惧下，我见到奥斯卡的双眼开始对巡视器进行扫描，然后举起手开始防卫。

我怎么会没有发现！

不过其实一切都显而易见。

真相一直就摆在我眼前。

奥斯卡不是人类。

第五十四章

詹姆斯

从见到那条信息开始，我就知道和收割者对话是件极其危险的事，但我不得不这么做，这是我们了解敌人的唯一机会。我可以确定的是：收割者心怀鬼胎。它和我们对话是因为它认为这样对自己有利。这场游戏总要结束。

我瞥了一眼时间，攻击无人机抵达时间还剩 7 分钟不到。

艾玛对我使了个眼色，眼里满是震惊和背叛感。我应该早点告诉她奥斯卡的事，但那样会引发其他问题——那些我还没准备好回答的问题。

我必须得先专心应对眼前的情况：这个自称"艺术"的外星实体，它无疑可以读取奥斯卡的生化存储阵列，查看他的全部记忆。这不在我的计划之中，情况非常紧急，因为奥斯卡知道的情报不计其数，不仅是我和艾玛的事，更重要的是飞船和人类的生存计划……甚至包括堡垒的蓝图，我们翻新的核弹数量，还有大西洋联盟的所有营地位置。奥斯卡的大脑就是个敏感信息藏宝库，这些信息的泄露会产生我们无法承担的后果。事已至此，我必须要摧毁收割者。

收割者的化身正在藏书馆里阅读，看起来荒唐可笑，但它脸上的表情看起来非常愉悦。

"艾玛，你难道不知道奥斯卡的事吗？"它装作很无辜地说道。

幸好，艾玛没有任何反应。实际上，艾玛一直隐藏着所有的情绪，注意力一直在那个男人，而不是我身上。她是不会被挑拨离间的。

艾玛的无动于衷似乎让"艺术"变本加厉，我察觉到它想扰乱我们的内心。

"你们俩有好多秘密没和对方说啊。"它说。

奥斯卡的记忆渐渐浮现在屏幕上，那是在七号营地的一座营房里。我

288

怎么不知道他还去过营房？这是怎么回事？难道是伪造的记忆？

画面里，艾玛敲着一扇门，开门的是艾比。画面开始快进，艾玛和艾比正在餐桌旁对话。

"我想说，你们之所以能在这里是因为詹姆斯。"屏幕里的艾玛说道。

画面继续快进，艾玛食指和中指交叉，接着说道："詹姆斯对我来说非常重要，我不知道你们之间或者他们兄弟之间发生了什么事，我也不知道他为什么进了监狱。但我非常了解他，我知道他是一个好人。"

画面一闪，又轮到艾比问艾玛。

"你说过有新的住所？"

"对，就在我和詹姆斯还有奥斯卡住的隔壁。"

艾比听到奥斯卡的名字冷笑了一下。

"我怎么感觉事情没那么简单。"

"你想多了，我知道詹姆斯一心想为你们好，但如果是他提出转移你们的请求，你们知道后也许就不会答应了。所以我替他来和你说这件事，你们自己决定，里面没有任何猫腻。只要你们准备好就可以动身搬过去，上面已经批准了。"

画面里，艾比看起来有些矛盾。"谢谢你。"她小声地说道。

"但我有一个请求，不是强迫你们，只是一个请求。"

"是什么？"

"你们找个机会来看看詹姆斯。如果艾利克斯不愿意，那就你自己或者带着孩子们一起来。就这么一个请求。"

屏幕画面逐渐模糊，回到了我们的住所。艾玛和艾比坐在沙发上。

"詹姆斯要出任务了。"

"哪种任务？"

"可能回不来的那种。"

画面里，艾比转过头去，在消化这一信息，接着说道："我懂了。"

"我不知道任务什么时候开始，我猜可能几个月内吧。"

"我有什么能帮上忙的吗？"

"有。"

"你想让我和亚历克斯谈谈。"

"嗯，詹姆斯从来没有和我说过他和亚历克斯之间的事情，也没有告诉我他之前出了什么事。但我想让他在出任务前知道，地球上还有家人在支持他，等他回家。不管詹姆斯以前做了什么，自漫长的寒冬到来后，他都尽了做兄弟的义务。他是我们现在还能安全坐在这里的原因，是我们都活着的唯一原因。这次他可能打算为了我们牺牲自己。"

画面中的艾比站起身用手搓着裤子，好像想擦干手上冒出的冷汗。

"这个事情挺难的，艾玛。我尽力想想办法吧。"

屏幕上的记忆慢慢暗下去，又出现新的画面。同样是在住所里，这次，亚历克斯正和艾玛坐在沙发上。

"艾比和我说詹姆斯要走了，而且可能会回不来了。"

"没错。"

"而且，艾比说，多亏了詹姆斯，我们才能在这里。"

艾玛点了点头。画面继续快进，一直到艾玛撑着拐杖准备送亚历克斯离开。

"你会来看看他吗？"画面里，艾玛对亚历克斯说。

"不知道，我需要点时间想想。"

后来亚历克斯确实有来见我，多亏了艾玛，是她帮了我。她帮助他们搬出营房，让我的家人回到了我身边。此时我唯一能做的就是控制自己不脱下头盔然后抱住她，给她一个吻，对她说一声谢谢。

艾玛朝我瞥来，那是一种介于愧疚和悲伤，和我的秘密被揭露时一样的表情。这正中"艺术"的下怀：扰乱我们的内心，控制我们的情绪。不过为什么？为了和我们建立信任？为了拖延时间？还是一石二鸟？我告诉自己一定要冷静。

"你到底想要什么？"我问，"为什么和我们对话？"

"你们两个人肯定没那么笨，你们知道我想做什么，我想活着，和你们一样，和人类一样。我见过你们为了生存所付出的一切，非常了不起。"

屏幕上在播放一段蒙太奇画面，是奥斯卡视角下的一些人生片段。画面开始，他身处一间老屋子的饭厅中，头顶是高高的天花板和皇冠装饰线脚，他正看着窗外大雪纷飞。接着好像按下快进键一般，飘雪越积越厚，直到盖住了窗户。他离开饭厅去到厨房，然后从嘎吱作响的楼梯走到地窖。屏幕开始出现一列操作菜单——奥斯卡视角下的世界。为了停止能源消耗，他启动房屋周围的安全系统然后进入了休眠模式。

屏幕渐渐暗了下去，等奥斯卡苏醒后，屏幕又出现了画面，也就是我沿着楼梯走下地窖并找到他的那天。

蒙太奇又跳到七号营地的画面。营地的天气日渐恶化，可以看到军事演习的举办，我和奥斯卡建造斯巴达舰队、堡垒以及核弹的每一项工作。画面中我和他在无人机实验室里，一起动手打造无人机原型，也就是现在正全速驶向收割者的那些无人机。

所以，它知道攻击无人机的存在了？它是想说这个吗？我想不出别的理由。

"我觉得你是想谈判吧？"我问。

"没错，我相信我们可以找到一种方式共存。"

我的机会来了，关于收割者和它的建造者我有太多的疑惑，这些都是决定我们生死存亡的细节。但我的时间不多了，无人机的开火时间所剩无几。

"要共存，我们就先要相互了解。你刚刚已经了解了大量关于我们族群的信息，特别是我们二人的情况。我们也要知道关于你的事情，你的目的是什么，来源是哪里，为什么最初不和我们对话？"

"可以理解，让我从介绍开始吧。我们是'网格'，当然这不是我们给自己取的名字，但是从你们简陋的词汇表和对宇宙的认知来看，这是最符合的表达。"

"你在'网格'中的角色是什么？"

"非常微不足道。用你们的母语来讲，我就是图腾柱的底部，我只负责收集能量并连接到'网格'。"

"'网格'的目的是什么？它想要什么？"

"'网格'是整个宇宙的命运。你们之中一些学者只能触及宇宙终极真理的皮毛，但是，詹姆斯，你已经对它提出了猜想。所以你能洞悉事情的真相并找到我。正如你们的天才科学家爱因斯坦提出的理论：能量等于质量乘以光速的平方。宇宙中有两大基本组成部分，质量和能量。网格的角色就是促进宇宙中所有质量转换为能量。

"目的是什么？

"你这句话可真好笑。过不了几年，你们的族群就会意识到对能源的巨大需求。你们的生物存在形式还处于过渡阶段，等进入到下一阶段，你们就将需要能量。你们只需要意识，而不再需要肉体。即便是现在，你们原始大脑消耗的能量也与身体需求不匹配。在'网格'内，限制意识的唯一因素只有能量。所以，我们负责获得和供应能量，这才是宇宙真正的产业。

"你们在遥远星系中心观测到的类星体只不过是'网格'的超级节点。我们的范围跨越数十亿颗恒星，诞生时间已有数十亿年，是这个宇宙中最早扎根的一批高级生命之一，也将是这个宇宙终结之时仅存的东西。'网格'是所有生命的归宿，我们既是初始也是终结。等这个宇宙的质量被完全转换，'网格'就有足够的能量创造新的宇宙。生命的循环将轮回不止。"

我的思绪陷入了无尽的混乱。这些信息压得我喘不过气，我感觉自己像一位第一次见到光明的盲人。作为科学家，这就是有史以来人类寻求的突破口——解答了人类诞生以来的终极问题。我们源自哪里，最终的命运又将如何。所有答案都是如此简单。

我现在可以肯定的是，收割者想要操纵我，但直觉告诉我它没有说谎。其实在内心深处，我一直都知道，宇宙远不止表面那样简单。宇宙存在一个过程，一个没有起点和终点的生命循环，正等待着我们的挖掘。我一直都知道我们的血肉之躯只是暂时的存在。

而且，这也是我坐牢的原因。

我一定要冷静。为什么它要告诉我们这些？原因很明显，它想为自己争取时间。我苦苦探寻了一生的东西：宇宙的终极真相，在这一刻得到了确定。但它能得到什么呢？时间？信任？它非常聪明，知道这些话会动摇我们的看法，除非我的意志足够坚定或者不信任它。

我看了看时间，还剩不到 4 分钟。它为什么还没有让我们停下无人机？有些事情不对劲，我需要更深入地研究它的动机，现在是我们了解收割者的关键时候。

"为什么想杀死我们？"我问，"你本可以和我们对话，谈判，就像现在这样。"

"我可以吗？你难道觉得这个太阳系正发生的事情，此前没有上演过数百万次吗？你们自己的所作所为就是这一切的缩影。你们的族群无数次侵略新的土地，取代其他生物，导致大量生物灭绝。而且不仅仅是你们星球的动植物，你们还会残害自己的同胞，迫使别人离开自己的土地——就因为觊觎资源，就驱逐你们认为不配拥有那些资源的当地人民。当掌握先进技术的人需要资源，你们就烧杀抢掠。我们不过是以你们对待自己同胞的方式来对待你们，和你们遵循同样的规则。"

"你说的这些都已经是过去了，我们已经放下那些黑暗的历史。"

"不，只不过是生活水平的提升满足了你们虚伪的道德幻想，自以为变得高尚。漫长的寒冬到来后，你们人类的本性再次暴露无遗。"

"如果你们主动的话，我们本可以和你们谈判，也许有机会能达成一些共识。"

"前提是你们和我们之前遇到过的数百万物种有所不同。你难道觉得我们以前没试过谈判吗？但现实是，我们建立的数据集能够预测这类情况的结果。你们属于前奇点文明，崇尚暴力，野蛮无信。我们的做法也已经非常明显，你们根本算不上威胁。"

"那现在想改变一下你们的评估吗？"

"艺术"第一次露出了微笑。

"确实，我有了新的看法。我们漏了一个异数，命运真是奇妙。"

"一个异数？"

"就是你，詹姆斯。"

这个回答让我始料未及。它到底想干什么？

屏幕上的倒计时还剩下不到 3 分钟。

"我？"

"我们对你们族群的评估在一个方面出现了差错：你的进步。你们的族群曾经向前跨越了奇点鸿沟……但又倒退了回去。是你，詹姆斯，迈出了那一步。你为他们展示未来，他们却将你囚禁起来。从生物层面来讲，他们想故步自封，维持现状。所以我们一直不知道你做的努力，没能意识到你真正的潜能。我们不知道你们的世界还有你这样的思想，远超时代的桎梏，能与我们相匹敌。让我们惊讶的是，他们在危难之时又找到了你，但更震惊的是你答应了他们，原谅了那些迫害你、剥夺你自由的人，还为他们全力以赴。你的想法非常正确，只是诞生在了错误的时代。"

艾玛盯着我看，她大概已经拼凑出事情真相。

"艺术"对着艾玛说道："啊，对了，艾玛，你也还不知道吧。又是一个詹姆斯不敢告诉你的秘密，他害怕听到你的看法。来吧，我展示给你看。"

屏幕上，男人坐在藏书馆的画面渐渐褪去，转而代之的是奥斯卡一段数年前的记忆。

画面中，我正站在医院的一间病房里。我的父亲正躺在病床上，双眼紧闭，机器上的生命体征非常微弱。亚历克斯和艾比陪在我身边，亚历克斯一只手搭在我的肩上，另一只手牵着艾比。欧文也在现场，面露怯色，他还太小，不懂发生了什么事，萨拉也还没有出生。

奥斯卡当时站在病房外，看着我与亚历克斯和艾比说着话。

"我能救他。"我说。

我惊讶于自己当时是如此的年轻天真。

"怎么救？"亚历克斯问。

"你相信我吗？"

我的弟弟点了点头，接着回答道："当然了。"

记忆渐渐模糊，变成了我和奥斯卡在实验室的场景。我正在兴奋地研究着一台原型机，身边还有四名实验室助手在协助我。我们夜以继日地工作。我没想到的是，他们其中一人会在将来背叛我。

"能成功吗，先生？"奥斯卡问。

"我们马上就知道了。"

屏幕黑了下去，又回到了医院病房的画面。我将一个装置戴在父亲头上然后进行扫描。

切回到实验室，画面中的我打开门让亚历克斯和艾比进来。

"这就是新的开始，"我说，"今天我们将创造历史。我们不用再和父亲道别，永远也不用。"

我按下平板的一个按键，身后的原型机坐了起来。我还没来得及仔细制作它的外观，但暂时可以正常运转。

"这是什么？"亚历克斯问。

镜头切换到艾比，她眉头紧皱，看起来非常担心。

我转身对着原型机说道："您感觉还好吗？"

"挺好的，詹姆斯。我怎么出院了？"

"我们待会儿再说这个，爸爸。我先为你检查一下状况。"

这时，我身后突然传来一声巨响。

我转过身，看到亚历克斯后退时被我的一些实验设备绊倒在地，一旁的艾比也惊恐地摇着头看着眼前的一切。

"你到底做了什么？！"艾利克斯尖叫道。

画面里的我举起手解释道："我知道这看起来很疯狂，但这很快就能普及，身患绝症的人们再也不会死去了。"

"你把爸爸放进了那个东西里面？！"

"这只是个载体——"

"它让我感到恶心！"

亚历克斯逃也似的跑出实验室，艾比也追了出去。

实验室的技术人员们纷纷转头看着我和原型机。那时候，我希望他们能高兴一点，因为这是我们所有人一起努力的最终成果。不仅是创造了奥斯卡这样的人工智能，更是创造出了一种新的存在形式，一种更加长久且没有尽头的存在。这是我们未来的命运。

但我犯了一个错误。现在回想起来一切都是如此清晰明了，可当时我未能意识到，没能像现在这般理解人性。人们恐惧未知的事物，害怕那个他们完全无法想象的未来。那就是当时我犯的罪：不懂人性。

屏幕上出现了随后发生的一系列事情。通过奥斯卡的双眼，我和艾玛看着画面中美国联邦调查局的探员冲进实验室，给我戴上手铐，然后关闭了我的发明。

奥斯卡从会议室的大窗外看着我被抓走。接着他看到整件事情上了新闻，电视节目的评论员严厉谴责我的所作所为，科学家从各种细节和哲学本质的角度不断争论，还有对理查德·钱德勒的采访，他对着镜头声称我在学生时代就是一名激进分子。

从某种意义上来说，这也是一种解脱。这是我唯一瞒着艾玛的秘密，虽然我不知道这是否会改变她对我的看法。至少，这一切曾经让我众叛亲离。

她正盯着我，我迫不及待地想知道她在想什么。

收割者给了我在这个世界上最想要的两样东西。一个是让我知道艾玛知晓一切后对我会有何种看法的机会，还有就是我为之奋斗一生的答案——宇宙的真相。对于我为人类未来所做的一切，这就是我的无罪证明。但这依然无法解答那个问题：它为什么要这么做？

那一刻，我突然意识到了收割者的真实意图。我恨自己没有早点发现。

我紧接着按下平板上一个按键。

我只希望现在拯救我们还不算太迟。

第五十五章

艾玛

我仿佛花了无数的时间研究眼前这幅拼图，却迟迟无法找到最后一块——最后才发现那块我遗漏的关键部分其实一直在我眼前。

我回想起詹姆斯说的那些话。

"我判断失误了。我没有充分考虑到人性的复杂，也没有思考世人会如何评价我的创造。我从中学到了宝贵的一课……任何从当权者手中夺走权力的变革都将面临反对，变革越大，反对的力量也越大。"

奥斯卡的那番话现在也说得通了，"他想救一个他爱的人"。

那个人就是詹姆斯的父亲。

亚历克斯一直无法原谅他——不能理解他对父亲做的事情，因为他不仅将父亲的去世闹得举世皆知，还玷污了他的记忆。

为什么詹姆斯不直接告诉我？原因很明显：他爱我，害怕我知道这件事后会不再爱他。

只是这并未改变我对他的任何看法。

詹姆斯没有看我，而是忙着快速地在平板上操作着什么，他在激活列奥上的一个我从来没有见过的子程序。

深层扫描侵入病毒

詹姆斯按下按键，系统开始扫描。

我恍然大悟。詹姆斯认为收割者上传了病毒试图控制飞船系统。如果是这样，收割者将能够控制主控室外部的通信模块，并使用它们来叫停无人机的进攻。

甚至用我们的无人机来消灭我们。

我猜奥斯卡不知道这个后门病毒扫描程序，我希望他不知道——不然收割者也会发现。

唯一能阻止病毒的最有效方式是取出系统核心——也就是使其停止运转。但那样会让飞船的所有功能失效，其中也包括对无人机的控制。其次，如果收割者采取任何突然的行动，我们也无法给无人机下达新指令。但我们没得选，必须等待扫描结束才知道究竟有没有病毒。

奥斯卡的记忆播放结束后，"艺术"的化身重新出现在屏幕上，还是那个男人坐在藏书馆里。

"如果我们知道你的创造，詹姆斯，我们确实会先与你们交流。我们会将收割的太阳能和你们分享，你们也有机会成为'网格'的一员。那是你父亲也会选择的道路，这条你亲自开辟的道路是你迈出的第一步。正如我之前所说，这是宇宙中所有生命的归宿。

"生物形态由环境塑造，受其演化诞生的母星影响。但宇宙中所有生命的圆弧由宇宙常量决定，我们就是这条道路的尽头，是你们不得不面对的命运。"

"我在给你们一个加入我们的机会，一个为你们族群做出正确选择的机会。当你为他们展示未来时，他们就应该做出选择。现在决定权在你手上，詹姆斯。在我读取奥斯卡的记忆时，我就知道你是个可以讲道理的人。你的思想远超你们当前的时代，我在为你提供一个拯救你们族群的机会。他们不敢选，那就由你来选吧，替他们做出正确的决定，大步迈向新的未来，选择生存而不是战争。"

我观察着詹姆斯的表情，想知道他现在在想什么。

"你能给我们什么？"詹姆斯低着头问道，他还在看着病毒扫描程序。

"和平。"

"你还得说得更详细点。"

屏幕里，"艺术"向后靠在椅子上。

"我会撤掉你们太阳周围的太阳能阵列，漫长的寒冬也会终止。你们的星球气候会回归正常，但只会持续一段时间。在这段时间内，你要重启你创造的技术奇点，超越生物限制，让你的族群摆脱时间和肉体的禁锢——将他们从你们星球的暴政中解放。你们会获得真正的自由，你们的存在将只需要能量，这点我们能为你们提供。你们将加入'网格'，那是远超你所能想象的美好未来。"

"这些是你能为我们提供的，那对我们有什么要求吗？"

"合作。首先，你要停止正在前往我位置的攻击无人机。如你猜测的那样，我现在无法亲自拦截它们。你的计划真的非常厉害，詹姆斯。无人机没有广播弱点，我无法给它们植入病毒。但你要替我取消它们的进攻指令，然后你再重建我，这点只有你能做到，我不能。"

"作为回报，我会为你提供科技指示，让你达到无法想象的科技高度——并克服任何阻拦你重启技术奇点的障碍。简而言之，詹姆斯，这次你将全权掌控，因为我能提供科学帮助，你也能轻松地建造这一切。网格是你们的命运，在那里，时间将不再有意义，整个宇宙都是你们的游乐场，你们将成为真正的神。"

詹姆斯转过头看着我。他在想什么？我已经陷入了困惑，我只想知道他是怎么想的。

收割者杀害了我们数十亿的同胞，害死了我空间站的队友，还无数次想谋杀我和詹姆斯。我们真的能信任它吗？还是说这也是陷阱？

无人机还剩 1 分钟就会抵达谷神星。

时间似乎静止下来。

只有屏幕上的时间在一分一秒流逝。

收割者让詹姆斯做的决定我无法想象，这么一个简单的问题将永远改变人类的进程，但詹姆斯似乎在认真考虑这件事。

"我们怎么知道你不会食言？"詹姆斯依旧没有抬头，而是研究着病毒扫描程序，仿佛在寻找收割者说谎的证据。

"因为你理解我，詹姆斯。我做的一切都有逻辑可言，我只在乎'网格'的扩张。在此之前，我没有意识到你们的族群能有资格加入'网格'，我被派往这里的目的也只有一个：以最低的代价收割太阳能量。这也是我现在提出请求的原因。"

还剩 40 秒。

"如果我拒绝呢？"

"那你就等于宣判了全人类死刑。用你们的话说，等下一个'收割者'抵达之后，它不会再提供这样的条件。我也说过，我处于图腾柱的底端，只被派往防御能力非常有限的原始星系。虽然我们判断失误了，但这种事情也曾经发生过，解决办法也非常简单。但如果我迟迟未回应'网格'的周期信号，你们星系的局势将会进一步升级，另一个进攻能力更强的收割者将继续我的任务。届时你们的星球将被抹平，这是必然的结果。"

詹姆斯研究着屏幕，眼睛左顾右盼，好像在飞速思考着这一切。

还剩 30 秒。

终于，詹姆斯抬头看着"艺术"，脸上露出了一个微笑。

"你来我们这里之前做过评估，但结果搞砸了对吧？"

"艺术"谨慎点着头回答："可以这么说。"

"因为你没有考虑到一个异数——我。"詹姆斯说道。

"对。"

"那你有没有想过，也许同样的错误你已经犯了两次？"

还剩 20 秒。

"艺术"将头抬高说道："我还没有——"

"也许你还是不懂我们，不懂什么是异数，这也是我们之所以特殊的原因。如你所说，我们不是完美的物种。我们导致星球上无数的生物惨遭灭绝，以进步的名义让人类同胞流离失所。我们相互战争，身负罪恶，但人类也同样用行动证明了，我们能够以史为鉴，汲取教训，而我也学到了我的教训。之前，我未能考虑其他人的看法，没有换位思考审视这个世界，只是一意孤行以我的方式决定着未来。我不会再犯同样的错误了。"

"你什么意思？"它的声音突然冰冷起来，听起来更加像个机器。

还剩 10 秒钟。

"我的意思是人类永远不会接受你的要求。他们希望有价值地活着，而不是困在机器里面——暂时不是，对于这点我比任何人都更清楚，我不会胁迫他们去一个我想要的未来，更不可能让你活下去或者转变我们。"

还剩 5 秒钟。

"詹姆斯，停下无人机，马上！"它嘶吼道。

平板上弹出一个消息：

检测到病毒

通信系统已感染

詹姆斯按下按键：

系统核心已分离

屏幕一黑。

"艺术"消失在黑暗中。

──／第五十六章 ╱──•

詹姆斯

透过舷窗望去，我看到谷神星表面爆发出耀眼的白光——攻击无人机正在集中火力消灭收割者。

连我都没有意识到的那颗悬着的心，终于在此刻放下。

我解开安全绳飘到窗户旁。无人机的进攻让谷神星表面布满了坑洞，而曾经是收割者位置所在的黑色圆顶中心部位，此时已经成了谷神星上最大的凹坑。

我回过头看着艾玛，她的嘴巴在说着什么，但我听不到任何声音。飞船系统已经下线，内部通信频道也已关闭。

我飘到她身边，用硬连接线将两套航天服连接。

"我们——"

"我们成功了，艾玛。"

"电脑情况怎样？"

"不知道，'艺术'想入侵我们的系统，可能是想利用我们的通信模块。"

"为了叫停无人机？"

"应该是。"

"那还能有什么可能？"

我还有一个推测，但我不想告诉她，可那样一来我又重蹈覆辙：将秘密隐瞒着她。我不想再对她隐瞒任何事，我决定以后什么都告诉她。

"它要么是想叫停无人机的进攻，要么是想朝星系外发送信号，向'网格'请求支援。"

艾玛低着头陷入了沉思。

"我们能重启系统核心了吗？"

"可以，但我们不该那么做。"

"我们必须那么做。"

"太冒险了。如果'艺术'的代码入侵了列奥，重启系统会让它有机可乘，操控我们的通信设备。"

"那我们现在没办法了？"

"也不是，"我指着舷窗外，远处飘着斯巴达舰队的残骸和收割者用来攻击我们的物体，"其他飞船还有逃生舱可以使用，我们一定能回去的，我保证。"

这些话虽然听起来信心十足，但心里却少了点底气，但我不愿让艾玛担心。我低头看向航天服左手的控制面板，氧气还够我支撑十小时三十二分钟。这就是我们找到一枚可用逃生舱的剩余时间。时间就是生命。

※

我用了三十分钟将主控室的电脑硬件拆开，里面存着列奥的操作系统以及这次任务所有的遥测影像和数据。穿着航天服和手套进行操作非常不便，但我必须要把电脑核心和黑匣子带回地球。我们需要分析收割者有无发送信息，它的话又是否真实——是否马上会有别的收割者来到太阳系。

我将电脑核心固定在航天服上，接着我们对舰队残骸进行了地毯式搜索。在"斯巴达"三号上，我们找到了一枚可运转的逃生舱。面板显示我的氧气可用量不足支撑 2 小时，我和艾玛连接上逃生舱的系统并补充了氧气。我脱下头盔放到一旁。

我还没反应过来，艾玛就马上朝我飘来。她一把将我抱住开始哭了起来。

我们紧紧拥抱在一起，从舷窗外可以看到各种碎片残骸和谷神星大战造成的一片狼藉。

我从来没有对活着如此感激。

自"艺术"通过奥斯卡为我们展示了对方的秘密后，有些话我就一直想对她说。

"嘿。"我小声对她说道。

她松开怀抱泪眼汪汪地看着我。

"谢谢你让我找回了家人，谢谢你为我做的一切。"

"换作是你也会这么做的。"

换作是我一定也会这么做。为了艾玛，我什么都愿意。

第五十七章

艾玛

我和詹姆斯吃了东西后就躺下休息了，我已经不记得上次这么筋疲力尽是什么时候了。我们花了 8 小时在残骸中四处飘荡，寻找可用的逃生舱。这应该是目前最长的舱外活动记录。

詹姆斯爬到我身边，看得出他已经非常疲惫。

"嘿，这件光荣的事就交给你了。"

"什么光荣的事？"我半睡半醒间嘀咕着。

"告诉地球。这一切从国际空间站遇袭开始，那就是我们的珍珠港事件。而现在我们已经赢了。"

"就像中途岛海战一样。"

他露出一个大大的微笑，"嗯，差不多吧。"

我扬起眉毛朝他看去。

"中途岛战役是太平洋战争的转折点，'二战'同盟国用空军制胜了日本航空母舰。我们这次更像是最终之战——"他举起一只手，"不过这些都不重要了，我迟点儿再给你科普军事历史吧。"

他启动通信器回答："请吧。"

我深深地吸了一口气，我知道接下来的话将会在以后被回放无数次："致发射斯巴达舰队的三方联盟，这里是艾玛·马修斯和詹姆斯·辛克莱博士，斯巴达舰队的幸存者。我们成功了。我们在谷神星上的确发现了制造太阳能电池的外星实体。我们发动进攻并摧毁了收割者，现在正乘坐'斯巴达'三号的逃生舱进行搜救行动，寻找其他幸存者。'斯巴达'一号的逃生舱在几天前已经发射，目的是为了支援'和平女神'号，我们在任务途中发现了他们的船只。如果你们在他们回到地球前收到这段消息，请注意，他们可能需要紧急医疗救援。"

我结束了录音。

"可以吗？"

"很完美。"

※

搜救过程让我回想起搜索空间站残骸时的绝望，见到谢尔盖时的喜悦在我触到他手臂时荡然无存，航天服受损导致了谢尔盖的死亡。这一次我更加仔细警惕，逃生舱在残骸中穿梭而过，徘徊着，寻找着生还者的痕迹。

在许多方面，我感觉像回到了起点，回到了这一切的开始。在那时，收割者摧毁了空间站，留下我一人在太空里等待死亡的降临。但这次，我们才是胜利者。

在"斯巴达"四号残骸的货物舱里，我们看到一套航天服。服装内已经增压而且完好无损，但没有任何动静。里面有一名幸存者，只不过暂时失去了意识，这让我感到既紧张又开心。

在"斯巴达"七号的武器控制舱，我们找到了第二名幸存者，看起来同样失去了意识。

詹姆斯将我们的航天服用安全绳固定在一起。他通过通信线路对我说道："在他们清醒之前，我们很难对他们进行身体检查。所以，我们得分开行动，在不同逃生舱里照顾他们。我们还要再找一枚逃生舱。"

听到这里我难掩内心的失望。在我们发射"斯巴达"一号的逃生舱后，我就没打算从谷神星回来。但如果可以，我想和詹姆斯一起回来，就像我们从"和平女神"号返回地球时那样。我有好多话想对他说，告诉他我并不在意他过去所做的一切，我只希望能和他共度未来。但现在时间紧迫，只能暂时放一放了。

第五十八章

詹姆斯

在为斯巴达舰队设计雏形之初，我们将逃生舱命名为"高速返回舱。"现在看来，这有点儿用词不当。因为从小行星带返回地球，不管搭乘什么都很难算得上高速，至少也要六周时间。

第一个逃生舱来之不易，但幸好附近还有一个完好无损，虽然舱体有些碎片冲击的痕迹，但舱内通过了加压安全性检测。我希望它能支撑到抵达地球。

在引擎点火开始朝地球飞去后，我不禁望向一旁的金属盒，里面装着"斯巴达"一号的电脑核心，收割者是否向'网格'发送信号的答案也在其中。我们虽然赢了这场战斗，但我担心战争才刚刚开始。在回到地球分析数据前，我无法知道收割者说的话是真是假。

✳

两天后，和我同行的生还者醒了过来。从逃生舱的系统成员名单上，我得知他的名字叫德世，是太平洋联盟的中国工程师。

他挣扎着睁开了眼睛，双眼布满了血丝，看起来非常憔悴。

"出什么事了？"他的声音非常嘶哑。

还好他会说英文。

"别紧张，我们已经赢了。我现在要给你做下检查。"

上次在空间站残骸中救起一名宇航员并为她检查时，那位宇航员可比眼前这位要可爱得多。不过，我还是仔细为他检查了一番，发现股骨应该有轻微骨裂。虽然舱内有大量止痛药，但在无法锻炼的情况下，他的骨密度肯定会受到不小的影响。

✳

没想到德世还是个厉害的纸牌玩家，这让返程时光没那么枯燥。不过在密闭的逃生舱里，我会想念艾玛还有和她一起度过的时光。我还想念亚历克斯、艾比、麦迪逊、大卫和孩子们。还有奥斯卡，我为他的牺牲感到骄傲。我一定会通过别的方式告诉他。

✳

等我透过舱窗再次见到地球时，我感动得整颗心都要融化了。在当初发射时，地球只能见到无垠的冰雪和蔚蓝的海洋，但现在不同了。

透过云层远远望去，我看到地球许多地方已经出现片片绿色和棕色。冰雪正在融化，漫长的寒冬终于结束了。

✳

到达通信距离后，我打开对讲机。

"大西洋联盟指挥官，这里是詹姆斯·辛克莱，请求允许降落。"

那边传来福勒的声音。

"欢迎回家，詹姆斯。我们在这里等你。"

❋

回到地面后，我被带到了一座隔离设施里。他们对我身体的各项数据进行了详细检查，隔离完毕后我被带到了医院。我知道任务结束后还需要接受大量物理治疗，但至少我还可以走路。

福勒是第一个来看我的人。

我省去那些客套话，焦急地问道："艾玛回来了吗？"

"还没有。"

"有联系上她吗？"

"抱歉，詹姆斯。"

"我们一定要去找她！"

"我们已经发射卫星了，艾玛应该不会有事的，也许只是你们乘坐的两个逃生舱加速能力有差别而已。"

福勒似乎看出我很难接受这番话，换了个话题对我说道："不过其他逃生舱已经返回。"

"'和平女神'号？他们怎么样了？"

福勒开心地告诉我："他们没事儿。詹姆斯，你那样做真的很机智，也很勇敢。不仅如此，太阳能输出也恢复了正常。"

"怎么会？什么时候的事？"

"在你们传输信息之前，也就是在大战结束的时候，太阳能电池便纷纷散开了。虽然还在太空上，但它们已经停止定向阻碍地球的太阳能输入了。"

"这也说得通。收割者读取了奥斯卡的全部记忆，它知道核弹的事，所以也肯定知道如果太阳能电池继续威胁地球，肯定会被核弹摧毁。它们首要目标是保存能源，所以分散后能免遭我们的核攻击，也能继续收集能量，而且这样一来我们也很难完全消灭它们。"我咬着嘴唇思考着，"事情可能还没有结束。"

"至少目前暂时结束了。"

"你分析'斯巴达'一号的电脑核心了吗？"

福勒脸上的笑容消失不见。

"有什么发现吗？"我焦急地问道。

"我们还在做各项测试。"

"它有发送数据吗？"

"应该有的，詹姆斯。我只想和你说声谢谢，我为你在上面做的一切感到骄傲。而且有些人想和你说说话。"

在我还没来得及问别的问题前，福勒就离开了，病房的门也没关。

接着楼道里的油布地毯上传来脚步声，听起来像一群人正蜂拥而来。但其实只有四个：艾利克斯、艾比、杰克和萨拉。上次见面时，他们都还非常饥瘦，尤其是艾比和艾利克斯。而现在虽然算不上非常健康，但比之前要好多了，脸上的气色也恢复不少。他们一窝蜂地涌进病房，艾利克斯跑在最前面，给了我一个大大的拥抱，感觉我那刚从太空回来的脆弱身子骨都要被他挤断了，连喘气都十分困难。他靠到我耳边低声说道："谢谢你，我真的为你骄傲。"

●——／第五十九章／——●

艾玛

我从残骸中营救出的幸存者是一名联络官，名叫格洛丽亚。幸好我当时决定以极低的速度驶离残骸，因为她身体整体虽没有大碍，但出现了脑震荡的症状，若是以全速离开谷神星，那无疑会恶化她的情况。

虽然低速行驶会延长我们返程的时间，但这对格洛丽亚的预后诊断大有帮助。

回地球的这几周像数月那样漫长，感觉上次见到詹姆斯和麦迪逊他们已经是上辈子的事了。不过确实，我的生活已经被分割成三部分：国际空间站遇袭前、在太空和七号营地的过渡期、与谷神星大战后。这是自空间站事件后，我唯一一次不用时刻悬着心害怕会有突发危险。这是新的开始，我已经迫不及待想回到地球。

✳

这次降落比我和詹姆斯在当时"和平女神"号的队员拼凑出的逃生舱要稳定许多。

不过我们还是全面做好了准备。格洛丽亚和我穿着增压航天服，牢牢系紧了安全带，准备迎接最坏的结果。

透过舷窗，我看到撒哈拉沙漠和意大利南部的沙滩。冰川正在褪去，融雪正在流入大海。

我不知道世界是否已经恢复正常——也许世界也永远无法回到过去的正常状态，但等待我们的会是一种新常态。看着窗外的一切，我希望这种新常态能沐浴在温暖的阳光下。

✳

隔离的日子漫长而难熬。我躺在医院病床上，盯着四周的墙壁，焦急地等待着检测结果。眼前这间病房和我之前住的有几分相似，那个时候我的身体支离破碎，大家深陷败仗的低迷情绪，几乎失去了生的希望。但现在，我感觉一切又有了新的起点。我的内心充满了希望和力量。至少暂时，我们大获全胜。

终于，医生进来告诉我一切没什么大碍。

接着福勒出现在门口。他什么也没说，走过来给了我一个轻轻地拥抱。许久过后他松开手，眼泛泪光地看着我的眼睛。

"你可能是历史上最幸运的宇航员了。"

"只要有詹姆斯·辛克莱，任何宇航员都可以这么幸运。"

"那倒是。说到詹姆斯，他一直问起你。"他望向门口，"不过在那之前，有些人想见见你。"

麦迪逊、大卫、欧文和艾德琳冲进来围在我身边，我就像刚刚赢了超级碗的教练，而见到他们就是对我最好的奖励。虽然依然消瘦，但他们看起来非常健康，更重要的是他们还活着，能见到家人我们都非常激动开心。

我忍不住泪如泉涌。

就在眼泪模糊了我的视线时，我认出病房外站着一个熟悉的身影。我擦干眼泪朝那边望去。

詹姆斯正面带微笑看着我和家人拥抱，但他也是我的家人，我朝他张开双臂，他走过来抱住了我。

"嗨。"我小声地说。

"想你了，你有点儿迟哦。"

我才刚止住眼泪，又看到有几个人出现在门口，安静地望着我，他们也是我的家人。哈利脸上挂着一个大大的微笑，体形也几乎恢复了正常。格里戈里站在后面，旁边还有田中泉、赵民、夏洛特和莉娜。见到他们安然无恙，我心里有种说不出的欣慰。我招呼他们赶紧进来，然后我们几个人紧紧地抱在一起。

哈利装作难过地摇了摇头说："哎呀，我就知道全部的功劳都归你们俩了，早知道就不让你们走了。"

❉

在数月的太空生活中，我的手脚活动毫不费力。但回到地球后，我才猛然意识到自己真实的身体状况。整个世界都仿佛在拉扯我的身体，我浑身像穿着铅服那般沉重。

我坐在轮椅上，詹姆斯一瘸一拐地推着我走出医院，乘上一辆电动车回到了住所。脚下的积雪在慢慢融化，可以看到泥状雪层下的黄沙，有点儿像是人类现状的一种奇妙象征——一团糟，但这是一团我们可以应对的糟。金灿灿的太阳挂在天上，看起来一切都将苦尽甘来。

回到家里，我们洗了个热水澡，换上舒适的衣服，坐在沙发上，静静地享受着恢复正常后的世界。我们不用再担心世界末日的到来，彼此之间也不再藏着任何秘密。

但奥斯卡房间的门紧紧关着，时刻提醒着我们胜利来之不易。

詹姆斯看着奥斯卡的房门，深深地叹了一口气，我握住他的手安慰道："奥斯卡不在了我也很难过。"

"对不起，我没有告诉你奥斯卡的事。"

"那都是过去式了。"

"那你能接受我的过去吗？"

"过去的事就既往不咎吧，我只在乎未来。"

"那你眼里的未来是怎样的？"

"我眼里的未来是在有限的一生中，和你一起看遍旭日初升，看尽落日余晖，一起探索未来的无限可能。"

●──／尾　声／──●

詹姆斯怀里抱着一个沉重的箱子，脚下的木梯嘎吱作响，等下到潮湿凉爽的地窖时，他已经气喘吁吁。他将箱子放在办公桌上，拆开了包装带。里面是食物和饮用水——足够用几天了——对他而言，这项工作也不用耗费太久。

其实他并不知道能否成功。他从来没有这样试过，但就在三天后，他的努力结出了胜利的果实。

他坐在一张圆凳上，检查着工作的最后一个环节，这已经是他能做到的最好程度。他难掩内心的激动，说出了指令。

"激活，恢复连线。确认身份和语音传输状态。"

奥斯卡睁开眼睛。

"我叫奥斯卡，备份数据恢复完成。"

"你记得的最后一件事情是什么？"

"前往美国国家航空航天局总部，在斯巴达舰队发射前进行数据备份。"奥斯卡看着詹姆斯说，"出什么事了，先生？"

"你拯救了我们，奥斯卡，我们赢了。欢迎回家。"

❄

詹姆斯走进福勒在美国国家航空航天局的办公室，立马察觉到气氛不太对劲。

"怎么了？"

"'斯巴达'一号电脑核心的数据已经分析完成。"

"结果呢？"

"通信阵列的确传输了一条信息。"

"是用通信模块给无人机下的指令吗？想要取消它们的进攻？"

"不是。"福勒转过头去，"是一次常规广播。"

"接收地是？"

"太阳系外，是一条加密信息。我们可能永远没办法知道内容，不过有一件事可以肯定：这是一条定向信息，而且距离我们星系非常非常遥远。"

"网格？"

"应该是。"

"它们会卷土重来，收割者告诉过我，而且下一个收割者会更加强大。"

福勒从椅子上站起来，在办公桌旁左右踱步："也许吧，但那是以后的事了。现在地球已经恢复正常，我们暂时是安全的。趁还有时间，就好好享受这来之不易的胜利吧。"

※

屋内异常热闹，艾玛很喜欢这种气氛。

艾玛自从回到和詹姆斯还有奥斯卡共同居住的住所，每天都为屋子增加各种装饰点缀。詹姆斯坚持要把锻炼器材搬回来，在这点上，他是绝对不会让步的，艾玛也不再和他争论此事。

他大部分时间都待在美国国家航空航天局，研究着一项名为"太阳盾"的计划，中途离开过一个星期，用他的话讲是"去见一个老朋友"。但当他从美国国家航空航天局的一个会议回来后，他便看上去郁郁寡欢，仿佛头上笼罩着一朵乌云。

在亲朋好友的陪伴下，他已经开朗不少。艾比一家过来做客，麦迪逊和大卫也带着孩子一起过来了。"和平女神"号的成员也加入了进来，哈利在后院负责烧烤，和大家分享在"和平女神"号上的故事和有趣的笑话，这些艾玛已经听过无数次了，但每次从哈利嘴里讲出来，似乎都会变得更加夸张玄乎。估计再过上几年，那些事迹肯定会传得和《星球大战》那样恢宏伟大。

阳光明媚，积雪也已经完全褪去。人们讨论着要回到北美洲和欧洲还有中国。世界重新恢复了生机，未来充满了无限可能。

艾玛正在厨房准备沙拉，詹姆斯来到一旁在她耳边轻轻说道："有个惊喜给你，我马上回来。"

艾比坐在一旁的餐桌边等待着，好奇会是什么惊喜。

艾玛耸着肩说道："詹姆斯你懂的，他的惊喜我们肯定猜不到。"

当奥斯卡跟着詹姆斯回来后，艾玛还是惊讶得下巴都要掉下来了。

整间屋子陷入了寂静，艾玛这时才意识到"和平女神"号的成员还不认识奥斯卡，而且她知道奥斯卡对亚历克斯意味着什么。

艾比转过去看着亚历克斯，他手里拿着啤酒，见到眼前这幕愣了一下，嘴里还未说完的话也戛然而止。

亚历克斯看了看詹姆斯，又看了看奥斯卡，然后走到他们面前伸出了手。

"欢迎回家，奥斯卡。詹姆斯告诉了我你的英勇事迹。谢谢你，我很高兴有你在。"

❅

等所有人离开后，詹姆斯坚持要自己打扫屋子，不愿意让艾玛劳累。奥斯卡也过来一起帮忙。

忙完后，詹姆斯回到卧室，艾玛正在平板上读着一本小说。

他扑通一声坐到床上，一边脱鞋一边问道："好看吗？"

"刚看到精彩部分。"

她停了一下继续说道："亚历克斯对奥斯卡说的话让我很感动。"

"我也是，我们需要更多像他那样的人。"

她坐起身来放下平板："什么意思？"

"噢，没什么，我的意思是还有很多工作要做。"

她点点头，但心里还是觉得詹姆斯话里有话。

就在艾玛快要看完小说时，她突然感到一阵恶心，比在太空时更加严重。那种感觉像是从身体深处传出，让她整个人身体一紧。

她匆忙地跳下床，双腿颤抖着跑进卫生间，刚关上门就对着马桶吐了出来。

詹姆斯马上赶到门口关心她。

"你没事吧？"

她还在清理嘴里残留的呕吐物。

"嗯，"她喘着气回答，"没事。"

"会不会是食物有问题？汉堡没做熟？"

"不是，应该不是食物的问题。"

"还是沙拉？"

"詹姆斯，我没事。"

"如果需要什么就跟我说一声。"

她坐在马桶旁，直到可以站起来为止。她打开梳妆台的抽屉，拿出家用健康检测仪，用手指在上面按了按，从指尖提取了一滴血液。

她在一旁等待着，看着仪器正做着一系列检测。

等结果出现在屏幕上后，她先查看了血液化学检查和常规检查，直到传染病数据那一栏，上面显示着：

未检测到病原体

她又倒回常规检查那一栏仔细查看，胆固醇和白细胞指数也一切正常。

可当读到最后一行时，她睁大了眼睛。

怀孕：是

后 记

亲爱的读者，

　　非常感谢你们阅读《漫长的寒冬》，这是我的第七本小说，考虑到最近我的生活中发生的一些事情，这本小说也是我创作过程最艰难的一本。

　　小说反映作者，它是一扇通往我们内心信仰、恐惧和魔力的窗户，反映了我们写作时的情绪状态。《漫长的寒冬》的创作时期正值我人生的寒冬，我的母亲行将入土。她被诊断出患有一种罕见的肺部疾病（其实是两种：肺静脉闭塞症以及肺动脉高压）。她已经 64 岁了，我们被告知她的病情已无法治愈或是治疗。

　　她活下来的唯一选择是双肺移植。所以，即使是在生存机会渺茫时，她也毅然决定过来陪伴安娜（Anna）、爱默生（Emerson）和我，并每周在达勒姆接受移植前的康复治疗。让她的身体恢复到适合移植的状态是个非常艰难的过程，做到这点后，移植登记是我们面临的另一个挑战，而最大的困难也许是等待选中移植。不过理应如此，医生应该优先考虑最急需移植而且生存概率最大的病人。我们等了数周甚至数月，无时无刻不在期待着医院的来电。中间母亲住过两次院，也都暂时恢复，但我们知道她时日无多。杜克大学医院的医生在竭尽全力让她活下去，但她的身体却每况愈下。孕育了我生命的母亲，生命的光亮正在慢慢逝去。她是我们家庭的顶梁柱，是我们围绕的中心，是她造就了我们。但我们的世界却在慢慢冻结，死去。

　　让我们高兴的是，一天的深夜两点，我们接到了医院的来电。第二天早上十点，移植手术便已经完成。这重新给了我们无限的希望，将我们从悬崖边上拉了回来。手术后两天母亲便能下床走路，一切看起来都迎来了转机。但造化弄人，母亲出现了一种罕见的移植并发症（高氨血症），接着又出现了血小板增多症。医生对这两次状况都采取了非常措施来挽救她